MI ETERNIDAD

MI TORMENTO: LIBRO 4

ANNA ZAIRES

♠ MOZAIKA PUBLICATIONS ♠

Publicado por Mozaika Publications, de Mozaika LLC.
www.mozaikallc.com

Traducción de Scheherezade Surià

Diseño de cuberta de Najla Qamber Designs
www.najlaqamberdesigns.com

ISBN: 978-1-63142-611-7

Print ISBN: 978-1-63142-612-4

PARTE I

Henderson

—¿QUÉ ESTÁS HACIENDO?

La voz nerviosa de Bonnie me saca de mis pensamientos, la miro y escondo entre otros documentos que hay en mi escritorio la carpeta que estaba examinando mientras me invento una mentira plausible para responderle.

Pero mi mujer de veintiún años no me observa.

Tiene los ojos fijos en el ordenador que está detrás de mí, donde, ocupando casi toda la pantalla, hay una fotografía de una novia hermosa de pelo castaño que sonríe a su apuesto esposo.

Mierda. Creía que había cerrado la pestaña. Se me tensan los músculos del cuello y la bilis vuelve a quemarme la garganta cuando veo que Bonnie empieza a temblar.

—¿Por qué tienes una fotografía suya? —La voz se le vuelve aguda mientras dirige los ojos hacia mí, acusadores—. ¿Por qué tienes la foto de ese monstruo en la pantalla?

—Bonnie… No es lo que piensas. —Me levanto, pero empieza a retroceder, negando con la cabeza, lo que hace que los pendientes largos le golpeen la cara delgada.

—Lo prometiste. Me dijiste que estaríamos a salvo.

—Y lo estaremos —digo, pero es demasiado tarde.

Ya se ha ido.

De vuelta al abrigo de la cama, con las pastillas y ese programa de televisión sin sentido.

De vuelta a donde los niños y yo nunca podemos alcanzarla.

Me dejo caer en la silla y muevo la cabeza de un lado a otro para liberar la peor parte de la tensión agonizante antes de sacar la carpeta de nuevo. El nombre que aparece en ella me observa fijamente, burlón, y aviva los amargos fuegos de la ira.

Peter Sokolov.

Soy la última persona que queda en su lista. El único al que todavía no ha matado por lo que pasó en ese pueblo de mierda en Daguestán. Un error, una orden sin importancia y este es el resultado. Durante años, ha estado persiguiendo a toda la familia, torturando a nuestros amigos y seres queridos en un esfuerzo por llegar hasta mí, apareciendo en las pesadillas de mis hijos y destruyendo nuestras vidas de cualquier manera posible.

Ahora, gracias a la influencia de su colega Esguerra en el Gobierno, se le ha permitido deambular por ahí en libertad, casarse con esa linda doctora de pelo castaño y vivir en Estados Unidos como si todo estuviera perdonado y olvidado.

Como si su promesa de no matarme fuera algo que pudiese creer.

Dejo caer la mirada sobre el resto de los nombres de la carpeta.

Julian Esguerra.

Lucas Kent.

Yan e Ilya Ivanov.

Anton Rezov.

Los aliados de Sokolov, todos ellos monstruos.

Deben pagar por lo que han hecho.

Como Sokolov, deben ser neutralizados.

Entonces, y solo entonces, estaremos a salvo.

2

Sara

ME LEVANTO CON EL PENSAMIENTO SOBRECOGEDOR DE que estoy casada.

Casada con Peter Garin, alias Sokolov.

El hombre que mató a George Cobakis, mi primer marido, después de irrumpir en mi casa y torturarme.

Mi acosador.

Mi secuestrador.

El amor de mi vida.

Mi mente vuelve a lo que pasó anoche y el calor se me extiende por el cuerpo, una mezcla de vergüenza y excitación. Ayer me castigó. Me castigó por casi plantarle en el altar.

Me tomó con brutalidad y, en el proceso, me hizo

admitirlo, me hizo confesarle que lo amo, amo todo de él, incluidas las partes oscuras.

Que necesito esa oscuridad… la necesito dirigida a mí, para poder superar la vergüenza y la culpa de saber que me he enamorado de un monstruo.

Tras abrir los ojos, miro hacia el insulso techo blanco. Seguimos en mi pequeño apartamento, pero supongo que nos mudaremos pronto. Y, después, ¿qué? ¿Niños? ¿Cenas y paseos por el parque con mis padres?

¿De verdad voy a construir una vida con el hombre que amenazó con matar a todos los que estaban en nuestra boda si no aparecía?

Debe estar haciendo el desayuno porque me llega un aroma delicioso procedente de la cocina. Es algo dulce y salado a la vez y me gruñe el estómago mientras me incorporo, haciendo una mueca por los músculos doloridos.

Si vamos a follar mucho en posiciones exóticas, debería retomar el yoga.

Niego con la cabeza ante ese pensamiento ridículo, voy a ducharme y cepillarme los dientes y, cuando salgo, envuelta en una bata, oigo la voz profunda y con ligero acento de Peter, que me llama.

O más bien, reclama a su *ptichka*.

—Estoy aquí —contesto al entrar en la cocina antes de verme elevada por unos brazos fuertes y besada con tanta pasión que me quedo sin aliento.

—Sí, lo estás —murmura mi marido tras soltarme por fin—, estás aquí y no vas a ir a ningún lado. —Me posa las manos enormes en la cadera de forma posesiva y le brillan los ojos como la plata en esa cara oscurecida por la barba de unos días. A pesar de que lleva puesta una camiseta y unos vaqueros, no debe haberse afeitado todavía, porque esa barba incipiente parece áspera y tosca, lo que hace que me pregunte cómo sería si me la frotase por la piel.

De forma impulsiva, llevo la mano a ese mentón cincelado. Es tan áspera como había imaginado y sonrío cuando él cierra los ojos y se apoya contra la palma, como un gato enorme marcando su territorio.

—Es domingo —le digo al bajar la mano cuando abre los ojos—, así que sí, no voy a ir a ningún lado. ¿Qué hay para desayunar?

Sonríe y se aparta antes de soltarme.

—Tortitas de ricota. ¿Tienes hambre?

—No me vendría mal comer —admito y veo cómo le brillan de placer esos ojos metálicos.

Me siento mientras coge platos para los dos y los coloca en la mesa. A pesar de que volvió junto a mí el jueves pasado, ya se siente como en casa en esta diminuta cocina, con movimientos suaves y confiados, como si hubiese vivido aquí durante meses.

Al verlo, vuelvo a tener la sensación inquietante de que un depredador peligroso ha invadido el pequeño apartamento. En parte, es por su tamaño, ya que es al menos una cabeza más alto que yo, me resulta imposible abarcarle los hombros y tiene el cuerpo de un soldado de élite, rebosante de músculos fuertes.

Pero también hay algo en él, algo más allá de los tatuajes que le decoran el brazo izquierdo o de la ligera cicatriz que le corta la ceja. Es algo intrínseco, una especie de crueldad que está ahí incluso cuando sonríe.

—¿Cómo te sientes, *ptichka*? —pregunta mientras se une a mí en la mesa y miro hacia el plato, ya que sé por qué está preocupado.

—Bien. —No quiero pensar en lo de ayer, en cómo la visita del agente Ryson me provocó náuseas, literalmente. Ya estaba nerviosa por la boda, pero, solo cuando el agente del FBI me lanzó a la cara todos los crímenes de Peter, empecé a echar el contenido del estómago y casi le dejo plantado.

—¿Ninguna consecuencia negativa por lo de anoche? —aclara y lo miro mientras comienzo a sonrojarme al darme cuenta de que hablaba de nuestra vida sexual.

—No —digo con voz ahogada—. Estoy bien.

—Genial —murmura con una mirada oscura y cálida. Escondo el rubor creciente alcanzando una tortita de ricota—. Así, mi amor. —De forma experta coloca dos tortitas en un plato y empuja un bote de sirope de arce hacia mí—. ¿Quieres algo más? ¿Algo de fruta?

—Claro —digo y observo cómo camina hasta el frigorífico para coger y lavar algunos arándanos.

Mi asesino domesticado. ¿Es así como será siempre nuestra vida juntos?

—¿Qué te apetece hacer hoy? —le pregunto cuando

vuelve a la mesa y se encoge de hombros, a la vez que esos labios perfectos se le curvan en una sonrisa.

—Lo que te apetezca, *ptichka*. Estaba pensando que podríamos salir, disfrutar de este bonito día.

—Entonces… ¿un paseo por el parque? ¿De verdad?

Frunce el ceño.

—¿Por qué no?

—No, por nada. De acuerdo. —Me concentro en las tortitas para no empezar a reírme de forma nerviosa.

No lo entendería.

COMEMOS CON RAPIDEZ. ESTOY HAMBRIENTA Y LAS tortitas de ricota (*sirniki*, según las llama él) están para morirse. Luego, nos dirigimos al parque. Peter va conduciendo y, cuando estamos a mitad de camino, me doy cuenta de que un SUV negro nos sigue.

—¿Es Danny? —pregunto, mirando hacia atrás.

Desde su regreso, los federales nos han dejado en paz y Peter está demasiado tranquilo con el hecho de que nos sigan como para que no sea el guardaespaldas y conductor que ha contratado.

Para mi sorpresa, Peter niega con la cabeza.

—Danny tiene el día libre. Son un par de tíos del mismo equipo.

Oh. Me giro en el asiento para analizar el SUV. Las ventanas están tintadas, por lo que no puedo ver el interior. Frunzo el ceño y vuelvo a mirar a Peter.

—¿Crees que todavía necesitamos tanta seguridad?

Se encoge de hombros.

—Espero que no. Pero mejor prevenir que curar.

—¿Y este coche? —Observo el lujoso Mercedes Sedan que Peter compró la semana pasada—. ¿Es seguridad extra de alguna forma? —Golpeo los nudillos contra la ventana—. Parecen bastante gruesos.

No cambia de expresión.

—Sí. Es cristal blindado.

—Oh. Guau.

Me mira y una pequeña sonrisa le aparece en los labios.

—No te preocupes, *ptichka*. No tengo razones para pensar que nos van a disparar. Es solo precaución, nada más.

—Vale. —Solo precaución, como las armas que tenía dentro de la chaqueta en nuestra boda. O el guardaespaldas y conductor que me recoge cuando Peter no puede. Porque las parejas normales de los suburbios siempre tienen guardaespaldas y coches a prueba de balas.

—Háblame sobre las casas que has encontrado —digo, dejando a un lado la inquietud generada al pensar en todas esas medidas de seguridad. Dada su antigua profesión y los distintos tipos de enemigos que hizo, la paranoia de Peter tiene sentido y no me voy a oponer a cualquiera de las precauciones que considere necesarias.

Como ha dicho, mejor prevenir que curar.

—Te enseñaré la lista en un momento —dice y me doy cuenta de que ya hemos llegado a nuestro destino.

De forma experta, aparca el coche y lo rodea para abrirme la puerta. Le doy la mano para dejar que me ayude. No me sorprende cuando aprovecha la oportunidad para acercarme y darme un beso.

Siento los labios suaves y tiernos al tocar los míos, el aliento le sabe a sirope de arce. No hay urgencia en este beso, nada de oscuridad, tan solo ternura y deseo. Aun así, cuando levanta la cabeza, el pulso me va tan rápido como si me hubiese forzado, noto la piel caliente y un hormigueo en la zona donde me envuelve la mejilla con la mano.

—Te quiero —murmura con la mirada fija en mí y me ilumino. Mi inquietud se ve remplazada por una sensación resplandeciente y optimista.

—Yo también te quiero. —Hoy las palabras me salen con más facilidad porque son verdad. Amo a Peter.

Lo amo, aunque todavía me aterra.

Sonríe y me guía hasta un banco.

—Toma. —Me sienta, saca el teléfono y pasa el dedo por la pantalla un par de veces antes de dármelo—. Aquí está la lista de lo que he encontrado —dice, observándome con una cálida mirada plateada—, dime qué casas te gustan e iremos a verlas.

Ojeo las fotos mientras la sensación de optimismo se intensifica.

¿Así es la verdadera felicidad?

—Vamos a hablar mientras paseamos —le digo cuando he terminado de mirar las fotos y accede con gusto antes de cogerme con firmeza de la mano.

Deambulamos por el parque y discutimos los pros y contras de las diferentes casas.

—¿No crees que de cuatro habitaciones es demasiado pequeña? —pregunta, mirándome con una sonrisa inquisitiva y niego con la cabeza.

—¿Por qué iba a pensar algo así?

—Bueno… —Se detiene y se gira hacia mí—. ¿Has pensado cuántos hijos te gustaría tener?

Me da un vuelco el estómago. Aquí está, el tema que hemos evitado desde Chipre, donde Peter admitió que había estado intentado dejarme embarazada y estrellé el coche al tratar de huir. Esperaba que saliera en algún momento, ya que no hemos usado condones desde que Peter volvió y les dijo con total claridad a mis padres que le gustaría formar una familia pronto. Aun así, el corazón me pesa en el pecho y la mano me empieza a sudar bajo el agarre de Peter mientras intento imaginar cómo será tener un hijo con él.

Con el asesino despiadado que me ama hasta la obsesión.

Tomo aire y busco en mi interior una pizca de coraje. Peter ya no es un criminal, no es un fugitivo y soy su esposa, no su cautiva. Ha dejado a un lado la venganza para que pudiésemos tener esto, una vida real juntos.

Paseos por el parque, hijos y todo lo demás.

—Había pensado en tres —digo con firmeza, sosteniéndole la mirada—, pero creo que podría ser feliz con uno. ¿Y tú?

Una sonrisa tierna le revolotea por el rostro oscuro y hermoso.

—Al menos dos, eso está claro, asumiendo que todo salga bien con el primero. —Me coloca una mano enorme en el estómago—. ¿Crees que hay alguna posibilidad de…?

Me río, alejándome.

—¿Bromeas? Es demasiado pronto para saberlo. Volviste hace menos de una semana. Si supiera que estoy embarazada, tendríamos un problema.

—Muy grande —afirma antes de cogerme de la mano para apretármela de forma posesiva. Volvemos a pasear y me dedica una mirada de soslayo—. ¿Quieres decir que estás de acuerdo con esto?

—¿Te refieres a tener un bebé ahora?

Asiente y yo respiro hondo, a la vez que observo a un grupo de adolescentes con patinetes.

—Supongo. Me gustaría esperar un poco, pero sé lo que significa para ti.

No responde y, cuando lo observo, veo que se le ha oscurecido la expresión, tiene la mandíbula tensa y mira hacia delante. La sensación de optimismo se evapora al darme cuenta de que, de manera inconsciente, le he recordado la tragedia de su pasado.

—Lo siento. —Levanto las manos entrelazadas y me presiono su puño contra el pecho—. No quería hacerte recordar a tu familia.

Nuestras miradas se encuentran y parte de la cruda agonía de su interior se desvanece.

—No pasa nada, *ptichka* —dice con voz ronca

mientras levanta nuestras manos para posarme un tierno beso en los nudillos—. No tienes que andar con pies de plomo conmigo. Pasha y Tamila vivirán siempre en mi memoria, pero tú eres mi familia ahora.

El corazón se me encoge en una bola de dolor. Tiene razón. Soy su familia y él, la mía. Como la boda ha ocurrido tan rápido, no he tenido oportunidad de pensar en eso, de asimilar la realidad.

Estamos casados.

Casados de verdad.

No puedo seguir pensando en George como mi marido porque ahora Peter tiene ese título, al igual que él no puede pensar en Tamila como su mujer.

—Y es cierto —continúa mientras yo proceso este pensamiento—. La familia es muy importante para mí. Quiero que tengamos un hijo y lo quiero pronto. Sin embargo… —Titubea antes de decir con calma—: Si quieres esperar, no voy a forzar el tema.

Me detengo y lo miro boquiabierta.

—¿De verdad? ¿Por qué no?

Una sonrisa caprichosa le ilumina la cara.

—¿Quieres que lo haga?

—¡No! Yo solo… —Niego con la cabeza y le suelto la mano—. No lo entiendo. Creía que era parte de esto, ya sabes, el matrimonio y todo. Me obligaste a casarme, así que…

Todo rastro de humor le abandona la mirada.

—Casi mueres, mi amor. En Chipre, cuando pensaste que te obligaría a tener un hijo, intentaste escapar y casi mueres.

Me muerdo el labio.

—Eso fue diferente. Somos diferentes.

—Sí. Pero un parto por lo general puede ser peligroso. A pesar de todos los avances médicos de hoy en día, una mujer sigue poniendo en riesgo su salud, incluso la vida. Y si algo te pasara por mi insistencia… —Se detiene, aprieta la mandíbula y mira hacia otro lado.

Lo observo fijamente, el corazón me late fuerte en el pecho. Las probabilidades de que me pase algo grave en el parto son muy bajas y mi primer instinto como doctora es decírselo para tranquilizarlo. Pero, en el último segundo, me lo pienso mejor.

—Entonces, ¿esperarías? —pregunto.

Peter se gira para mirarme con ojos sombríos.

—¿Quieres esperar, mi amor? —Ahora soy yo la que desvía la mirada. ¿Quiero? Hasta ahora, había asumido que el regreso de Peter y la boda precipitada significaban que un niño sería algo inminente en el futuro. Me había resignado a ese pensamiento, incluso lo había aceptado de alguna manera. Por otro lado, mis padres podrían tener el nieto que siempre habían querido, algo positivo en lo que no había pensado hasta la cena de la otra noche—. ¿Sara? —Peter me incita, y yo levanto los ojos para hacer coincidir nuestras miradas.

Ahí está.

La oportunidad de retrasarlo.

De hacer lo correcto, lo inteligente.

De tener un hijo cuando esté segura de que

podremos hacerlo, de que Peter puede soportar este tipo de vida.

Todo lo que tengo que hacer es decir que sí, aprovechar la oportunidad que me está dando, pero la boca se niega a formar la palabra. En su lugar, al sostenerle la mirada y captar la tensión que hay en ella, me oigo decir:

—No.

—¿No?

—No, no quiero esperar —aclaro, acallando los gritos de la voz racional dentro de mi cabeza, al mismo tiempo que veo que una sonrisa reluciente y alegre le curva los labios.

Quizás es la decisión equivocada, pero, ahora mismo, no la siento así. Peter tenía razón cuando dijo que la vida es corta. Es corta e incierta, llena de dificultades. Siempre he vivido con cautela y planeado un futuro al asumir que habría uno, pero, si algo he aprendido en los últimos años, es que no hay ninguna garantía.

Solo existe el presente, el ahora.

Solo nosotros, juntos y enamorados.

Hemos estado otra hora en el parque. Luego, hemos ido al mercado a comprar juntos, abasteciéndonos de comida para la semana. Peter compra lo suficiente para alimentar a diez personas y, cuando le pregunto por qué, me informa que tiene pensado invitar a mis padres el viernes a cenar y prepararme comida para llevar al trabajo todos los días.

Cuando llegamos a casa, desaparece en la cocina y yo me dirijo al ordenador a lidiar con los mensajes de felicitación y las tarjetas regalo, una opción elegida por la mayoría de los invitados a nuestra boda, ya que ninguno tuvo tiempo de comprar algo. Imprimo todas las tarjetas regalo, las clasifico por categorías, aplico los códigos a los vendedores específicos según sea necesario y les envío un correo de agradecimiento. Todo el proceso me lleva menos de cuarenta minutos, otra ventaja de organizar una boda simple y rápida.

Con George, pasamos dos fines de semana consecutivos ocupados con esa tarea.

Voy a cerrar el ordenador cuando veo otro correo en el buzón, este es de un remitente desconocido, pero también tiene un «Felicidades» en el asunto.

Lo abro, esperando otra tarjeta regalo, pero dentro solo hay un mensaje breve.

«Felicidades por vuestra preciosa boda. Si alguna vez necesitáis contactar con nosotros, podéis usar este correo.

Nuestros mejores deseos,

Yan».

Parpadeo con la mirada fija en el mensaje. No tengo ni idea de cómo ha conseguido el antiguo compañero de Peter mi correo o por qué ha decidido escribirme, pero agrego la dirección a mis contactos, por si acaso.

Cuando termino con los regalos, sigo el delicioso

aroma hasta la cocina, donde Peter está preparando el almuerzo.

Quizás es demasiado pronto para afirmarlo, pero me siento optimista.

Esto del matrimonio va a funcionar.

Ambos nos aseguraremos de que así sea.

3

Mientras almorzamos, apenas saboreo la comida, toda mi atención está puesta en Sara, que me habla de los regalos de la boda y el extraño mensaje de Yan. Los ojos color avellana se le ven casi verdes al hacer gestos animados con el tenedor y tiene la piel blanca como la leche bajo el rayo de luz que entra por la ventana de la cocina. Con un vestido veraniego azul y las ondas castañas sueltas alrededor de los hombros delgados, Sara es todos mis sueños hechos realidad y el pecho se me tensa al recordar cómo fue estar sin ella todos esos meses.

No voy a dejar que se vaya de nuevo.

Es mía, hasta que la muerte nos separe.

—¿Por qué crees que ha decidido enviarme sus

datos de contacto? ¿Crees que solo quiere mantener la comunicación? —pregunta antes de pinchar un trozo de pepino de la ensaladilla rusa y me esfuerzo en concentrarme en la conversación, en lugar de en que me gustaría tenderla sobre la mesa y darme un festín con ella, en vez de con la comida que he preparado.

—Ni idea —respondo y es verdad. Yan Ivanov se hizo con el negocio de asesinatos después de marcharme, por lo que no creo que me quiera de vuelta. Meses antes de eso, hubo tensión entre nosotros y sospecho que, si no me hubiese retirado de forma voluntaria como líder del equipo, habría hecho todo lo posible para ocupar mi puesto.

Pero no cree que la vida civil sea para mí; lo dijo en nuestra boda. Así que quizás espera que vuelva y está vigilando la situación por si acaso.

Con Yan nunca se sabe.

—Bueno, espero que vengan a visitarnos —comenta Sara—. Los chicos, digo. No tuve oportunidad de hablar con ellos en la boda y me siento mal por eso.

Levanto una ceja.

—¿De verdad? ¿Por eso te sientes mal?

Baja la mirada hacia el bol de ensalada.

—Y porque casi te dejo plantado, claro.

Los bordes metálicos del mango del tenedor me cortan la mano y me doy cuenta de que estoy apretando el utensilio demasiado fuerte. Ya no estoy enfadado con mi *ptichka*, aunque parte del dolor todavía persiste. Entiendo lo difícil que ha sido para ella admitir que me ama, aceptarme por completo después de todo lo que he hecho. Fue necesario no darle otra opción y obligarla, amenazando a sus amigos para hacerla aparecer en nuestra boda.

No, el origen de mi rabia no es Sara, sino el hombre que intentó manipularla para que huyera de nuestra boda.

El agente Ryson.

Que se atreviese a aparecer de esa forma me llena de una furia feroz. Si dejo a Henderson en paz, nos dejarán a Sara y a mí tranquilos, ese era el trato. No más vigilancia del FBI, no más acoso, empezar desde cero para que podamos llevar una vida apacible.

Amenazó también a Sara. La acusó de conspirar conmigo para matar a su marido. No tengo ni idea de qué le dijo con exactitud, pero debió ser grave para hacerla reaccionar de forma tan brusca.

En cualquier otra circunstancia, ya estaría pudriéndose con los gusanos, pero ahora debo ser un ciudadano respetuoso con la ley. No puedo ir por ahí matando a agentes del FBI, no sin renunciar a la vida por la que he luchado, la vida de civil que Sara necesita. Así que, por muy tentador que sea, Ryson vivirá, por ahora, al menos. Más adelante, cuando haya pasado tiempo suficiente, puede que tenga un desafortunado accidente o coincida con un ladrón demasiado agresivo, como el padrastro de la paciente de Sara... pero esa reflexión la dejaré para otro día.

Hoy tengo a Sara entera para mí y pienso disfrutarlo.

—No te preocupes, mi amor —le digo mientras mi

nueva esposa sigue comiendo en silencio para evitar mirarme—. Ya pasó. Es parte del pasado, como los demás errores que hemos cometido. Vamos a centrarnos en el presente y el futuro… vivir nuestras vidas sin volver a mirar atrás.

Levanta los ojos y, en ellos, veo incertidumbre.

—¿De verdad crees que podemos?

—Sí —contesto con firmeza, estiro la mano para llevarme la suya a los labios y la beso con ternura.

Después de almorzar, visitamos las casas de la lista que le enseñé a Sara, quien se enamora de una mansión victoriana de cinco habitaciones construida en los ochenta, pero renovada por completo el año pasado.

Tiene un jardín enorme, para el perro y los niños, según dice Sara con regocijo, y una hermosa chimenea en el salón. No me gusta estar tan cerca de los vecinos y que el jardín esté abierto, pero imagino que, si plantamos algunos árboles y ponemos una valla, podremos tener suficiente privacidad.

De todas formas, es mejor que vivir en el actual piso de alquiler de Sara.

Antes de marcharnos, hago una oferta en efectivo por encima del precio de mercado y el agente inmobiliario nos llama algunos minutos después para decirnos que la han aceptado.

—Hecho —le digo a Sara al colgar—. Cerramos la venta la semana que viene.

Abre los ojos como platos.

—¿De verdad? ¿Así de fácil?

—¿Por qué no?

Se ríe.

—Pues no sé. Supongo que porque la mayoría de las personas no compran casas como si comprasen zapatos.

Sonrío y le cojo la mano.

—No somos como la mayoría de las personas.

—No —admite con sarcasmo, mirándome—. No lo somos.

Volvemos a casa y preparo la cena, escalopes a la plancha con puré de batata y brócoli hervido. Mientras comemos, Sara menciona los detalles de la mudanza y le digo que yo me ocuparé de todo, como hice con los preparativos de la boda.

—Todo lo que tienes que hacer es presentarte en la nueva casa —digo, sirviéndole una copa de Pinot Grigio. Luego, al recordar su inexplicable disgusto por la venta del Toyota, añado—: A no ser que haya algo que quieras que decidamos juntos. ¿Te gustaría elegir los muebles nuevos o la decoración?

Sonríe arrepentida.

—No, creo que así está bien. No soy muy meticulosa con las cosas de casa. Si quieres encargarte de eso, me parece genial.

—Por nuestro nuevo hogar, entonces. —Levanto la copa de vino y brindo con cuidado—. Y por una nueva vida.

—Por nuestra nueva vida —repite con suavidad y

bebe un sorbo de la copa. No puedo evitar recordar cuando intentó drogarme con el vino, al inicio de nuestra relación. Se mostraba muy desafiante por aquel entonces, muy segura de que me odiaba.

¿Lo hace aún? ¿En algún rincón?

Se me ensombrece el temperamento, bajo la copa de vino y me pongo en pie. Rodeo la mesa y levanto a Sara.

—¿Qué estás…? —empieza a decir, pero ya la estoy besando, saboreando el vino en esos labios suaves y jugosos que me han estado distrayendo todo el día.

He puesto todo de mi parte para actuar como un buen marido, para hacer cosas normales con ella, en lugar de encadenarla a la cama y follarla durante todo el día como pedían mis instintos. He sido tranquilo y paciente, dejando que se recupere de lo de anoche, pero no puedo seguir con el rollo civilizado durante más tiempo.

La necesito.

Aquí.

Ahora.

Me enrolla los brazos alrededor del cuello, arquea el cuerpo delgado para apretarlo contra el mío y la inclino sobre el brazo, sin tener bastante de su olor y sabor, de la sensación de esa lengua delicada contra la mía. Joder, es deliciosa y se me endurece la polla, el corazón me late furioso en el pecho mientras tiro los platos de la mesa con un movimiento brusco, sin importar el desorden que estoy creando.

De todas formas, necesitamos comprar una vajilla nueva.

Jadea cuando la tumbo encima de la mesa y le levanto la falda del vestido veraniego, lo que expone unos muslos blancos y un bonito tanga azul ribeteado con encaje. Sin poder controlarme, desgarro el trozo de seda y hundo la cabeza entre los muslos. Sumerjo la lengua hambrienta entre los pliegues, cierro los labios en torno al clítoris en una firme y ávida succión y le coloco las piernas sobre mis hombros.

—Peter...Oh, Dios, Peter... —Eleva las caderas sobre la mesa, me agarra el pelo con las manos y siento que la polla me va a explotar en los vaqueros al saborear ese cálido aroma femenino y sentir el tacto de la piel sedosa bajo la lengua. Me encanta todo esto, desde la forma en la que me araña la cabeza con uñas afiladas y los muslos tonificados me aprietan las orejas hasta los jadeos que se le escapan por la garganta y la manera en la que se le estremece y contrae el coño resbaladizo bajo la lengua.

Esto es el paraíso, el puto cielo, y no puedo creer que viviera sin esto, sin ella, durante nueve meses agonizantes.

Sigo dándome un festín con ese clítoris, deslizo un dedo dentro y siento las paredes interiores apretándose alrededor de la intrusión, a la vez que levanta y mece las caderas, pidiéndome más sin palabras.

—Ya casi... solo un poco más —gruño entre los pliegues y la acarició desde dentro hasta encontrar ese pedacito de tejido esponjoso, el punto G. Arquea el cuerpo por completo y se corre con un grito agudo. Me aprieta el pelo con las manos de forma espasmódica mientras le palpita el coño alrededor del dedo.

En este momento, la polla amenaza con explotar dentro de los vaqueros, así que retiro el dedo y giro a Sara sobre el estómago. Luego la muevo hacia mí hasta que está doblada sobre la mesa con el vestido enrollado alrededor de la cintura, mostrando los glúteos firmes y el coño reluciente por la humedad y mi saliva. Sin poder esperar ni un segundo más, me desabrocho los vaqueros, me bajo los calzoncillos y me libero la polla dolorida.

—¿Lista? —pregunto con voz ronca, al inclinarme sobre ella mientras me guio hasta su entrada y se le entrecorta la respiración cuando la penetro sin esperar una respuesta.

Por dentro, es aterciopelada y suave, la carne tierna me aprieta con fuerza, envolviéndome de forma tan perfecta que las pelotas se me tensan contra el cuerpo y dejo escapar un gemido grave a medida que le clavo los dedos en las caderas.

Esto es una locura, un disparate total y completo. Después de la charla de anoche, tuvimos sexo dos veces más antes de quedarnos dormidos y no debería sentirme así, tan desesperado y deseoso por ella. Estoy a punto de perder el control. Pero me encuentro hambriento, famélico por todo lo que tiene que ver con Sara. La necesidad de poseerla se me clava en los huesos, la oscura lujuria me recorre la columna, me arde en las venas y me quema por dentro.

Es mi adicción y no tengo suficiente.

Tras soltarle las caderas, estiro el brazo para agarrarla de los codos. Tiro de ella, haciendo que arquee la espalda antes de embestirla más fuerte y siento cómo cierra los músculos interiores a mi alrededor, a la vez que empiezo a follarla en serio.

Grita con cada embestida, la parte superior del cuerpo se le eleva sobre la mesa por mi agarre y siento el orgasmo hirviendo dentro de mí. El placer asciende como un maremoto. Con un gemido, echo la cabeza hacia atrás, la penetro más rápido y sus gritos se intensifican. El coño se le tensa a mi alrededor y el cuerpo entero se le pone rígido. Siento que empieza a tener espasmos y luego me toca a mí: la polla se me convulsiona, liberándose, mientras la piel húmeda palpita en torno a mí. Me presiona y me vacía hasta que ya no queda nada.

Hasta que colapso sobre Sara. La aprieto contra la mesa mientras respiro de forma agitada e inhalo el embriagador aroma a sexo, a sudor y a ella.

Mi Sara. Mi esposa.

Mi obsesión.

Podríamos pasar juntos una eternidad y no sería suficiente.

 enderson

ESTOY TUMBADO EN LA CAMA, CON LA MIRADA FIJA EN EL techo. Por segunda noche, no puedo dormir, ya que oscuros pensamientos me inundan la mente mientras el cuello sigue molestándome por la tensión.

El plan que estoy trazando es extremo, incluso monstruoso, pero no veo otra opción. No puedo enfrentarme a Sokolov directamente, puesto que él y su mujer están demasiado bien protegidos. Si lo intento y fallo, lo pagaré muy caro. Además, Sokolov no es el único al que quiero eliminar.

Sus aliados son igual de peligrosos… para mí, para mi familia y para el mundo entero.

Esta es la única forma. Él y los demás deben pagar.

ME DESPIERTO CON EL LIGERO PITIDO DE LA ALARMA. Tras apagarla, me coloco boca arriba y me estiro, tan dolorida como satisfecha. Después de limpiar la cocina y ducharnos, Peter me folló una vez más antes de quedarnos dormidos. Luego, volvió a hacerlo durante la noche. Alguien debería embotellar el deseo sexual de este hombre y venderlo como droga. Ganaría una fortuna.

La idea me hace sonreír antes de salir de la cama y correr hacia la ducha. Ya huelo las delicias que Peter está cocinando en la cocina y siento el estómago preparado para comenzar el día.

—Buenos días, *ptichka* —me saluda cuando entro en la sala totalmente vestida para ir al trabajo tras darme una ducha rápida. En la mesa, hay dos platos con huevos y tostadas de aguacate. Sobre la encimera, reposa una fiambrera que será para llevarme al trabajo.

—Hola. —El corazón se me acelera al observarle. Hoy va sin camiseta y lleva los vaqueros oscuros caídos. Le brillan los tatuajes bajo la luz matinal. Su cuerpo es una obra de arte, con músculos tonificados y hombros anchos que se estrechan hasta la angosta cintura. Incluso las cicatrices del torso le otorgan cierta belleza violenta y peligrosa. Él mismo es así.

—¿Tienes tiempo para comer? —pregunta y asiento mientras lucho contra el deseo de chuparle con los labios los abdominales flexionados frente a mí. Quizás Peter no sea el único con una lívido de locos. La enfermedad debe ser contagiosa.

—Tengo quince minutos —contesto con voz ronca, a la vez que me esfuerzo en caminar bordeando la mesa, en lugar de hacia él. Si le doy un beso de buenos días, acabaremos en la cama de nuevo.

—Genial, te llevaré al trabajo —comenta al sentarse a la mesa. Coge una tostada, le da un muerdo y yo le imito antes de disfrutar del sabor ácido de la lima combinado con el sabroso huevo frito y el pan crujiente de centeno—. ¿Será una semana ajetreada? —pregunta cuando estoy a punto de terminarme la tostada. Asiento y me doy unos toquecitos en los labios con una servilleta.

—Sí, la verdad. Muy ajetreada. Wendy y Bill, mis jefes, se han cogido vacaciones, por lo que debo tratar a sus pacientes, además de a los míos. Oh, mañana por la tarde tengo que provocarle el parto a una de mis pacientes, por lo que es probable que llegue tarde a casa. Además, tengo algunos turnos en la clínica durante la segunda mitad de la semana.

—Ya veo. —La expresión de Peter es neutra, pero siento que se le ensombrece ligeramente el ánimo. No le gusta y no le culpo. Yo también preferiría más pasar el tiempo con él que ir a trabajar.

—¿Volverás a casa esta noche para cenar? —pregunta y le sonrío, agradecida por poder darle buenas noticias en ese aspecto.

—Creo que sí, al menos que haya una urgencia…

—Claro. —Se levanta—. Deja que me ponga una camisa y te llevaré a la consulta.

—Gracias. ¡Y gracias también por este desayuno delicioso! —grito, pero ya se ha marchado hacia el dormitorio.

eter

La consulta de Sara está a poca distancia a pie desde el apartamento, por lo que, en coche, solo nos lleva unos minutos. Demasiado pronto, me encuentro aparcando a un lado de la carretera antes de pasarle la comida a Sara mientras siento que preferiría morderme el brazo que dejarla salir del coche.

Odio no poder verla en todo el día ni tocarla o hablar con ella hasta esta noche. Es incluso peor que la semana pasada porque hemos estado juntos el domingo y ahora sé cómo es el paraíso.

Era lo que teníamos en Japón, aunque sin la hostilidad amarga, sin que Sara me eche en cara haberla apartado de su carrera profesional y de todo el mundo al que ama.

Debo hacer acopio de todas mis fuerzas para permanecer sentado y en calma mientras me besa en la mejilla y susurra, antes de salir del coche:

—Te quiero. Nos vemos pronto.

Observo su figura estilizada hasta que desaparece en el edificio donde está la consulta y les envío un mensaje a mis hombres para darles instrucciones acerca de cómo vigilar a Sara durante todo el día. Si no puedo estar con ella, al menos sabré dónde se encuentra y qué hace. Al menos, sabré que está a salvo.

PASO LA MAÑANA TRANSFIRIENDO LOS FONDOS PARA LA compra del jueves y organizando la mudanza inminente. Planeo que, para la semana que viene, ya podremos ocupar la casa nueva, lo que significa que hay mucho trabajo por hacer. Aunque el lugar haya sido remodelado hace poco y no requiera grandes reformas, tengo que instalar medidas de seguridad. Estemos o no en los suburbios, nuestro hogar será un fuerte y nadie, sobre todo el agente Ryson, será capaz de abordar a Sara en casa.

Es media tarde y estoy lavando las verduras para la cena cuando me vibra el móvil en la encimera. Presiono la pantalla con un dedo casi seco y veo el mensaje de Sara: «Lo siento mucho. Acaban de llamarme de la clínica. Están sobrepasados y me han suplicado que vaya esta noche. Solo será hasta las diez, más o menos. De nuevo, lo siento mucho».

El calabacín que estaba lavando se parte por la mitad y alejo el móvil con el codo para que no sufra el mismo destino. Joder, debería haberlo sabido. «Al menos que haya una emergencia» es un mensaje en clave de «es muy probable que haya una emergencia». Era así antes de Japón y, aunque el trabajo actual de Sara está menos centrado en la parte de obstetricia de su especialidad como ginecóloga, su mente no ha cambiado. El trabajo sigue siendo lo primero, incluso el voluntariado en la clínica.

Tardo veinte minutos en calmarme y empezar a pensar de forma racional. La carrera de Sara es una de las razones por la que pasé por todos esos problemas con Novak y Esguerra, por lo que acordé dejar de lado mi venganza contra Henderson. Ser doctora, ayudar a los pacientes, es importante para ella. Necesita el trabajo tanto como estar cerca de la familia y amigos. Lo sabía cuando la rapté, pero no me importó en ese momento. Lo único que me preocupaba era mantenerla junto a mí.

Ahora que es mía y feliz, no puedo volver a pensar de esa manera, no puedo olvidarme de cuando me convertí en el origen de su tristeza, cuando la miraba y veía la tortura en sus ojos.

Ahora es diferente. A pesar de las objeciones que aún le quedan, ha admitido por fin que me quiere, que me ama lo bastante como para tener un hijo conmigo. Una niña o un niño… como Pasha.

Durante un momento, de nuevo me duele respirar, pero, luego, el dolor se pasa y deja un anhelo agridulce tras de sí. Durante los últimos meses, cada vez más, he sido capaz de pensar en Pasha de esta forma, sin la rabia que emponzoñaba los recuerdos. Y sé que todo se lo debo a ella. Mi pequeño pájaro cantor, al que tantas ganas tengo de volver a enjaular.

Con una respiración profunda, lo dejo ir con lentitud y me centro en la tarea tranquilizadora de preparar la cena. Si Sara no puede volver a casa esta noche, iré a buscarla.

S*ara*

Creía que algún empleado de Peter me llevaría a la clínica, pero es él quien me está esperando en la acera.

Sonrío, me siento menos cansada cuando me pasea los ojos por el cuerpo antes de posarse lujuriosos sobre mi rostro.

—Hola. —Camino directa hacia él y respiro hondo cuando cierra los brazos firmes a mi alrededor y me presiona con fuerza contra el pecho. Su olor es cálido, limpio y muy masculino, el aroma característico de Peter que ahora asocio al bienestar.

Me abraza durante largos segundos y, luego, se retira para mirarme.

—¿Cómo te ha ido el día, mi amor? —pregunta con suavidad antes de apartarme el pelo de la cara.

Le dedico una sonrisa resplandeciente.

—Demasiado movidito, pero ahora mucho mejor. —Siento una alegría absurda porque haya querido llevarme a la clínica él mismo.

Me devuelve el gesto.

—Me has echado de menos, ¿verdad?

—Pues claro —admito mientras abre la puerta del coche y me ayuda a entrar—. Mucho.

Su sonrisa como respuesta hace que quiera derretirme en el asiento.

—Yo también te he echado de menos, *ptichka*.

—Siento tener que hacer esto —me disculpo cuando salimos hacia la carretera. Dentro del coche huele a algo picante y delicioso, y me ruge el estómago mientras digo—: Tenía muchas ganas de una cena agradable en casa.

Peter me mira.

—Te he traído comida. Está en el asiento trasero.

—¿Sí? —Me doy la vuelta y entiendo de dónde viene ese olor tan rico: otra fiambrera—. Uy, gracias. No tenías por qué hacerlo, pero te lo agradezco de verdad —. Me estiro, cojo la bolsa y me la coloco sobre el regazo.

Iba a comprar unos *pretzels* en alguna máquina expendedora de la clínica, pero no hay comparación.

—¿Por qué lo haces? —pregunta Peter tras frenar en un semáforo en rojo. Su tono es tranquilo, pero no me engaña.

Él también esperaba que pudiéramos cenar juntos.

—Lo siento mucho —digo en serio. Cuando Lydia, la recepcionista de la clínica, me llamó a la hora de la comida, estuve a punto de decirle que no, pero, al final, saber que, si yo no iba, muchas mujeres se perderían la revisión del cáncer y los cuidados prenatales básicos se impuso—. Hoy contaban con pocos voluntarios, y no podía dejarlos tirados.

Me mira de reojo.

—¿No?

Hago una pausa mientras abro la fiambrera con la comida.

—No —digo con firmeza—. No podía.

Aquí viene lo que he estado temiendo. Sabía que era sólo cuestión de tiempo que mis horarios interminables empezaran a molestar a Peter y parece que tenía razón al preocuparme. Tensa, me preparo para escuchar un ultimátum, pero solo pisa el acelerador y avanzamos con suavidad.

—Come, mi amor —dice en el mismo tono tranquilo—. No tienes mucho tiempo.

Sigo su sugerencia y me centro en la comida, una mezcla de verduras con cuscús y pollo asado. La salsa me recuerda a la del exquisito kebab de cordero que Peter preparó en Japón y lo devoro todo en cuestión de minutos.

—Gracias —digo antes de limpiarme la boca con una servilleta que ha metido de forma meticulosa junto a los cubiertos—. Estaba buenísimo.

—De nada. —Gira la esquina de la calle donde está

la clínica y aparca justo frente al edificio—. Ven, te acompaño.

—Oh, no te preo... —Dejo de hablar porque ya está rodeando el coche.

Abre la puerta, me ayuda a salir y me guía hasta el edificio, como si fuera a perderme si no me coloca la mano en la parte baja de la espalda.

Espero que se quede ahí cuando llegamos a la puerta, pero entra conmigo.

Confundida, dejo de andar y lo miro.

—¿Qué haces?

—¡Por fin has llegado! —Lydia se apresura hacia mí con una gran expresión de alivio—. Gracias a Dios. Pensé que no ibas a... Ah, hola. —Se ruboriza al mirar a Peter, lo que interpreto como un enamoramiento auténtico.

—Peter sólo estaba... —me excuso, pero sonríe y da un paso hacia delante.

—Peter Garin. Nos conocimos en nuestra boda —dice mientras le extiende la mano. La recepcionista abre los ojos y se la estrecha, dándole un fuerte apretón.

—Lydia —dice casi sin aliento—. Felicidades de nuevo. Fue un día espléndido.

—Gracias. —Le sonríe y casi puedo sentir cómo ella se derrite por dentro—. ¿Sabes? Sara me acaba de decir que hoy andáis cortos de voluntarios. No soy médico, claro está, pero tal vez haya algo que pueda hacer para ayudar esta noche. Quizás tengáis algunos archivos que ordenar o algo que pueda arreglar. Solo tenemos un coche por ahora y preferiría no tener que venir dos veces.

—Oh, por supuesto. —El nivel de entusiasmo de Lydia se cuadruplica de forma evidente—. Por favor, hay mucho trabajo. ¿Y dices que eres un manitas? ¿Por casualidad no sabrás también de ordenadores? Porque hay un programa de *software* que se me resiste... —Lo aleja de mí mientras parlotea y yo me quedo mirando incrédula al asesino de mi marido hasta que desaparece detrás de una esquina sin ni siquiera mirar atrás.

eter

Ayudo a Lydia con el problema del software, arreglo un grifo que gotea y cuelgo algunos adornos en la sala de espera mientras más de veinte mujeres, muchas de ellas embarazadas, me observan fascinadas.

Como Sara es la única doctora que trabaja esta noche, tiene una cola interminable de pacientes, así que no la molesto. Es suficiente saber que está a un par de habitaciones de distancia y puedo llegar hasta ella en un segundo si fuera necesario.

Cuando todas las tareas que me han pedido están hechas, me dispongo a montar una máquina de ultrasonido que ha donado un hospital local. Nunca había trabajado con material médico, pero siempre he sido bueno construyendo cosas como armas, explosivos y dispositivos de comunicación, así que no pasa mucho tiempo antes de que descubra qué pieza va dónde y cómo probarlo para asegurarme de que funciona.

—Oh, Dios mío, eres un héroe, como tu mujer —exclama Lydia cuando se lo enseño.

—Hemos estado esperando a que venga un técnico durante meses y, ay, ¡esto será de gran ayuda! Sara está atendiendo a su última paciente. ¿Crees que tendrás tiempo para arreglar esa estantería también? Se cae mucho últimamente y…

—No hay problema. —La sigo a una de las salas de reconocimiento y clavo algunos tornillos para asegurarme de que dicha estantería no se caiga sobre la cabeza de nadie.

—Eres tan bueno en esto —dice la recepcionista cuando termino—. ¿Alguna vez has trabajado en la construcción, por casualidad? Pareces todo un experto con ese taladro....

—Trabajé en algunos proyectos de construcción cuando era adolescente —digo sin más dilación. Esta mujer no necesita saber que los «proyectos» eran trabajos forzados en una especie de *gulag* siberiano para jóvenes.

—Ah, eso pensaba. —Me sonríe—. Déjame ver si Sara ha terminado.

—Por favor. —Le devuelvo la sonrisa—. Me gustaría llevarla a casa.

La recepcionista se retira y yo estiro los brazos para descargar los músculos. Solo han pasado unos días, pero me estoy poniendo nervioso, me muero por moverme y hacer ejercicio. Después de preparar la cena, fui a correr un rato al parque y me pasé por un gimnasio de boxeo para desahogarme un poco, pero necesito más.

Necesito un desafío de cualquier tipo.

Por vez primera, reflexiono con seriedad sobre lo que voy a hacer durante el resto de mi vida. Gracias al doble trabajo con Esguerra y Novak, tengo suficiente dinero para mí, para Sara y para una docena de niños y nietos, sobre todo si no acostumbramos a comprar aviones privados, armas especializadas u otros caprichos caros. No tengo que trabajar para mantenernos y no planeé nada más que conseguir a Sara y atarla a mí, en parte porque siempre he disfrutado del tiempo libre entre un trabajo y otro.

Ahora empiezo a darme cuenta de que era porque sabía que se trataba de algo pasajero, que otra misión desafiante y llena de adrenalina me esperaba. Ahora no hay nada, sólo una rutina tranquila y pacífica que no tiene fin, días en los que lo único que voy a hacer es pensar en Sara y esperar a que vuelva a casa.

—¿Peter? —Sara se asoma a la sala con una gran sonrisa que le ilumina la cara cuando posa los ojos sobre mí—. Estoy lista para irnos a casa cuando quieras.

—Vamos —digo y dejo el problema para otro momento. Ya pensaré en qué hacer con mi tiempo. Por ahora, tengo a mi *ptichka* y es todo lo que necesito.

S*ara*

LOS DOS DÍAS SIGUIENTES PASAN VOLANDO DEBIDO A LA gran cantidad de trabajo. El martes, me quedo hasta tarde en el hospital para atender un parto y el miércoles tengo otro turno en la clínica en el que, una vez más, soy la única doctora para tratar a todos los pacientes.

Es agotador, pero no me importa porque Peter encuentra la forma de estar cerca de mí ambas noches: el martes se pone al día con algunos correos electrónicos en la cafetería del hospital para que pueda salir a verlo mientras espero a que mi paciente esté lista para el parto y el miércoles se ofrece de nuevo como voluntario.

—¿Por qué haces esto? —le pregunto mientras

vamos de camino a la clínica—. No me malinterpretes, me alegro mucho de que vengas… y Lydia está encantada, seguro. Pero ¿es lo que quieres de verdad?

Me observa con los ojos brillantes como la plata.

—Te quiero a ti en la cama veinticuatro horas o, a falta de eso, esposada a mí todo el tiempo. Pero, como sé cuánto te importa tu carrera, me conformaré con la siguiente mejor actividad.

Lo observo sin saber cómo reaccionar. Con cualquier otro hombre, estaría convencida de que es una broma, pero, viniendo de él, no lo creo, sobre todo porque entiendo cómo se siente.

Yo también le echo mucho de menos cuando estamos separados.

Llegamos a la clínica un minuto más tarde. Voy a prepararme para una avalancha de pacientes mientras Lydia le pide a Peter que cambie de sitio algunos muebles. De siete a diez, me ocupo de mujeres con problemas de todo tipo y entonces un nombre familiar aparece en mi lista.

Monica Jackson.

Se me encoge el pecho con angustia. La chica de dieciocho años vino la semana pasada cuando su padrastro la agredió de forma brutal por segunda vez tras salir de la cárcel por cuestiones técnicas, en lugar de cumplir la condena de siete años por violarla cuando tenía diecisiete. La ayudé esa vez, dándole algo de dinero para que su madre alcohólica no dependiera tanto económicamente de ese hijo de puta, pero no pude hacer nada la semana pasada. Monica temía que su padrastro reclamara la custodia de su hermano menor y ganara... o que el niño terminara en alguna casa de acogida.

Su situación desesperara me afectó tanto que estuve llorando durante una hora. Respiro hondo, pongo mi mejor cara y me levanto cuando la niña entra en la consulta.

—Monica, ¿cómo estás?

—Hola, doctora Cobakis. —En esa pequeña cara, tiene una expresión tan radiante que casi no la reconozco. Incluso los hematomas que aún no se le han terminado de curar no le quitan luminosidad a la piel —. Estoy lista para ponerme el DIU.

Parpadeo, sorprendida ante su entusiasmo.

—Maravilloso. ¿Te sientes mejor?

Asiente antes de subirse a la camilla.

—Sí, mucho mejor. ¿Y adivine qué?

—Dime.

Sonríe.

—Ya no me molestará más. La semana pasada fue a trabajar por la noche y lo asaltaron en un callejón. Le cortaron el cuello, ¿puede creerlo?

—Que le han hecho... ¿qué? —Me fallan las piernas y caigo de espaldas contra la silla.

Le desaparece la sonrisa y me mira arrepentida.

—Lo siento. Eso ha sonado cruel, ¿verdad?

—Mmm, no. Eso es... —Muevo la cabeza en un intento inútil por despejarla—. ¿Dices que lo degollaron?

—Sí, el atracador o atracadores. La policía no sabe

cuántos eran. Pero le quitaron la cartera, así que está claro que iban a por su dinero.

—Ya veo —digo conmovida, pero no puedo evitarlo. Me viene a la cabeza con tanta claridad el recuerdo de los dos drogadictos que Peter mató para protegerme que puedo sentir el hedor cobrizo de la muerte y ver la forma en que cayeron como marionetas, los tenebrosos charcos de sangre que salía de sus cuerpos tirados boca abajo… Había tanta sangre que debió haberles rajado la garganta.

—¿Doctora Cobakis? ¿Está bien?

La chica parece preocupada. Debo haberme puesto pálida.

Con esfuerzo, me recompongo y sonrío para tranquilizarla.

—Sí, lo siento. Solo son malos recuerdos, eso es todo.

—Oh, disculpe. No quería asustarla. Y, por favor, entiéndalo, no digo que me alegre de que esté muerto, es solo que…

—Te alegras de que esté fuera de tu vida. Lo entiendo.

Me levanto de nuevo y, con toda la calma posible, le doy a Monica una bolsa de plástico con una bata de papel.

—Por favor, cámbiate. Enseguida estoy contigo.

La dejo sola y salgo con las piernas temblorosas y los pulmones luchando por respirar.

La semana pasada, después de enterarme de la segunda agresión a Monica, no solo lloré.

También confié en Peter, contándole al detalle lo que había pasado.

Si esto no es una macabra coincidencia, entonces, el agente Ryson tenía razón.

Soy tan despreciable como Peter. Maté al padrastro de Monica al apuntarle con el arma más letal de la que dispongo: mi nuevo marido.

TODAVÍA ME FALTA EL AIRE CUANDO ENTRO EN EL coche con Peter, el peso de las revelaciones de Monica sigue presionándome el pecho como un bloque de hielo.

—¿Qué pasa, *ptichka*? —pregunta mientras nos ponemos en marcha—. ¿Estás bien? —Quiero reírme como una loca. ¿Lo estoy? ¿Debería estarlo?¿Hay distintos niveles de bienestar para cuando tú misma has encargado un crimen sin darte cuenta?—. ¿Sara? —insiste Peter, mirándome, y, a pesar de que su tono tiene tintes de curiosidad, también percibo un atisbo de oscuridad en los ojos.

Ha tenido que ver a Monica en la clínica.

Cualquier esperanza que pudiera albergar de que

todo esto solo fuera una horrible coincidencia se evapora y deja paso a un terror cada vez mayor.

Peter ha cometido este crimen por mí.

Tengo las manos manchadas con la sangre de su víctima.

No tiene sentido preguntar, pero no puedo evitarlo. Necesito escucharlo.

—¿Lo has hecho tú?

Creía que no iba a decir nada o que lo negaría; sin embargo, contesta sin titubear y con la mirada fija en la carretera.

—Sí. —«Sí». Ahí está. Sin lugar a malentendidos ni confusiones. Ha matado a un hombre por mí. Le ha rajado la garganta, igual que hizo con aquellos drogadictos —. ¿Hubieras preferido que dejara a la chica en sus garras? —pregunta con voz calmada y firme al mirarme de nuevo—. Lo hice para que no te preocuparas y para que tu paciente pudiera tener una vida normal y feliz.

Trago saliva con dificultad y desvío los ojos para mirar distraídamente a través de la ventana. ¿Qué le respondo? «¿Cómo has podido?» «¿Gracias?» Me obligo a mirarle de nuevo.

—Pensaba… —Se me constriñe la garganta y tengo que empezar de nuevo—. Pensaba que ibas a respetar la ley. ¿No fue una de las condiciones de tu acuerdo con las autoridades?

Peter asiente con la vista puesta en la carretera.

—Lo es y estoy respetándola. Considero que lo que he hecho ha sido cumplir la ley, la misma que debería proteger a chicas como Monica de hombres como su padrastro.

Aparto de nuevo la vista, los ojos me arden mientras noto cómo se incrementa la presión en el pecho.

Ni siquiera ve mal lo que ha hecho. ¿Por qué iba a hacerlo? Eso es lo que es, lo que hace. Matar es tan normal para él como para mí lo es atender un parto.

—Sara… —Su voz profunda me sobresalta y me doy cuenta de que ya hemos aparcado. Debo haber desconectado durante el resto del trayecto. Me armo de valor y me giro hacia él. Estira la mano para coger la mía—. *Ptichka…* —dice con voz suave mientras me cubre los dedos gélidos con una mano cálida y enorme —. ¿Por qué me lo contaste si no querías que te ayudara? ¿De verdad pensabas que me iba a quedar ahí viéndote llorar por ese *ublyudok* y no iba a hacer nada?

Me estremezco. No puedo evitarlo. Ahí está, ese es el meollo del asunto, por qué las declaraciones de Monica han sido tan devastadoras. Porque, en el fondo, no esperaba que se mantuviera al margen. De alguna manera, sabía que lo haría, incluso antes de que me prometiera que mi paciente iba a estar «bien». Lo sabía y fingí no saberlo porque, en secreto, quería que ocurriera. Le indiqué a Peter cuál era el problema y él me dio la solución. Solo eso.

—Sara… —Con una mirada oscura a la par que cálida bajo la luz tenue que ilumina el interior del coche, levanta la mano para acariciarme la mejilla—. No hagas esto, *ptichka*. No te atormentes. Se lo merecía, lo sabes. ¿De verdad crees que Monica es la única chica a la que ha hecho daño? El sistema legal tuvo la oportunidad de arreglar la situación, encerrarlo para siempre, pero lo dejó escapar. Le hiciste un favor al mundo al contármelo. —Cierro los ojos, quiero apoyarme sobre esa mano, dejar que su voz profunda y reconfortante aleje el miedo y la culpa que me asfixia por dentro. Ahora no solo estoy enamorada de un asesino, sino que también me he convertido en una—. No hagas eso, mi amor. No se lo merece. —Su aliento me calienta la cara y me acaricia los labios con los suyos en un beso dulce y persuasivo.

Un escalofrío me recorre el cuerpo y una chispa de calor prende bajo el frío que se apodera de mí y, de repente, la delicadeza no es suficiente.

No quiero que me calme, quiero que me folle hasta que me olvide de todo.

Tras abrir los ojos, le enredo los dedos en el pelo para sujetarle la cabeza y cambio la posición de la cara para que el beso sea más intenso. Le acaricio la boca con la lengua y le clavo las uñas en la nuca mientras me aprieto contra él tras inclinarme sobre el compartimento que separa los asientos. Se queda sin aliento, me desliza las manos por el pelo antes de agarrarlo con firmeza, y un gruñido grave se le escapa de lo más profundo del pecho cuando responde con su propia agresividad. Me muerde el labio inferior con los dientes al besarme, con dureza y profundidad, mientras me presiona la espalda contra el asiento.

«Sí, eso es». La cabeza me da vueltas, el calor que emana de mi cuerpo se intensifica y provoca un gran incendio. Sabe a violencia y lujuria masculina, a castigo y amor, todo junto. Este ataque sensual no me deja pensar y tampoco quiero hacerlo.

Esto es lo que deseo.

Lo deseo a él.

De alguna manera, el asiento se reclina y, en un segundo, Peter está sobre mí. El coche se sacude con cada prenda de ropa que me arrebata. Con una mano hurga bajo la blusa mientras, con la otra, me alcanza la cremallera de los pantalones. Siento esas manos calientes y ásperas acariciándome el vientre desnudo y de golpe abro los ojos lo suficiente para advertir que las ventanas del coche se están empañando. Es casi suficiente para volverme lúcida, para recordarme donde estamos, pero baja cada vez más la mano, el beso se vuelve más agresivo y la vorágine de la necesidad me arrastra de nuevo.

No sé cómo ni cuándo me baja los pantalones y la ropa interior o en qué momento le arranco el botón de los vaqueros. Lo único que sé es que, de pronto, está dentro de mí, tan duro y grueso que duele. Grito antes de jadear mientras comienza a follarme en serio sin parar ni bajar el ritmo, aunque tampoco quiero que lo haga. Lo hacemos como animales, sin control ni delicadeza, y, cuando me corro con un grito, aferrada a él, Peter también lo hace en la locura que nos une.

En la oscuridad de nuestro amor.

*P*eter

Estoy casi seguro de que algunos vecinos han visto lo que ha pasado en el coche, en el aparcamiento, y es indudable que los miembros de mi equipo han sido testigos, pero, mientras guío a una temblorosa Sara hasta el ascensor, me importa una mierda.

Está más desaliñada de lo que nunca la había visto, con la blusa mal abotonada y el pelo despeinado alrededor de la cara sonrojada. Mi aspecto debe ser parecido y no puedo evitar esbozar una sonrisa pícara al pasar delante de una pareja con un carrito de bebé en la entrada. Nos miran escandalizados, Sara se gira con las mejillas rojas a más no poder.

Es demasiado bonita. Mi pobre *ptichka* está

avergonzada por nuestro pequeño episodio de sexo semipúblico, a pesar de que fue ella quien lo inició.

—No te preocupes, nos mudamos a finales de semana —le recuerdo mientras entramos en el ascensor. Pega la frente al espejo, cierra los ojos con fuerza y golpea ligeramente el cristal con el puño.

—No puedo creer lo que acabamos de hacer. Yo... Dios, no lo olvidaré nunca.

Parece tan aterrorizada que me entran ganas de abrazarla, así que lo hago mientras ignoro sus intentos por apartarme. Poco después, se relaja y le acaricio el pelo alborotado hasta que llegamos a nuestra planta.

Me agacho y la cojo en brazos para llevarla al apartamento.

No se opone, se limita a esconder la cara en el hueco del cuello cuando nos encontramos con otro vecino en el pasillo. El chico, que apenas ha salido de la adolescencia, me sonríe sin disimular y me da su aprobación con el dedo mientras se aleja.

Si supiera la historia completa.

Al llegar a la puerta, dejo a Sara en el suelo para coger las llaves y entra corriendo en cuanto abro. Oigo la ducha mientras aún estoy quitándome los zapatos y, cuando voy a su encuentro, ya está saliendo de la bañera, avergonzada, con ese adorable tinte rojizo en las mejillas.

Me alegra verla así.

Desde luego, es mejor que cuando se enteró de la muerte del padrastro de Monica.

—¿Crees que nos ha visto alguien? —pregunta

ansiosa, a la vez que se envuelve en la toalla y reprimo una nueva sonrisa mientras me desnudo.

—¿Tú que crees, *ptichka*?

—Es tarde y el aparcamiento estaba bastante oscuro y… ¡ay, calla! —Me golpea en el brazo cuando echo la camisa en el cesto de la ropa sucia y me rio, sin poder evitarlo.

Si nadie en esta urbanización ha visto el coche aparcado tambaleándose como un barco durante una tormenta, me comeré mis palabras.

Gruñe antes de taparse la cara con las manos, pero de repente me mira, pálida.

—¿Crees que nos detendrán? ¿Por escándalo público o algo parecido?

Dejo de reír.

—No, mi amor. —Veo el miedo y la culpabilidad en ese rostro y sé que no se debe a la travesura del aparcamiento. Ha recordado los acontecimientos anteriores y está preocupada por los efectos colaterales —. Sara… —Le cojo las manos, que vuelven a estar frías pese a que el vapor de la ducha caliente llena el pequeño baño—. *Ptichka*, no nos va a pasar nada. No hay nada que me relacione con la muerte de ese hombre ni nadie que lo esté investigando. Lo sé, los piratas informáticos lo han comprobado. Todos creen que han asaltado a un exconvicto en un barrio peligroso, eso es todo. Ningún policía va a perder el tiempo investigando, pero, si llegaran a hacerlo, no descubrirían nada. Soy bueno haciendo lo que hago… o lo que hacía.

—Lo sé. Y es... —Le cuesta tragar saliva—. Me aterroriza.

—¿Por qué? —pregunto con delicadeza, acariciándole la palma de las manos con los dedos—. Te dije que esa parte había quedado atrás. Pensemos en el futuro, ¿vale? Y tu paciente puede hacer lo mismo. Ya es libre para vivir sin miedo. ¿No era lo que querías para ella?

—Por supuesto. —Retira las manos y se abraza a sí misma, parece tan desolada que casi me arrepiento de haberlo hecho.

Quizás podría haber solucionado el problema de Monica de otra manera o, al menos, deshacerme del cuerpo.

Pero quería que la paciente de Sara supiera que su agresor ya no representaba una amenaza y una desaparición repentina no lo habría conseguido. La pobre chica habría vivido alerta, a la espera de que ese malnacido volviera en cualquier momento.

Ha sido lo mejor, estoy seguro. Ahora solo tengo que convencer a Sara.

—*Ptichka.*

—Peter... —dice a la vez que yo, así que me callo y dejo que continúe. Toma aire y lo suelta, despacio—. Peter, si... vamos a hacer esto de verdad, si vamos a construir una vida normal juntos, necesito que me prometas algo.

—¿Qué, mi amor? —pregunto, aunque ya me lo imagino.

—Quiero que me prometas que no lo volverás a

hacer. —Me mira fijamente con esos ojos color avellana —. Necesito saber que, si alguien me molesta, no va a acabar en un callejón con la garganta rajada. Que, si nuestro hijo tiene un profesor complicado en el colegio o si algún compañero lo acosa o alguien nos hace un gesto grosero mientras conducimos, el asesinato no será una opción.

Parpadeo.

—Entiendo.

—¿Puedes prometérmelo? —me presiona mientras aprieta los bordes de la toalla—. Necesito saber que la gente que me rodea está a salvo, que estando contigo no estoy condenando a nadie a una muerte segura.

Ahora me toca a mí respirar hondo y calmarme.

—Mi amor, no puedo prometer que no vaya a protegerte. Si alguien intenta hacerte daño a ti o a nuestros hijos...

—Recurriremos a las autoridades, como todo el mundo. —Levanta la barbilla con obstinación—. Para eso está la policía. De todos modos, no hablo de un caso claro de defensa propia. Es obvio que, si estamos andando por la calle y alguien nos amenaza con una pistola, es diferente, aunque la mejor solución seguiría siendo desarmar a esa persona o herirla. Estoy hablando del asesinato cómo opción para tratar con las personas que no son una amenaza mortal. Ves la diferencia, ¿no?

No, la verdad es que no. No quiero matar de manera aleatoria a tontos que nos piten desde el coche o lo que sea que Sara se esté imaginando, pero desde luego no voy a quedarme quieto y dejar que algún *ublyudok* la haga llorar como si le estuviera rompiendo el corazón.

Pero me está mirando expectante y sé que no lo va a dejar pasar.

—Está bien —digo tras reflexionar un momento—. Si es lo que quieres, te prometo que no voy a matar a nadie que sea una amenaza para nosotros o para alguien que nos importe.

—Y tampoco los vas a torturar, pegar o herir de alguna manera, ¿verdad?

Suspiro.

—Vale. Sin violencia física, lo prometo. —Si se diera la situación, aún me quedan el soborno, el chantaje o la presión financiera, así que me siento cómodo haciendo esta promesa. Además, lo que cada uno considera «amenaza» es bastante subjetivo.

Si algún acosador de mierda se mete con nuestro hijo en el colegio, él o sus padres no se van a ir de rositas.

Sara no parece satisfecha con esta promesa tan específica, así que le quito la toalla y me desabrocho los vaqueros.

—Espera… —empieza a decir, pero ya la he llevado de nuevo a la ducha, donde me aseguro de que cualquier hipotético imbécil del futuro con el que tenga que lidiar esté muy, muy lejos de esa cabeza.

A LA MAÑANA SIGUIENTE, SARA ESTÁ CALLADA Y ALGO distante, sin duda aún le preocupa cómo solucioné el problema de su paciente. Pensar en eso no va a traer nada bueno, así que intento distraerla con su nuevo pasatiempo: cantar con el grupo.

—¿Cuándo es la próxima actuación? —pregunto en el desayuno—. Ya te he visto subida al escenario en vídeos, pero me encantaría verte en persona.

Levanta la vista de la tortilla y parpadea, como si intentara volver a enfocarme.

—Ah, se me olvidó decírtelo. El guitarrista, Phil, me mandó un mensaje anoche. Nos ha conseguido una actuación para mañana por la noche, pero solo si todos podemos ir. ¿Te parece bien que aplacemos la cena con mis padres hasta el sábado?

Mi primer impulso es decirle que no. Contaba con tenerla toda para mí después de la cena, un evento que se alargaría dos o tres horas máximo. Pero esa actuación la va a mantener ocupada toda la noche del viernes y encima aún tendríamos que ver a sus padres durante el fin de semana, cuando también nos mudaremos a nuestra nueva casa.

Por otro lado, estoy deseando ver a mi pequeño ruiseñor encima del escenario, cantando a pleno pulmón. Además, es importante para ella y por lo tanto también lo es para mí.

—Por supuesto —respondo con calma y me levanto para empezar a recoger—. Podemos cenar con tus padres el sábado. O mejor, invitarlos a un *brunch*.

Siempre he sabido que vivir así significa tener que compartir el tiempo y la atención de Sara y no puedo dejar que mi obsesión por ella arruine lo que tenemos.

Puedo controlarlo.

Solo tengo que acostumbrarme.

Termino de limpiar mientras Sara se viste y la llevo al trabajo.

—Acuérdate de que cerramos la compra de la casa hoy a la seis —le digo mientras paro el coche delante de la consulta—. Te recojo a las cinco y media, ¿vale?

Asiente sin mirarme a los ojos cuando agarra la manilla de la puerta.

—Sara. —Le sujeto la muñeca cuando abre la puerta —. Mírame. —Obedece a regañadientes y alargo la otra mano para colocarle un mechón errante de cabello castaño brillante detrás de la oreja—. Dilo, *ptichka*, quiero oírlo. —Me mira y noto cómo se le acelera el pulso en la delgada muñeca que tengo entre los dedos. Se está resistiendo de nuevo contra lo que siente por mí y no voy a permitírselo—. Dilo —le pido, la agarro más fuerte y puedo ver el momento justo en el que deja de luchar.

Cierra los ojos, respira hondo y vuelve a abrirlos.

—Te quiero. —Su voz es débil pero firme, me mira a los ojos—. Te quiero, Peter… pase lo que pase.

Algo dentro de mí, un nudo de tensión que ni siquiera sabía que existía, se relaja y me acerco su mano a los labios para besar la piel suave de cada nudillo.

—Yo también te quiero. Te veo a las cinco y media, ¿vale?

—Vale —murmura y me obligo a dejarla ir.

La dejo volar libre, solo hasta esta noche.

Sara

FIEL A SU PALABRA, PETER ME RECOGE A LAS CINCO Y media en punto y nos acercamos a la oficina del notario para firmar los papeles.

—¿Has puesto la casa a mi nombre? —Miro a Peter sorprendida cuando veo solo un espacio para firmar los documentos.

Asiente y se le curvan los labios en una sonrisa.

—Es lo mejor, mi amor. Por si acaso.

Un escalofrío me recorre la espalda. «Por si acaso» podría referirse a cualquier cosa, pero, cuando a tu marido solían buscarle las fuerzas de seguridad de todo el mundo y todavía tiene vínculos con el crimen organizado, las palabras adquieren un significado bastante siniestro.

Me gustaría indagar a fondo, pero la notaria, una treintañera guapa y refinada, nos está mirando con una curiosidad evidente, así que me limito a firmar en cada X e intento no pensar en las aterradoras posibilidades.

Como que, por ejemplo, un equipo de los SWAT eche nuestra puerta abajo en mitad de la noche porque han descubierto la participación de Peter en el asesinato del padrastro de Monica.

—Todo listo —dice la mujer con voz alegre cuando le entrego el último documento—. Enhorabuena por su nueva casa.

—Gracias. —Me levanto y le doy la mano—. Estamos muy emocionados.

Luego, Peter le estrecha la mano y no puedo evitar darme cuenta del modo en el que ella lo mira: como un gato acechando un platillo de leche. Parece que él no percibe su interés; sin embargo, yo siento un ataque espantoso de celos.

¿Debería decirle a Peter que eso me ha enfadado?

Dejo el humor negro en cuanto lo pienso, pero ya es demasiado tarde. Vuelvo a rememorarlo todo y a sentirme mal. Me he pasado el día entero tratando de convencerme de que lo que pasó fue un hecho aislado y que Peter cumplirá su promesa de no herir a nadie más. Pero cada vez que empiezo a creerlo, recuerdo la amenaza sobre lo que haría en nuestra boda si lo dejaba plantado.

El asesinato, o la amenaza de que se produzca, siempre será parte de su arsenal y en realidad nadie de mi alrededor estará a salvo. Es como ir por ahí con una granada a punto de estallar.

Peter me guía hacia el exterior y volvemos a casa, donde la mesa ya está puesta, con velas y una botella de champán que se enfría en un cubo de hielo mientras un olor delicioso me llega desde el horno.

—Por nuestra casa nueva —dice tras servirnos unas copas de bebida burbujeante, que chocamos mientras intento no pensar en cadáveres en callejones oscuros ni charcos de sangre.

Ni en la granada que tengo siempre al lado.

eter

Es viernes y los de la mudanza no llegan hasta el mediodía, así que después de dejar a Sara en el trabajo, salgo a correr con una mochila pesada para imitar el entrenamiento que solía hacer con los chicos. Necesito hacer ejercicio intenso para quemar la inquietud que he estado sintiendo y para olvidarme de cuánto echo de menos a mi esposa adicta al trabajo.

Al terminar la carrera en un parque tranquilo y casi vacío, me quito la camiseta empapada en sudor y empiezo una serie de calistenia con una mochila de treinta y seis kilos para añadir dificultad a las flexiones básicas de un brazo y a las dominadas en un árbol cercano.

Casi he acabado cuando veo a un adolescente

corriendo hacia mí con la camiseta ondeando en torno al cuerpo delgado. Por un momento paréceme da un vuelco el corazón al creer reconocer a mi amigo Andrey, el que me hizo todos los tatuajes en Camp Larko.

La ilusión se desvanece cuando el corredor se acerca, pero no puedo dejar de mirarlo.

El chico corre a toda velocidad como si los sabuesos del infierno lo estuvieran persiguiendo. Con ojos salvajes sacude los brazos a ambos lados, desesperado. Unos segundos después, veo por qué.

Cuatro chicos mayores y más grandes, aunque jóvenes, corren tras él y le gritan insultos mientras avanzan.

Joder, no es asunto mío, pero no puedo evitarlo.

Tan pronto como el doble de Andrey pasa por delante de mí corriendo, me desabrocho la mochila de la cintura y la tiro al suelo con indiferencia. Entonces, justo cuando los perseguidores están a punto de pasar a toda velocidad a mi lado, me interpongo en su camino y extiendo los brazos a ambos lados.

Se detienen en seco y apenas pueden evitar chocarse conmigo.

—¿Qué cojones, tío? —gruñe el más grande—. ¡Muévete!

Intenta apartarme, un gran error por su parte. Mi afilado instinto hace su efecto y, un momento después, el tipo está tendido sobre el trasero entre gemidos mientras sus tres compañeros retroceden con las manos levantadas en una pose defensiva.

—Largo —les digo y obedecen, parándose solo para recoger a su amigo abatido y arrastrarlo lejos.

Me estoy agachando para recuperar la mochila cuando veo movimiento por el rabillo del ojo.

Es el chico al que he ayudado, cuyo torso delgado se agita mientras me mira.

—¿Cómo lo has hecho? —Hay asombro y envidia en su voz.

—¿Hacer el qué? —digo mientras recojo la mochila y meto la camiseta sucia dentro.

—Bajarles los humos de esa manera.

Me encojo de hombros, me cuelgo la mochila y aseguro las correas alrededor de la cintura.

—Solo es entrenamiento básico de autodefensa.

—No, tío. —Los ojos azules del chico son enormes, parecidos a los de Andrey de una manera que da miedo—. Hay algo más. ¿Has estado en el ejército? ¿Y estás entrenando con eso? —Señala la mochila.

—Algo así, sí. —Me giro para irme, pero el chico aún no ha acabado.

—¿Puedes enseñarme? A pelear, digo.

Hago como que no lo he oído y empiezo a correr.

No desiste. Me alcanza y corre a mi lado.

—¿Puedes enseñarme? Por favor.

Aumento el ritmo.

—No me dedico a entrenar a críos.

—Te pagaré. —Le falta el aliento por la carrera, pero de alguna manera se las arregla para seguirme el ritmo —. Toma. —Mete la mano en el bolsillo y saca un par de billetes de veinte—. Me los iban a quitar, así que es mejor que los tengas tú.

Estoy a punto de negarme cuando se me ocurre una idea. Me detengo junto a un banco y miro al chico, reflexivo.

—¿Quieres aprender? ¿De verdad?

—Sí. —Casi da saltos de emoción—. Quiero saber cómo defenderme. Me refiero a que aprendí un poco de kárate cuando era más pequeño, pero en realidad no...

—¿Qué edad tienes? —le interrumpo.

—Dieciséis. Bueno, casi. Mi cumpleaños es el mes que viene.

—¿Y quiénes eran los que te perseguían?

El chico se sonroja.

—Los amigos de mi hermano mayor. Se están uniendo a una fraternidad y es como un ritual para ellos. Ya sabes, quitarle el dinero a un empollón.

Casi pongo los ojos en blanco ante lo ridículo que suena todo esto. ¿De veras estoy considerando hacer esto?

—Por favor, señor. —El chico cambia el peso de un pie a otro—. Mi padre siempre dice que tengo que defenderme, pero no sé cómo. Y la forma en la que acabas de detenerlos... Mataría por poder hacerlo.

El chico no tiene ni idea de lo que dice, pero por alguna razón (quizá porque todavía pienso en Andrey y en cómo siempre lo acosaban en ese horrible campamento antes de que el guardia sádico lo hirviera vivo) le extiendo la mano y digo:

—Dame tu móvil. —El chico saca el teléfono con entusiasmo y me lo tiende. Guardo mi número y se lo devuelvo—. Llámame este fin de semana y quedamos. Por cierto, ¿cómo te llamas?

—Aiden, señor. Aiden Walt. —Titubea, pero decide lanzarse—. ¿Y tú eres...?

—Peter Garin —contesto y sigo corriendo, dejando al joven de pie junto al banco.

15

S*ara*

COMO HA HECHO TODA LA SEMANA, PETER ME RECOGE después del trabajo, solo que en vez de ir a casa o a la clínica, vamos al bar donde actúo con la banda esta noche.

—Muchas gracias por esto —le digo mientras mastico la pasta con pollo que me ha traído para comer en el coche—. De verdad, está deliciosa.

—De nada. —Me mira con ojos cálidos antes de volver a dirigir la atención a la carretera—. Me alegra que te guste.

—No puedo creerme que hayas tenido tiempo de cocinar hoy. ¿No se suponía que venían los de la mudanza?

Sonríe.

—Ah, ¿no te lo he dicho? Vinieron y esta noche dormimos en la casa nueva.

—¿Qué? —Casi me atraganto con la pasta—. ¿Lo dices en serio?

Asiente.

—Contraté a cuatro hombres para que empaquetaran todo y se lo llevaron en tiempo récord. Ya he colocado las cosas de primera necesidad, incluido lo de la cocina y el dormitorio, así que solo tenemos que ocuparnos de unas cuantas cajas durante el fin de semana. Y comprar varias cosas nuevas, por supuesto, pero pensé que lo podíamos hacer juntos.

—Eres increíble —le contesto, y lo digo completamente en serio. Ese impulso implacable y obsesivo solía aterrorizarme, esa capacidad casi sobrehumana de superar obstáculos insuperables en la búsqueda de su objetivo, pero ahora que ya no lucho por escapar de él, lo veo como la ventaja que es.

La misma fuerza de voluntad formidable que usó Peter para que me enamorara de él ahora está suavizando todos los pequeños baches de la pacífica vida suburbana. Una vida que solo es posible porque Peter ha llevado a cabo un milagro virtual y se ha sacado a sí mismo de la lista de los más buscados.

Si no lo conociera tan bien pensaría que es un mago que somete al destino y a la realidad a su voluntad.

—También he decidido abrir una academia de entrenamiento —dice con indiferencia mientras sigo comiendo—. Empezaré a buscar un local la semana que viene.

Me detengo en mitad de un muerdo para mirarlo con incredulidad.

—¿De verdad?

—Sí. Hoy he conocido a un chico en el parque y me ha pedido que le enseñe a pelear. Entonces se me ha ocurrido la idea y, cuanto más reflexiono sobre el tema, más me gusta. Estoy pensando en dar clases de autodefensa para jóvenes y mujeres, programas de entrenamiento militar para atletas de élite, entrenamiento de armas para guardaespaldas y cosas así. Tengo un poco de experiencia entrenando a los demás, lo hice con mis chicos cuando estaba formando al equipo, así que será divertido.

—Es una idea excelente. —No puedo ocultar la emoción en la voz—. Será perfecto para ti.

Me lanza una mirada irónica.

—¿Mejor que los asesinatos?

Me río porque me ha leído la mente.

—Sí, mucho mejor. —Me preocupaba qué iba a hacer aquí, si echaría de menos la antigua profesión llena de adrenalina, por lo que esto me tranquiliza bastante.

Si se mantiene ocupado con la academia de entrenamiento y con nuevos desafíos, el asesino de mi marido podrá adaptarse a esta apacible vida civil.

Ahora me siento más tranquila de lo que he estado desde la visita de Monica. Me termino la pasta justo cuando llegamos al bar donde actúo esta noche.

El sentimiento de tranquilidad se disipa en cuanto entramos. El bar es enorme, ruidoso y está lleno de gente, con la mayoría de los clientes ya borrachos, y puedo sentir cómo aumenta la tensión de Peter conforme nos acercamos a la zona del *backstage*, donde el resto del grupo se prepara.

—¡Eh, aquí están, los recién casados! Me alegro de que hayáis podido venir. —Phil me da un fuerte abrazo y la cara de mi marido se vuelve de piedra mientras aprieta los puños.

Mierda. Había olvidado esa posesividad extrema.

Empujo a mi compañero y agarro a toda velocidad el brazo de Peter. El músculo de acero se comprime bajo mis dedos y me doy cuenta de que he hecho bien en preocuparme.

La granada estaba a punto de explotar.

—¿Dónde están Simon y Rory? —pregunto, a la vez que le acaricio el bíceps a Peter, como si estuviera disfrutando de tocar ese músculo letal, cosa que haría si no tuviera que preocuparme tanto por Phil—. ¿Están listos para salir?

—Se están cambiando allí. —Phil señala con la cabeza hacia la derecha—. Deberías hacerlo tú también. Te hemos preparado la ropa. Y no te preocupes, te lo devolveré cuando hayas terminado.

Le sonríe a Peter, que todavía parece querer arrancarle las uñas. Una a una.

—Vale, me doy prisa.

Le doy a Peter un apretón de advertencia en el bíceps y me dirijo a regañadientes hacia el vestuario.

Espero que nuestro guitarrista siga ileso cuando vuelva.

*P*eter

—Entonces... —dice Phil. La expresión de niño bueno se le evapora en cuanto Sara se va—. Eres un celoso de campeonato, ¿no?

Lo miro sin pestañear:

—No tienes ni idea.

Si vuelve a abrazar a Sara, será lo último que haga. Este sitio ya me tiene al límite, ya que, con toda esta gente borracha, es el lugar perfecto para que un asesino ataque, y la mera idea de que este gilipollas con barriga cervecera ponga las garras sobre Sara hace que arda en deseos de romperle ese cuello fofo.

Me mira y empieza a partirse de risa:

—Tío, deberías verte la cara. Yo creía que la mirada asesina no existía. —Me obligo a pestañear para atenuar esa «mirada asesina», mientras él continúa, feliz y ajeno a lo cierta que ha sido esa observación—: Lo siento tío, no pretendía meterme en tu territorio. Todos conocemos a Sara desde hace un tiempo y es como una hermana para nosotros. Bueno, no del todo porque no estamos emparentados y es muy sexi, pero ya sabes a lo que me refiero. Y para serte sincero, no sabíamos ni que le gustaban los hombres. No digo que pensásemos que fuera de la otra acera… solo creíamos que no le interesaba tener citas, por lo de ser viuda y tal. Aunque supongo que en secreto ya salía contigo y… —Niega con la cabeza—. Maldita sea, no me puedo creer que no lo supiéramos.

—Bueno, pues ahora ya lo sabéis.

Debería ser más agradable, dado su claro intento por crear cierta camaradería masculina, pero todavía me estoy conteniendo para no matarlo por ese abrazo… y por todas las veces que ha intentado ligar con el bombón de mi mujer.

No era mi esposa en ese momento, pero era mía.

Por suerte, Sara vuelve a aparecer antes de que siga poniendo a prueba mi paciencia.

Lleva un vestido blanco de cuello *halter* que me recuerda a Marilyn Monroe en la famosa escena de la falda al viento. En otra mujer, podría ser algo coqueto, pero en Sara, con esa complexión de bailarina, es tan elegante como sexi.

—Pensé que era apropiado —dice Phil mientras la miro. Se me hace la boca agua por las ganas que tengo de mordisquearle la suave piel que sobresale por el escote del vestido—. Ya sabes, ahora que está recién casada y eso.

Aparto la vista de la delicada clavícula.

—¿Qué?

—El vestido blanco —dice el guitarrista sonriente—. Lo escogí como una continuación de la boda.

—Ah. —Me vuelvo para mirar a Sara mientras ella se detiene para hablar con el batería, Simon. ¿Sería muy malo si la secuestrara ahora mismo? ¿Si me la llevara de aquí para después mantenerla en la cama hasta que ninguno de los dos pudiera caminar...?

Quiero que cante para mí, solo para mí, con ese vestido.

O con cualquier otro vestido, a decir verdad.

—Tío, estás muy pillado por ella —dice Phil y lo miro, irritado. El idiota está negando con la cabeza y sonriendo, como si no se diera cuenta de que estoy literalmente a punto de romperle el cuello.

—¡Oye, Phil! —Una mujer rubia gira la esquina y me doy cuenta de que es Marsha, la amiga de Sara del hospital.

Al verme se queda paralizada durante un segundo y después, recelosa, se acerca a nosotros.

—Hola, Marsha. —Le sonrío con la mayor amabilidad posible. No necesito asustarla más de lo que está; ya guarda todo tipo de sospechas sobre mí—. No sabía que estarías aquí.

—Sí, bueno... —Desvía la mirada hacia Phil—. ¿Puedo hablar contigo?

—Claro. —Me mira—. Perdona.

Vuelvo a poner mi atención en Sara mientras Marsha arrastra de allí al guitarrista. Mi *ptichka* está ahora hablando con el chico pelirrojo, Rory, y no me gusta cómo ese pavo real musculoso la mira.

Me dirijo hacía allí, pero Sara termina la conversación y le echa un vistazo a la zona del escenario.

—Están esperándonos —grita por encima del hombro y yo, con sigilo, salgo de la zona del *backstage* para unirme al público en el bar.

La actuación de mi *ptichka* está a punto de empezar y no me la perdería por nada del mundo.

PARA MI SORPRESA, LA MULTITUD AGITADA SE CALLA EN cuanto ve a Sara poner un pie en el escenario.

Y, cuando abre la boca, entiendo por qué. Está tan espectacular allí arriba como cualquier otra estrella del pop, con un sonido fuerte y puro mientras canta a viva voz las letras que ella misma ha compuesto. La había escuchado practicar en Japón, pero me encuentro igual de extasiado que todo el mundo en el bar.

Es imposible no hacerlo.

La canción es tan sugerente como animada, una mezcla inusual de *country*, R&B y cualquier éxito pop reciente... todo combinado con la energía única de Sara.

Es mejor que buena.

Es increíble.

Nuestros ojos se encuentran y el corazón casi se me sale del pecho. Es surrealista lo mucho que la necesito, la manera en la que la deseo con cada célula del cuerpo. Los instintos primitivos se despiertan otra vez en mí, igual que la necesidad de colgármela sobre el hombro y arrastrarla hasta mi guarida.

La quiero lejos de los ojos de todos, para que pueda devorarla entera yo solo.

Una canción, tres, cinco, quince. Antes de darme cuenta, han pasado dos horas. El público sigue jaleándola y pidiéndole otra canción y ella los complace hasta que por fin acaba todo.

La atrapo cuando baja del escenario. La agarro y la levanto antes de presionarla contra el pecho.

—El privilegio del recién casado —les gruño a sus fans rabiosos y, mientras se ríe y esconde el rostro sonrojado, hago lo que he estado queriendo hacer durante toda la tarde.

Me la llevo para disfrutarla yo solo.

*P*eter

CONSIGO CONTROLARME LO SUFICIENTE HASTA LLEGAR A casa, aunque cada vez que Sara se mueve en el asiento y veo por el rabillo del ojo el muslo desnudo bajo la falda blanca y sexi, me veo tentado a pararme a un lado de la carretera.

Lo único que me impide hacerlo es que no quiero otro polvo rápido en el coche. La necesito en la cama, donde pueda darme un festín con su cuerpo durante toda la noche, donde pueda mostrarle que siempre será mía, sin importar cuantos tíos babeen por ella.

Ayuda bastante que no pare de hablar, ya que todavía siente la adrenalina de la actuación. Me está contando que la guitarra de Phil necesitaba un afinamiento de última hora y que Simon casi no llega a tiempo porque tenía fecha límite para entregar un artículo. Concentrarme en sus palabras hace que me controle para no meter la mano debajo de la falda y abrirme camino por el muslo suave y torneado justo antes de indagar debajo del tanga de encaje que se ha puesto esta mañana y acariciar ese suave y sedoso…

—¿Te puedes creer que Marsha esté saliendo con Phil? —dice Sara, y me doy cuenta de que he dejado de escucharla al perderme en una fantasía intensa.

—¿Sí? —Hago todo lo posible para volver a concentrarme en sus palabras—. ¿Cuándo ha pasado eso?

—Rory me ha contado que se acostaron la noche de nuestra boda. ¿A que es gracioso? Al parecer Marsha estaba demasiado borracha para conducir después de la ceremonia y Phil se ofreció a llevarla a casa. Y el resto, como se suele decir, es historia.

—¡Qué bien! —digo, obligándome a mantener los ojos en la carretera, en vez de devorar a Sara con la mirada—. Me alegro por ellos.

Y lo digo en serio. Quizás la sugerente enfermera mantendrá al guitarrista ocupado para que deje de babear por Sara a todas horas. Además, así él también mantendrá a Marsha distraída para que no se meta en nuestros asuntos.

Sara le ha contado demasiadas cosas en mi ausencia y, aunque no sabe con seguridad si soy el hombre que espiaba a Sara y que mató a su primer marido, tiene una fuerte sospecha.

—Sí, espero que les vaya bien —dice Sara—. Los dos se merecen un buen compañero de vida.

Asiento sin comprometerme y le lanzo otra mirada a Sara, que me la devuelve con una sonrisa antes de apoyarme la mano en el muslo de manera casual.

Mi miembro, que ya estaba semierecto por las imágenes porno que tenía en la cabeza, ahora se exhibe en todo su esplendor.

El contacto de esos dedos esbeltos me calienta la piel a pesar del tejido grueso de los vaqueros, como si tuviera un cable encendido apoyado en el muslo y enviara descargas eléctricas directas a la entrepierna. El corazón me late de forma violenta y aprieto la mandíbula mientras la carretera se desdibuja ante mí durante un segundo peligroso.

—Sara —gimo su nombre, a la vez que aprieto con fuerza el volante—. *Ptichka*, si no quitas la mano ahora mismo…

Se le acelera la respiración y aparta la mano, al darse cuenta de lo que está haciendo. No ayuda. Todavía puedo sentir su tacto. Lo tengo marcado en la piel, en la cabeza… en el corazón. Quizás algún día no será así, quizás no me mate con cada afecto espontáneo, pero, por ahora, todo es muy nuevo, muy intenso.

No hace mucho tiempo, me hubiera temido y odiado. En su cabeza, hubiera sido un monstruo. Y quizás todavía lo soy, pero ahora me ama.

Sabe que me necesita, incluso las partes oscuras.

Cuando aparcamos frente a nuestra casa nueva, me

detengo para asegurarme de que no hay nada que alerte mi agudo sentido del peligro. Nada lo hace, no hay ningún motivo. Es el sitio más seguro posible, con la más avanzada tecnología grabándolo todo y el equipo colocado en lugares estratégicos por el vecindario. No dejaré que enemigos del pasado entren sin permiso en nuestro tranquilo presente.

—Guau —exclama Sara mientras la ayudo a salir del coche. Mueve la cabeza de un lado a otro, con los ojos abiertos como platos por el asombro.

—¿De dónde has sacado esos árboles? ¿Y esa verja? ¿Cuándo has tenido tiempo para hacer todo esto?

Le echo un vistazo a lo que se está refiriendo. Sí, he colocado una verja alta y también he plantado árboles alrededor de la propiedad para proporcionarnos privacidad y obstaculizar la línea de visión de cualquier francotirador potencial.

—Ayer —le contesto antes de colocarle la mano en la parte baja de la espalda para guiarla hacia la entrada.

Sara puede alucinar con nuestra nueva casa mañana; esta noche todo su tiempo me pertenece.

Apenas hemos cruzado el portal, me deshago del control como si fuera una ramita en una tormenta de granizo.

Cierro la puerta con el pie, enciendo la luz del pasillo y la empotro contra la pared mientras dirijo las manos hacia el dobladillo del vestido. Le subo la falda hacía arriba, encuentro el tanga de encaje empapado y debajo el coño suave y escurridizo.

Joder, actuar debe haberla excitado en más de un sentido.

—Peter. —Abre los ojos como platos cuando me aprieta el bíceps.

—Espera, vamos primero… Ahh. —Sus palabras terminan en un gemido mientras la penetro con dos dedos, deleitándome con esa firmeza suave y mojada.

—Dime que quieres más —le ordeno metiendo y sacando los dedos antes de dejar que el borde del pulgar le roce el clítoris escondido cada vez que entro en ella—. Dime que me quieres solo a mí.

Tiene los ojos cada vez más brillantes y las pupilas se le dilatan por segundos.

—Te quiero solo a ti, ya lo sabes. —Le falta el aliento, noto el interior de los muslos tenso y mueve las caderas en círculos de forma rítmica, lo que me indica que está a punto—. Peter, por favor…

Saco los dedos y le llevo la mano a la cara.

—Chúpalos. —Le introduzco los dedos entre los labios delicados—. Déjalos bien mojados, ¿entiendes?

Abre de nuevo los ojos, pero me obedece. Hace girar la lengua ágil alrededor de los dedos a medida que se los meto en la boca. Es brutal porque me recuerda a esa lengua en torno a la polla.

Quiero más, por lo que empujo los dedos dentro de ella y siento que se le convulsiona la garganta con una arcada, llenándolos así de más saliva.

Joder. Si no me meto dentro de ella ya, voy a explotar.

Me desabrocho los vaqueros con la mano que tengo

libre, le saco los dedos de la boca y se los vuelvo a meter en el coño para conseguir que se mezcle su humedad con la saliva mientras la follo de nuevo con los dedos y la mirada fija en sus ojos.

No tarda mucho, en unos treinta segundos, respira con dificultad y se le enrojece la piel pálida. Sigue con la mirada fija en la mía, pero tiene los ojos ciegos y nublados y la boca entreabierta mientras me clava las uñas en los bíceps. Los muslos se le estremecen como las cuerdas de una guitarra.

Espero hasta saber con seguridad que se está corriendo. Luego, saco los dedos de nuevo, lo justo para levantarla por los muslos prietos y penetrarla con la polla dolorida.

Esboza una O con los labios antes de que se transforme en un fuerte jadeo. Me rodea con firmeza las caderas con las piernas mientras entro en ella hasta el fondo con una embestida despiadada. Puedo sentir que tiene los músculos internos palpitando y contrayéndose, a la vez que presiono hasta lo más profundo de su ser. Debo utilizar toda la fuerza de voluntad para no rendirme ante la intensa necesidad de correrme.

No se va a deshacer de mí con tanta facilidad.

Al menos no esta noche.

Me las apaño para aguantar hasta que tiene espasmos de placer y el cuerpo se le queda inmóvil junto al mío, se le empiezan a cerrar los párpados y le aparece un brillo de felicidad en el rostro. Bajo la cabeza para besarle los labios entreabiertos y muevo la mano con la que la he penetrado lejos de los muslos, hasta la tentadora separación que hay entre los dos glúteos.

Está tan relajada y entregada al beso que no presenta la más mínima resistencia cuando le presiono el dedo mojado contra el culo apretado, lo abro y trabajo con cautela en la zona. Ya estoy dentro de ella cuando vuelve a abrir los ojos de forma desmesurada y se le tensa el cuerpo, los músculos internos me aprietan la polla y el dedo y presiona las piernas alrededor de mis caderas.

—Déjame entrar, *ptichka* —murmuro contra los labios—. Sabes que lo estás deseando.

Tampoco tiene mucha opción. La estoy sujetando con la mano que tengo libre y con el peso del cuerpo. Con las piernas en torno a las caderas y la polla dentro de ella, no hay manera de que pueda escapar o de que pueda controlar la profundidad de las penetraciones por ninguno de los orificios.

Está por completo a mi merced y eso es justo lo que quiero.

No he vuelto a probar este culo desde la noche de bodas, pero no he dejado de pensar en él, cómo me presionaban los huevos aquellas esferas redondas y perfectas y la cara de agonía al estar a punto de llegar al éxtasis. Le había hecho daño, lo sé, pero algo en esa acción me había parecido perversamente correcto, muy satisfactorio.

Aunque la adoro, a veces sigo queriendo castigarla

para ver cómo el miedo lucha contra la excitación en esos ojos bonitos.

Al levantar la cabeza, veo cómo los tiene fijos en mí.

—No… —Se le está acelerando la respiración otra vez—. No sé si…

La interrumpo con otro beso y vuelvo a poner el dedo contra la apretada abertura mientras la elevo más con la mano que tengo libre para que se mueva sobre la polla. Gimotea contra los labios y siento el roce del pene contra el dedo a través de la pared que hay entre los dos orificios.

Se me acelera la respiración, se me contraen los huevos y cualquier límite que haya podido tener se desvanece.

Intensifico el beso, me sumerjo más en ella y, a la vez, le meto un segundo dedo en el culo. Se pone tensa, me clava las uñas con más fuerza en el brazo y contrae los músculos internos como mecanismo de defensa, pero es inútil. Ya estoy dentro, con tanta profundidad que jamás conseguirá sacarme de aquí.

No tiene escapatoria.

Ni ahora ni nunca.

Todo dentro de mí grita que la folle, que me sumerja en ella una y otra vez hasta llegar al final y la insufrible tensión desaparezca, pero también quiero algo más. Respiro con dificultad, alzo la cabeza y le sostengo la mirada, a la vez que ella me mira aturdida, sonrojada y con los ojos entrecerrados por el deseo.

—Dime lo que quieres —le ordeno con voz ronca y se le escabulle el aliento entre los dientes a medida que le introduzco los dedos a mayor profundidad dentro del culo para ensancharlo y prepararlo—. Quiero oír cómo lo dices.

—Yo no... —Gime y cierra los ojos mientras separo los dedos dentro de ella para abrirla aún más—. No lo sé.

—Sí lo sabes. Mírame. —Obediente, abre los ojos y saca la lengua delicada para mojarse el labio inferior—. Dímelo, Sara. Dime lo que necesitas de verdad.

—Yo... —Se le acelera la respiración cuando empiezo a moverme dentro de ella, asegurándome de rozarle el clítoris con cada embestida—. Es... esto, Peter, necesito esto. Te necesito a ti dentro de mí. Necesito que tú... —Suspira a medida que me hundo aún más dentro de ella—. Necesito que...

—¿Qué? —Noto un cosquilleo en la columna mientras se le tensan los músculos internos.

—Que me folles. —Jadea con la mirada borrosa y desenfocada—. Y... me hagas daño.

—Sí —respondo con voz ronca—. Así me gusta. Y eres mía. Mía para follarte, para hacerte daño y para lo que me dé la gana. ¿Verdad, mi amor?

Asiente y vuelve a fijar los ojos en mí.

—Sí. Siempre.

«Siempre». La palabra me perfora el pecho, trayendo consigo una mezcla de cálida ternura y de satisfacción violenta. Me encanta que ahora lo entienda. Que lo admita.

Estamos hechos el uno para el otro. Lo he sabido desde el principio y ahora ella también lo sabe.

Inclino la cabeza para reclamarle los labios y darle un beso suave y dulce cuando saco los dedos de su interior y enlazo las manos bajo los muslos para abrirle más las piernas y elevarlas. Saco la polla del coño y presiono contra la entrada del ano.

Suelta una exhalación, pero ya la estoy bajando por el pene erecto, usando la fuerza de la gravedad y la viscosidad de la lubricación natural para ayudarme en la penetración. Si no la hubiera preparado con los dedos, hubiera sido imposible, pero el anillo de músculos ha cedido ante la indudable presión y me he colado dentro de ese apretado canal mientras sentía la tensión en su interior por el esfuerzo frenético al resistirse a mi invasión.

—Peter… —Está temblando cuando levanto la cabeza y me encuentro de nuevo con su mirada—. Peter, por favor…

—Sí —le prometo con voz ronca—. Te voy a complacer, *ptichka*. Te voy a dar lo que necesitas… todo lo que necesitas.

Y, sosteniéndole la mirada, empiezo a moverme, llevándola a donde el dolor se camufla con el placer y el amor y el odio colisionan.

A ese bonito lugar donde es mía y solo mía.

Henderson

ESTUDIO LA NUEVA COLECCIÓN DE FOTOGRAFÍAS EN LA pantalla mientras me froto los músculos agarrotados del cuello, intentando ignorar el creciente dolor de cabeza.

Contactar con el FBI ha funcionado, pero tampoco tuve que insistir mucho. El agente Ryson estaba demasiado dispuesto a reanudar la investigación de Sokolov por mí.

No creo que descubra nada, pero, de todas maneras, eso no es lo importante . Necesito que exista una investigación en curso, incluso aunque se trate de la venganza personal de un agente descontento.

Abro la carpeta del escritorio y estudio los planos que hay dentro. El plan está empezando a tomar forma, con lentitud, pero con fuerza. Ahora solo necesito encontrar a las personas adecuadas para ejecutarlo.

Oigo el estruendo de disparos de una pistola automática, lo que exacerba el dolor punzante en las sienes. Dejo a un lado la carpeta, me levanto y entro en la sala de estar.

—Jimmy.

Mi hijo de quince años no reacciona.

Repito su nombre más fuerte.

—¿Qué? —grita sin quitar la mirada de la pantalla.

—Bájale el volumen a ese maldito juego —le respondo lo más calmado posible.

Me hace un corte de manga.

El dolor de cabeza se transforma en una tortuosa migraña, el cuello se me contrae de dolor y la ira gélida se me extiende por las venas.

Con apariencia tranquila, camino hacia el sofá y le quito el mando de las manos.

—¡Oye! —Se pone en pie para tratar de cogerlo y lanzo el dorso de la mano directo a su cara antes de derribarlo.

—Te he dicho que le bajes el volumen a ese maldito juego —le digo mientras me mira fijamente, acariciándose la mandíbula.

Y, tras estrellar el mando contra el suelo, vuelvo al despacho.

19

Sara

ME DESPIERTO EL SÁBADO POR LA MAÑANA CON LA IDEA de que Peter y yo llevamos una semana casados y de que acabamos de pasar la primera noche en nuestra casa nueva.

No tuve oportunidad de echarle un vistazo a todo anoche, por lo que estudio el dormitorio. Es luminoso y espacioso, con paredes pintadas de un relajante tono azul grisáceo claro y el techo por lo menos a tres metros y medio por encima de la cama de matrimonio que tiene un cabecero de madera. Es bonito y moderno y, de repente, siento la necesidad típica de las esposas de poner plantas en cada esquina.

Con una sonrisa, me estiro antes de esbozar una mueca por el dolor interno. Después de aquella embestida brutal en el pasillo, Peter me llevo escaleras arriba y volvimos a hacerlo en la ducha y una vez más en la cama. Uno de estos días deberíamos hablar sobre practicar una cantidad normal y saludable de sexo. Se supone que los hombres no se follan a sus mujeres cada noche, como si acabaran de salir de prisión.

Me imagino la conversación y niego con la cabeza. ¿A quién quiero engañar? Con o sin dolor, no me desagrada lo más mínimo su lujuria. La sexualidad intensa de Peter es parte de él, como la manera fiera y sin arrepentimiento con la que me ama. No acepta los límites, se adhiere a la falta de control. Y quiero que lo haga: que sea salvaje y tierno a la vez, brutal y dulce de un modo perverso.

Estoy cansada de fingir que no estoy loca por él, por muy malo que sea. El delicioso olor del desayuno comienza a filtrarse a través de la puerta cerrada, así que me doy una ducha rápida en nuestro baño nuevo y lujoso, me enfundo una camiseta y unas mallas de yoga y me apresuro escaleras abajo mientras me ruge el estómago.

Mi marido está de pie junto a los fuegos de acero inoxidable de categoría profesional, dándoles vueltas a las tortitas. Me detengo con la saliva inundándome la boca ante la imagen. Vestido solo con unos vaqueros desgastados, tiene los hombros anchos y los músculos duros y magros, con tatuajes decorándole el brazo izquierdo, que se flexionan con cada movimiento de esos potentes bíceps. Lleva revuelto el pelo espeso y oscuro, como si me invitara a tocarlo con los dedos, y la piel bronceada le brilla bajo la potente luz matutina. Se gira y me mira con una sonrisa sensual.

—Aquí está, mi ruiseñor. ¿Qué tal te encuentras?

Me humedezco los labios, incapaz de apartar los ojos de la amplia extensión de ese pecho.

—Hambrienta.

—Ajá, me lo imaginé. —Sonríe—. Por desgracia, *ptichka*, has dormido hasta tan tarde que ya es la hora del *brunch*. Tus padres llegarán en veinte minutos, así que tendrás que esperar.

Miro el reloj y me doy cuenta de que tiene razón.

—Todo esto es culpa tuya —le digo, cruzando los brazos sobre el pecho—. Me mantienes despierta hasta muy tarde.

—Lo sé, pobrecita. Ven aquí. —Se acerca a mí con un brillo siniestro en los ojos y retrocedo.

—No, no tenemos tiempo.

Estira los brazos hacia mí.

—Siempre hay tiempo.

—Las tortitas...

Acerca los labios cálidos a los míos y me invade la boca con la lengua. Con los dedos, encuentro un sendero por ese pelo sedoso mientras dejo caer la cabeza hacia atrás sobre la cuna de sus manos. Sabe a miel, por lo que debe haber probado las tortitas, y no puedo evitar pestañear, confusa, cuando al final levanta la cabeza para mirarme sin una pizca de diversión.

—Joder, no puedo esperar a que estemos solos de nuevo —murmura antes de mover la cabeza para reclamarme los labios con un beso más fiero y salvaje, uno que no deja dudas de sus intenciones definitivas.

Me va a volver a follar. Cuando mis padres se marchen, volveré a la cama. El timbre suena justo cuando vuelve a levantar la cabeza en busca de aire.

—Mierda. —Respirando con dificultad, me deja ir —. Llegan antes de tiempo, otra vez.

Me aliso el pelo con una mano temblorosa, con la sensación dolorosa de los labios hinchados por el beso.

—Será mejor que te vayas a vestir. Iré a saludarles.

—Un segundo. —Camina hacia los fuegos y deja caer las tortitas desde la sartén a una bandeja—. Para que no se quemen —me explica antes de salir de la cocina.

Me echo un vistazo en el espejo de camino a la puerta. Parece que me acaban de violar, pero no lo puedo evitar. Vuelvo a alisarme el pelo y abro la puerta para saludar a mis padres.

Insisten en que les haga un recorrido por la casa, por lo que les llevo habitación por habitación mientras Peter pone la mesa. Al mostrarles todo a mis padres, me quedo sorprendida de lo mucho que hizo ayer mi marido. Aún hay algunas cajas discretamente colocadas en varios rincones y apenas tenemos muebles; sin embargo, todo está organizado y limpio… casi de forma antinatural.

—No me puedo creer que ya os hayáis asentado —

dice mamá, dándole voz a mis pensamientos—. Creía que la compra se cerraba el jueves.

—Así fue —respondo—. Pero Peter tiene una forma muy rápida de hacer las cosas.

—Es cierto —murmura papá tras abrir un armario y encontrarse las toallas dentro, pulcramente dobladas—. Este marido tuyo es una máquina.

Estiro el brazo para apretarle el envejecido antebrazo.

—Sí, eso es bueno.

Mis padres no están del todo de acuerdo con esta relación, aunque espero que, a medida que pasen más tiempo con Peter, la acepten. Nuestra primera cena juntos fue bastante bien, gracias sobre todo a la manera sorprendente en la que Peter se abrió acerca de su pasado y sus sentimientos hacia mí. También ayudó que hablara con ellos a las claras sobre crear una familia, seduciendo a mis padres con la promesa de tener los nietos que ya habían perdido la esperanza de conocer. Como mi padre tiene ochenta y ocho años y mamá solo es nueve años más joven, su reloj biológico para ser abuelos se está volviendo ensordecedor.

Aunque la artritis de papá sigue avanzando y debe usar un andador, insiste en arriesgarse a subir las escaleras para ver la casa completa. Terminamos la visita en nuestro cuarto, donde me sorprendo al ver la cama hecha. Debe haber sido cosa de Peter cuando subió a vestirse. Tras ver la habitación, papá se dirige al baño mientras mamá pasa a examinar el vestidor.

—¿Qué te parece? —le pregunto cuando sale.

Me mira con seriedad.

—Es una casa preciosa, cariño.

—¿Pero? —digo cuando no prosigue.

Suspira y camina hacia la cama para sentarse.

—Papá y yo seguimos preocupados por ti, eso es todo.

—Mamá... —empiezo a decir con un tono exasperado, pero levanta la mano y da un golpecito a su lado, por lo que me acerco a ella y me siento. Entonces, dice en voz baja:

—El agente Ryson se acercó a tu padre en el parque ayer por la mañana. No sé qué le dijo, pero la tensión le subió por las nubes y le duró todo el día. Intenté sonsacárselo, pero no dijo nada más excepto que estaba preocupado por ti. —La miro mientras un hielo visceral me constriñe el corazón. ¿Por qué estaba allí el agente del FBI? ¿Qué le dijo a papá? Si le abordó como hizo conmigo el día de nuestra boda, me sorprende que no le diera un ataque al corazón en ese mismo instante. ¿Se habrá enterado el FBI de lo del padrastro de Monica? Me dejan de funcionar los pulmones mientras los pensamientos me dan vueltas en la cabeza. Debo haber empalidecido porque mamá frunce el ceño y estira la mano para coger la mía—. ¿Estás bien, cariño?

—Sí, yo... —Me obligo a seguir respirando—. Estoy bien. —La voz adquiere un tono demasiado agudo, por lo que le muestro una sonrisa para parecer más convincente—. Lo siento, solo me he quedado preocupada por papá. ¿Qué tal estaba hoy su tensión?

Mamá suspira y me suelta la mano.

—Mejor. No está perfecta, pero mejor. Ojalá me contara lo que le dijo el agente Ryson.

—Es verdad. —Trato de sonar casi natural—. Le preguntaré.

—Creo que es mejor que no lo hagas. —Le lanza un vistazo a la puerta del baño y baja aún más la voz—. Sea lo sea, es evidente que le pone nervioso y no quiero que se obsesione con eso.

—Está bien, mamá —digo y me levanto con una sonrisa cuando mi padre sale del baño—. Ahora, vamos a probar esas tortitas.

MIENTRAS COMEMOS, OBSERVO CÓMO INTERACTÚA PETER con mis padres. Aunque sé que preferiría que estuviéramos a solas, de nuevo se muestra cortés y respetuoso, muy amable a su manera. Subir y bajar las escaleras parece haber agravado la artritis de mi padre, por lo que Peter le ayuda con el andador y lo hace de una manera tan casual y hábil que papá se olvida de tomárselo como una ofensa.

Al principio, mis padres se comportan con cautela y reserva, pero, a medida que avanza la comida, parecen animados con Peter, incluso papá, a pesar de lo que le haya dicho el agente Ryson. Ayuda que mi marido guíe la conversación, bombardeando a mis padres con preguntas sobre cómo se conocieron y cómo era yo de pequeña, en lugar de esperar a que husmeen en su turbio pasado.

—Ni te imaginas. Sara era el bebé perfecto —responde mamá a Peter, dedicándome una sonrisa—. Dormía bien durante toda la noche, comía cuando debía, nunca lloraba ni enfermaba, a pesar de que nació con muy poco peso, menos de 3 kilos. Teníamos mucho miedo por nuestra edad, ¿sabes? Sin embargo, hizo que se desvanecieran todos nuestros temores rápidamente. Parecía que sabía que no éramos los típicos padres jóvenes que pueden soportar el estrés y se hubiese encargado de que todo fuera de manual. Es una tontería, claro, era un bebé, pero esa era la impresión que daba.

—Me lo creo —dice Peter, observándome con tanta calidez que me sonrojo y tengo que desviar la mirada.

Además de dirigir la conversación hacia los temas favoritos de mis padres, Peter se muestra atento incluso con los detalles más pequeños. A mamá le sirve una tila sin preguntar y a papá le entrega un bol de fruta fresca y nata montada, aparte de la mermelada de fresa casera, con las tortitas. No sé cómo habrá descubierto las preferencias de mi padre, pero tanto él como mi madre lo aprecian.

—Eres un cocinero excelente —comenta mamá y él le dedica una sonrisa grande y cálida, con los ojos empequeñecidos por una satisfacción genuina.

Al verle así, comienzo a preguntarme si Peter está haciendo esto solo por mí. ¿Es posible que en su interior haya alguna parte que lo desee también? ¿Que, puesto que no ha tenido padres, esté disfrutando al ser parte de nuestra familia? Porque, si está fingiendo, lo está haciendo genial.

Yo, por mi parte, estoy convencida de que empiezan a gustarle mis padres y que, a pesar de todo, quizás a ellos también les guste. Mientras acabamos de comer, mis padres se dedican a hacernos preguntas a nosotros, sobre el trabajo y el resto de los temas típicos de los que suelen hablar los padres.

—Entonces, ¿has decidido en qué vas a trabajar? —le pregunta mamá a Peter y este asiente antes de contarles lo de la academia de entrenamiento que planea abrir.

—Me gusta la idea —declara papá—. Parece que encajarás a la perfección por tu pasado y todo eso.

Peter sonríe de manera aprobatoria.

—Eso creo yo. En cualquier caso, me dedicaré a ello por ahora, mientras Sara esté trabajando.

No hay pizca de rencor en su voz, pero no puedo evitar sentir una punzada de inquietud cuando se levanta y comienza a recoger la mesa. Le molesta la falta de tiempo, lo sé. Después de tantos meses separados, las noches y los fines de semana que pasamos juntos no son suficientes para ninguno de los dos.

Quizás este nuevo trabajo entrenando haga que las cosas vayan mejor porque le ofrecerán algo en lo que centrarse que no sea yo y, mientras nos adaptamos a la vida de casados, no nos echaremos de menos con tanta intensidad. Si no, tarde o temprano, habrá algo que dejar de lado y seré yo la que lo haga. Peter lo ha sacrificado todo para hacerme feliz y no puedo hacer menos por él.

Cuando mis padres se marchan, me debato entre contarle o no a Peter lo de la visita de Ryson a papá, pero decido en contra. Ya le molestó descubrir que el agente del FBI había interferido en la boda. Si se entera de que Ryson sigue incomodando a mi familia, quizás haga algo al respecto y eso es lo último que quiero. Con o sin promesa, Peter hará lo que sea para protegerme y no necesito la muerte de otro hombre en la conciencia.

PARTE II

20

Durante el mes siguiente, nos adaptamos a la nueva casa y continuamos con la rutina en la que hemos caído desde la primera semana de casados. Aunque Danny y el resto del equipo de seguridad están siempre en todas partes, Peter me lleva al trabajo y me trae, además de ser voluntario en la clínica. Mientras tanto, trabaja para montar el nuevo negocio y buscar clientes, una aventura en la que está teniendo un gran éxito.

Una tarde, me escabullo de la consulta, después de que me cancelen un par de citas, y hago que Danny me lleve al parque que Peter ha elegido como terreno para el entrenamiento al aire libre. Luego, lo observo, sonriente, mientras pone a prueba a cinco adolescentes, haciéndoles esprintar, saltar vallas, escalar árboles o intentar golpearle en la cara. Por supuesto, ninguno lo consigue, pero parece que están disfrutando mientras lo intentan.

Sé lo que se siente porque el domingo anterior le pedí que me enseñara algunos movimientos y nos pasamos la mañana en el gimnasio, practicando varios ejercicios básicos de defensa personal. Era como pelear con una montaña y el único movimiento que llegué a dominar fue levantar las piernas para convertirme en un peso muerto cuando me cogía por detrás, supongo que para hacer perder el equilibrio a mi atacante. No hace falta decir que todo ese contacto acabó en sexo en cuanto llegamos a casa y aún me queda mucho para saber defenderme. Tampoco lo necesito porque siempre tengo a Peter y a los guardaespaldas a mi alrededor.

Me localiza unos instantes después y una sonrisa radiante le ilumina la cara antes de girarse y ladrarles a los chicos una serie de instrucciones. Luego, se acerca a mí, dejando a los estudiantes gruñendo y jadeando mientras intentan hacer una dominada en un árbol.

Es un día caluroso de agosto y no lleva camiseta, por lo que solo va vestido con un pantalón de camuflaje y unas botas de combate. Le observo con la boca seca cuando se acerca al trote. El pecho musculoso le brilla con una ligera capa de sudor.

—¿Qué haces aquí, *ptichka*? —pregunta tras detenerse ante mí y salto sobre él antes de rodearle el cuello con los brazos. Me coge, me da una vuelta mientras le beso con descaro y, cuando me vuelve a dejar en el suelo, ambos respiramos con dificultad mientras sus estudiantes gritan y silban detrás de nosotros—. Volved a lo vuestro —grita por encima del hombro, con las manos aún en mis caderas, y ellos obedecen al instante. Vuelven a intentar hacer las dominadas.

—Eres un sargento, ¿eh? —Le sonrío mientras estiro la mano para alisarle el pelo espeso y darle un aspecto más arreglado. Le está creciendo demasiado por lo lados y en el centro, por lo que es más difícil de domar. Me gusta el estilo desenfadado, no digo que no, pero quizás necesite pronto un corte de pelo.

—Ya ves —murmura antes de inclinar la cabeza para besarme de nuevo. Suelto una carcajada y le empujo antes de que empecemos a enrollarnos de verdad. Ya ha ocurrido demasiadas veces en público. A Peter no le da vergüenza nada cuando se trata de mí.

En parte es porque seguimos sintiendo que no pasamos suficiente tiempo juntos. Mi trabajo actual tiene un horario más predecible, pero sigo teniendo algunas pacientes embarazadas y mis jefes han ampliados sus vacaciones, así que he estado atendiendo a sus pacientes durante todo el mes. Me pidieron que los cubriera y no pude negarme.

—Sí, sí podías —respondió Peter después de explicarle que debía estar de guardia otro fin de semana más porque una paciente de Wendy estaba a punto de tener el bebé—. Definitivamente podías haber dicho que no. ¿Qué es lo peor que te podría pasar? ¿Que te despidieran?

—Bueno, sí —empecé a decir antes de detenerme con un suspiro—. Lo sé, lo sé. Tenemos dinero y, en teoría, no necesito trabajar.

—Exacto. —Tenía los ojos fijos en mi rostro y desvié la mirada porque no estaba preparada para tratar ese tema todavía. La parte lógica me dice que tiene razón, que somos multimillonarios, gracias a sus últimas aventuras, pero he trabajado demasiado duro para ser doctora como para rendirme ahora—. Podrías seguir siendo voluntaria en la clínica —continuó y, de nuevo, tenía razón. Lo he pensado varias veces, en lo bonito que sería abrazarle por las mañanas, en lugar de despertarme con la alarma y correr al trabajo. Por frustrante que fuera mi cautiverio en Japón, siempre estábamos juntos, algo que no aprecié en su momento, dado mi enfado con Peter, pero que ahora recuerdo con un anhelo perverso.

—No es lo mismo —le dije—. No podría traer bebés al mundo en la clínica.

Es cierto, por lo que deja el tema, aunque sé que volveremos a él. Es inevitable, dada esta obsesión mutua. Porque eso es lo que es, no lo puedo negar. A pesar de que creía que quería a George, al menos al principio, mis sentimientos hacia él eran una sombra pálida comparados con lo que siento por su asesino. Nunca echaba de menos a George de esa manera cuando nos separábamos, nunca deseaba que volviera a casa con esta intensidad. Vivíamos casi separados y suponía que eso era lo normal, que todos los matrimonios, las relaciones, eran así.

No hay ningún tipo de separación con Peter. Ni nada parecido. Es como si un hilo invisible nos uniera, incluso cuando estamos separados en el plano físico. Ocupa mis pensamientos de forma constante y, a menudo, me encuentro anhelándolo, como si mi cuerpo fuera adicto a su roce.

No ayuda que, cuando sí estamos juntos, me duche con cariño y me mime hasta sentirme una mascota malcriada. Caricias, masajes de pies, peinados… Me hace todo eso cuando tenemos tiempo. Y ni siquiera tiene que ver con el sexo. «Oh, Dios, el sexo».

Desde la noche de bodas en la que admití ante Peter y ante mí misma que necesitaba que me forzara en cierta medida para lidiar con nuestra relación tan poco común, no tiene escrúpulos a la hora de desatar a su monstruo interior en la cama. Aunque muchas veces se muestra dulce y tierno, casi siempre me folla con una lujuria desenfrenada, lo que me deja dolorida y quejumbrosa a la mañana siguiente. Ninguna parte de mi cuerpo escapa a él y, con frecuencia, me encuentro atada, de rodillas, con el grosor de la polla metido en la boca y escozor en el culo por sus bruscas embestidas. Quizás sea mi marido, pero sigue siendo mi torturador. Sin embargo, la parte importante es ese «mi». Me consuela saber que Peter utiliza el sexo para canalizar los impulsos más oscuros. Por lo que sé, ha cumplido la promesa de no hacerle daño a nadie y, a medida que pasan las semanas, me siento menos preocupada cuando estamos rodeados de familia y amigos. Mis padres comienzan poco a poco a apreciarle y a mis compañeros de banda parece gustarles, lo que me sorprende porque Marsha está saliendo en serio con Phil y ella no es una gran fan de Peter. O, al menos, creo que esa es la razón por la que casi no la he visto desde la boda.

—Marsha ya no sale con nosotros —le digo a Phil cuando vamos a tomarnos algo después de una actuación nocturna un viernes—. Seguís juntos, ¿verdad?

Se sonroja, es evidente que está incómodo.

—Sí, pero ha estado… eh… muy ocupada.

Asiento y cojo la bebida.

—Sí, claro.

Es una tontería que me sienta dolida por el abandono de mi amiga. Después de todo, la evité durante un tiempo tras enterarme de que ayudaba al FBI a controlarme. En cualquier caso, no la culpo por mostrarse cautelosa. Cualquier persona en su sano juicio querría estar lejos del hombre del que sospecha que es un asesino despiadado que torturó a una amiga y mató a su marido.

—¿Por qué está ocupada? —pregunta Peter, acercándose por detrás para masajearme los hombros. Lo dice en un tono cálido y casual, pero siento la tensión en los dedos fuertes mientras me deshace las contracturas musculares—. ¿Está haciendo más turnos?

—Algo así —murmura Phil antes de hacerle una

señal al camarero—. Una ronda de chupitos de tequila, tío. De la mejor calidad.

El tequila me quema la garganta al tomárnoslo y la ligera incomodidad desaparece cuando Rory y Simon comienzan una conversación animada sobre los pros y los contras de las rubias naturales. Phil se une, pero Peter permanece en silencio, observándolos con una vaga expresión de diversión. Tras disculparme para ir al baño, oigo que pide una ronda de vodka.

—¿Nada para mí? —pregunto al volver y ver cuatro vasos de chupito. Mi marido me sonríe.

—Me temo que no, *ptichka*. Te necesito despierta y consciente en la cama esta noche.

Acompaña las palabras con un apretón en la rodilla y los chicos se echan a reír mientras lucho por no sonrojarme. Peter no se disculpa por desearme y utiliza cualquier oportunidad para tocarme o presumir de mí en privado o en público. Mis compañeros de banda están convencidos de que follamos como conejos y es cierto. Mi marido tiene la resistencia de un adolescente que haya tomado viagra. Aún entre risas, los chicos se acaban el vodka y, de inmediato, Peter pide otra ronda. Lo miro confusa porque nunca lo he visto beber tanto, pero supongo que se querrá despejar después de una semana larga.

Sin embargo, dos rondas de chupitos de vodka más tarde, me doy cuenta de que hay algo más. Para empezar, estoy segura de que Peter ha vertido el último chupito al suelo. Mis compañeros de banda están demasiado borrachos para darse cuenta, pero yo solo estoy un poco contenta, por lo que he visto cómo inclinaba el vaso hacia un lado antes de tomarse el chupito con ellos.

Es como si Peter estuviera intentando emborracharlos a propósito. Tras media hora y tres rondas más de chupitos, la sospecha se convierte en certeza. Rory y Simon van muy pedo: Rory están cantando una balada irlandesa mientras Simon trata de seguirle desafinando. Phil está metido de lleno en un tratado filosófico sobre el azar en la vida y la regresión a la media. Peter actúa como si estuviera igual de borracho, por lo que sigue los desvaríos de Phil, pero me resulta obvio que está manipulando la conversación. Sin embargo, no sé cuál será el fin.

—Y, verás, el jefe de un estudio cinematográfico piensa que tiene el billete de oro con un éxito superventas, pero, en realidad, solo tiene una racha ganadora —farfulla Phil y Peter asiente, como si tuviera sentido—. Crees que lo has conseguido, pero solo ha sido suerte, tío. Puta chorra. Luego, ¡bam! El péndulo se mueve hacia el lado contrario. Es todo aleatorio y depende de la puta regresión a la media. Como humanos, no lo entendemos, pensamos que tenemos el control porque vemos un patrón, pero es una gilipollez. La vida es un péndulo oxidado en un terremoto, moviéndose de un lado a otro, a veces quedándose parado arriba. A veces... A veces la vida entera está arriba, hasta que un temblor sacude el óxido suelto. —Niega con la cabeza con pena y decido que ya es suficiente.

No sé cuál es el plan de Peter, pero un coma etílico no es gracioso. Me inclino hacia delante, toco la mano de mi marido y le digo en voz baja:

—Vámonos a casa, me estoy quedando dormida.

Gira la palma de la mano y aprieta la mía, con los ojos totalmente sobrios, incluso cuando curva los labios con una sonrisa ebria.

—Solo un poco más, cariño. Phil tiene mucha razón.

Frunzo el ceño, confusa.

—¿Sí?

—Oh, sí —farfulla Phil—. No lo ves porque no puedes. Ni siquiera te lo imaginas. Los humanos no podemos porque no somos capaces de imaginar ningún patrón aleatorio. Y, cuando los algoritmos lo hacen por nosotros, no nos creemos que sean aleatorios. ¿La mezcla aleatoria de un reproductor de música? No es aleatoria. Si lo fuera, escucharías la misma canción dos, tres o cuatro veces seguidas y eso no nos parece aleatorio. Parece que la canción se ha elegido a conciencia, con un propósito, pero no es cierto. Solo son matemáticas y programación. Entonces…

—Entonces, modifican el algoritmo, le quitan la parte aleatoria para hacerlo parecer más aleatorio —dice Peter con voz de borracho serio mientras juega con mis dedos—. Te entiendo, tío. Es una locura.

Phil mueve la cabeza.

—¿Verdad? Se lo digo a Marsha todo el tiempo, pero no me cree. No piensa que a veces una coincidencia es solo eso, que a veces las cosas pueden ser aleatorias. Por ejemplo, tú y Sara. Había un chico malo llamado Peter en su pasado y Marsha cree que eres tú, aunque el FBI le dijo, le dijo directamente, que no lo eras. ¿Qué tiene más sentido? ¿Que eres un asesino buscado que, por alguna extraña razón, puede vagar con tranquilidad o que haya dos Peter en la vida de Sara? Es como la canción que aparece dos veces, difícil de creer, pero aleatorio de verdad. Quiero decir, hay un tipo del FBI que sigue hablando con ella, pero estoy seguro de que solo está ligando, el muy cabrón.

Me quedo paralizada y la mano se me tensa bajo los dedos de Peter cuando mi marido suelta una carcajada y niega con la cabeza, desprendiendo empatía masculina.

—¡Vaya! ¡Menudo cabrón! ¿Cómo se llama el tío?

—Tyson o algo así. —Phil hipa y suelta un sonoro bostezo—. Rima con visón.

¡Mierda! El corazón se me acelera en el pecho cuando Peter me mira con una expresión dura e indescifrable. ¿Lo ha sospechado en todo momento? ¿Por eso ha estado atiborrando a Phil y, por extensión, a Rory y a Simon de alcohol durante toda la noche? De alguna manera, ¿habrá descubierto que el agente se acercó a mi padre?

He intentado olvidarme de eso, dejar de preocuparme porque el FBI supiese lo del padrastro de Monica, pero, con demasiada frecuencia, me he despertado envuelta en sudor frío por una pesadilla en la que los agentes de los SWAT entraban en estampida por la puerta de la habitación. De forma oficial, tienen un pacto, pero está claro que Ryson está actuando por su cuenta.

¿Qué le ha contado a Marcha? ¿Qué le ha dicho ella a él? La cabeza me da vueltas mientras Peter pide una última ronda antes excusarse con los chicos y dejarles a solas con los chupitos. Me guía fuera del bar hasta el interior del coche de Danny. Este antiguo asesino cumple tanto las leyes (o es lo bastante listo) como para no beber y conducir. Espero a llegar a casa para sacar el tema de lo que nos ha contado Phil.

—Peter, sobre…

—¿Por qué no me contaste que Ryson seguía tan presente? —me interrumpe mi marido, dando un paso hacia mí. Solo hay un ligero aroma a alcohol en su aliento cuando se inclina hacia delante, encerrándome entre ese poderoso cuerpo y el respaldo del sofá. O ha bebido menos de lo que pensaba o tiene un metabolismo fuera de serie.

Se me reseca la garganta y respiro con dificultad al ver la dureza gélida en los ojos metálicos. Este es el Peter que solía aterrarme, el que entró en casa y me interrogó sin piedad para encontrar a George. El asesino que nunca ha conocido el arrepentimiento.

—No sabía que hablaba con Marsha —digo cuando soy capaz de proyectar un tono casi calmado. Sé que Peter no me haría daño más allá de los juegos en la cama, pero es difícil no sentirse intimidada al verlo inclinado así sobre mí, con el calor de ese cuerpo musculoso rodeándome, con la cercanía que supone tanto una tentación como una amenaza. A mí no me haría daño, pero se lo hará a otros. La vida del agente Ryson y quizás la de Marsha están en la cuerda floja.

—¿No? —Empequeñece los ojos—. ¿Y con tus padres? ¿No sabías que había estado husmeando en torno a ellos?

—No, yo... —Me detengo antes de mentir y empeorar la situación—. Vale, sabía que había hablado con mi padre hace un par de meses, pero suponía que solo había sido esa vez. ¿Estás diciendo que se les ha acercado de nuevo?

Suelto las palabras a toda velocidad, pero no puedo evitarlo. Tengo miedo por el agente y por lo que pueda descubrir. Peter me observa antes de dar un paso atrás, lo que me permite inspirar en profundidad.

—Antes —dice de manera sombría y me lleva un segundo darme cuenta de que está contestando a la pregunta—. Mi equipo lo ha visto acercarse a tu madre cuando estaba en un centro comercial con Agnes Levinson. Uno de los chicos lo ha seguido cuando salió y ¿sabes a dónde fue el hijo de perra?

Trago saliva.

—¿A dónde?

—Al hospital en el que trabajabas y en el que sigue estando tu amiga.

Por supuesto, eso es lo que le dio la idea de preguntarle a Phil esta noche. O, para ser más exactos, de interrogarle con alcohol, en lugar de ayudarse con una droga de diseño.

—¿Crees que lo sabe? Lo de Moni... —Me detengo cuando se me ocurre que quizás no estamos a salvo al hablar de esas cosas con tanta claridad. Si el FBI nos persigue, a lo mejor han puesto micrófonos en casa.

—No pasa nada. Lo compruebo diariamente —dice Peter al comprender mi preocupación—. Nadie nos escucha. —¿Comprobaciones diarias? Primero está la paranoia y luego esto. Sé que la casa tiene la seguridad de una base militar, he visto la tecnología futurista incorporada a conciencia, pero no me había dado cuenta de que mi marido fuera tan paranoico—. Y no —continúa mientras ordeno mis pensamientos—. No creo que sepa nada. Los piratas informáticos tienen controlados los archivos relacionados con Sonny Pearson y nadie ha accedido a ellos desde hace semanas. —¿Sonny Pearson? ¿Así se llamaba el padrastro de Monica? El estómago se me encoge al mirar a Peter e imágenes de callejones oscuros y piscinas de sangre aparecen ante mis ojos. Había casi conseguido olvidarme de ese asesinato, igual que de las otras cosas horribles que ha hecho Peter, pero ahora sé el nombre de ese hombre y el horror y la culpa se han reactivado—. Déjalo, *ptichka*. —Utiliza un tono gentil, por lo que me doy cuenta de que mi expresión debe haber delatado lo que se me pasa por la mente. Estira las manos para cogerme las mías con esas palmas enormes—. No vuelvas a pensarlo. Se ha acabado.

Me aprieta contra él para darme un abrazo reconfortante y envuelvo los brazos en torno a su cadera antes de inhalar el aroma familiar cuando apoyo la mejilla en el hombro musculoso. Es perverso dejar que me reconforte de esta manera, pero no puedo resistirme a aceptarlo. Es la única forma de lidiar con mi amor por alguien despiadado. Mientras me abraza, me acaricia con paciencia el pelo y siento la dureza crecer contra el estómago. Entonces, sé que, en pocos instantes, no se contentará solo con abrazarme. Aunque es tentador continuar, encontrar refugio en el placer que siempre me da y que me nubla la mente, necesito asegurarme de algo primero.

—Peter… —Me echo hacia atrás y lo observo—. No les vas a hacer nada a Ryson ni a Marsha, ¿verdad?

Me observa y las manos se le tensan contra mis costados.

—Define «nada».

—Peter, por favor.

Aprieta los labios y da un paso atrás, dejándome ir.

—Está bien. Tu amiga está a salvo. No me acercaré. Incluso aunque no nos evitara como a una plaga, ahora sabes que no puedes confiar en ella.

—Seré una tumba, lo prometo. Y tampoco te acercarás a Ryson, ¿verdad? —le presiono cuando ni confirma ni desmiente mis palabras.

Un músculo le tiembla en la mandíbula cincelada.

—Representa una amenaza. Lo sabes, Sara. Ya no lo ve como una misión. Quiere hacernos caer, está obsesionado con eso.

—Sí, pero no vamos a hacer nada malo, solo seguir con nuestra vida. Y, si continuamos así, no será capaz de encontrar nada contra nosotros. Sin embargo, si picas el anzuelo… —Peter maldice en voz baja y se da la vuelta hasta detenerse junto a la ventana. Le sigo porque sé que, si no consigo está promesa por su parte, los días del agente del FBI estarán contados—. Sabes que es justo lo que está deseando —digo cuando Peter se gira para mirarme con una expresión amenazadora —. Quiere que violes los términos del acuerdo. Le está matando que vivas aquí conmigo y que seamos felices. Esto... —Estiro la mano para coger la de Peter—. Es la mejor venganza que tenemos. Déjale que vaya por ahí pisándonos los talones. No hallará nada porque no habrá nada que encontrar.

Mientras hablo, los dedos de Peter se tensan en un puño bajo mi agarre antes de relajarlos con lentitud, con los ojos iluminados por un brillo peculiar.

—Está bien —dice con voz ronca mientras me coge de las muñecas y las baja—. Entiendo lo que quieres decir. —Me presiona las manos contra la entrepierna, donde siento un bulto creciente.

Me humedezco los labios mientras una cálida respuesta se me instala en el interior.

—Entonces, ¿me das tu palabra? —Le masajeo la erección con suavidad a través de los pantalones antes de ponerme de rodillas frente a él—. No harás daño a Ryson de ninguna manera, ¿verdad?

Cierra los ojos y me aprieta los hombros mientras le desabrocho los vaqueros.

—Sí, tienes mi palabra. Estará a salvo. —La voz se le mancilla por la necesidad, pero capto un toque oscuro cuando añade—: Siempre y cuando no intente nada más.

Henderson

GIRO EN UN CALLEJÓN, TEMBLANDO ANTE LA MORDAZ ráfaga de viento. Esta semana, en Budapest, hace un frío atípico para la estación en la que estamos, lo que me recuerda a mi breve período en Vladivostok a principios de los noventa. Joder, ¡cómo echo de menos esa vida tan sencilla!

Me está esperando en la puerta trasera como acordamos, con su figura pequeña y masculina enfundada en una chaqueta gruesa y el pelo corto y rubio platino de punta alrededor de la cara élfica. Si no supiera quién es, sería fácil creerse su tapadera como camarera en un bar de moda.

—¿Mink? —digo al acercarme y ella asiente—. Aquí

tienes. —Le tiendo un paquete grueso—. Pasaporte estadounidense y la mitad del dinero acordado.

Coge el paquete y se lo mete en el abrigo. Cuando saca la mano, en ella lleva una carpeta.

—Estos son los hombres que buscas —dice, entregándomela. Tiene un acento tan americano como el mío al hablar inglés, sin rastro alguno de Europa del Este—. Son los mejores y harán cualquier cosa. —Abro la carpeta y ojeo los documentos del interior. Cada uno de los candidatos tiene tantos antecedentes como mis objetivos y todos pertenecen a la antigua élite militar.

Lo mejor es que a cuatro de ellos les bastaría una peluca y maquillaje para alterar su apariencia.

—¿Todo bien? —pregunta y asiento tras cerrar la carpeta. Eran las últimas piezas del puzle que quedaban —. ¿Estás seguro de que no quieres que lo saque yo misma? —pregunta cuando meto la carpeta en el abrigo —. Porque podría, lo sabes.

—No, no podrías —digo—. Está demasiado bien protegido. Incluso si lo consiguieras, ese no es el plan. Tu trabajo es asegurarte de que nadie le vea vivo, ¿entendido?

Hace un saludo burlón.

—Sí, sí, mi general. Eso está hecho.

Y, tras girar sobre los talones de las Doc Martens, abre la puerta y desaparece dentro del bar.

eter

No creía que fuera posible querer más a Sara, pero, a medida que pasan las semanas y progresamos como pareja casada, mis sentimientos se intensifican y refuerzan. Me doy cuenta ahora de que había un montón de cosas que no sabía sobre el objeto de mi obsesión; nuestra relación ha sido tan tensa que nunca llegó a relajarse de verdad junto a mí. Ahora, sin embargo, veo una parte diferente y me encanta cada rasgo y peculiaridad que descubro.

Mi _ptichka_ odia la política, pero le fascinan los desastres naturales, por lo que devora con religiosidad todas las noticias antes de enviar generosos donativos. Dice que le gustan más lo perros que los gatos, pero es adicta a vídeos de estos últimos en YouTube. Cree que *The Big Bang Theory* es la serie más divertida de todos los tiempos y me hace verla con ella durante los fines de semana. Y lo mejor de todo es que, cuando está feliz, canta, a veces en voz baja y otras a voz en grito.

—Deberías incluir algo así en tu próxima actuación —le comento cuando la pillo tarareando en la cocina un domingo por la mañana—. Me gusta esa melodía. Es muy sugerente.

Me sonríe.

—¿En serio? La acabo de componer. Aún necesito añadirle la letra.

—Lo harás. —Le doy un beso en la frente delicada —. Siempre lo haces.

Su música está evolucionando, igual que nuestra relación. Tiene más confianza en sus decisiones y la muestra en las actuaciones con la banda que ahora consisten en material original compuesto por ella y que atraen a cada vez más público. Hace un mes, Simon creó un canal de YouTube para la banda, que ya tiene cincuenta mil suscriptores.

—Es solo cuestión de tiempo que hagamos algo grande —nos dice Rory, alegre, después de que se vendan todas las entradas para un escenario bastante grande en el exterior en el que darán un concierto el viernes por la noche—. Estamos a punto de petarlo, lo sé.

Phil y Simon están igual de emocionados y quieren ir a celebrarlo, pero Sara se niega, diciendo que está cansada. Preocupado, la llevo de inmediato a casa, donde puedo meterla en la cama en caso de que se ponga enferma.

—Estoy bien, en serio —me dice exasperada cuando la levanto para llevarla del coche a casa—. Estoy cansada, pero puedo andar. De verdad, solo ha sido una semana muy larga.

Ignoro sus protestas y la llevo dentro. No la suelto hasta que llegamos al aseo del piso superior. Una vez allí, le preparo un baño caliente y me aseguro de que está cómoda antes de ir a la cocina para prepararle un té de equinácea.

Cuando vuelvo con la bebida, ya está cabeceando en la bañera medio dormida, con un aspecto adorable, por lo que la llevo a la cama en cuanto la envuelvo con la toalla, ignorando la lujuria predecible que me enciende ese cuerpo desnudo entre los brazos. Necesito cuidar de ella ahora mismo, no follarla.

Se duerme enseguida, sin ni siquiera darle un sorbo al té, aunque solo son las diez de la noche y normalmente no nos vamos a la cama hasta las once, como muy pronto. Le toco la frente para asegurarme de que no tiene fiebre. Luego, cojo el portátil y me siento en un sillón cerca de la cama tras decidir que adelantaré algo de trabajo mientras la mantengo vigilada. Me sorprende la cantidad de papeleo que se necesita para llevar un negocio legítimo como es la academia de entrenamiento y, en general, administrar una fortuna.

Eso me alegra. No el papeleo, que a nadie le gusta, sino ser capaz de mantenerme ocupado. Entrenar a civiles en movimientos básicos de autodefensa se aleja mucho de las misiones cargadas de adrenalina del pasado, pero ayuda a ocupar mis días y suaviza el anhelo constante por Sara. Aunque sus jefes hayan vuelto, sigue trabajando mucho y tengo que hacer uso de toda mi fuerza de voluntad para no presionarla para que reduzca las horas y pase más tiempo conmigo.

De todas formas, fuera del trabajo, lo hacemos todo juntos, desde hacer recados hasta ser voluntarios en la clínica de mujeres o quedar con su familia y amigos. Cada vez que le cancelan una cita, va a la academia de entrenamiento para practicar algunos de los movimientos de autodefensa que le he enseñado y, a menudo, me paso por la consulta a mediodía por si tiene tiempo de comer conmigo. He programado incluso que las limpiezas dentales tengan lugar en la misma clínica a la misma hora para que así podamos ir juntos. Quizás parezca demasiado para la mayoría de las personas, pero apenas es suficiente para mí.

Tras una hora, compruebo cómo está Sara. Sigue sin fiebre y dormida de manera apacible, incluso de forma demasiado profunda. A lo mejor solo está cansada de verdad. Con un bostezo, dejo a un lado el ordenador y me doy una ducha rápida antes de meterme en la cama. La aprieto contra mí e inhalo hondo, absorbiendo ese dulce aroma, y me abandono a la deriva, deleitándome con la sensación de tenerla entre los brazos.

23

Sara

SIGO MUY CANSADA CUANDO ME DESPIERTO A LA MAÑANA siguiente y el olor del desayuno que flota desde la cocina, en el piso de abajo, hace que sienta náuseas, en lugar del apetito habitual. Con ojos legañosos, me tambaleo hasta el baño y, mientras me estoy lavando los dientes, se me ocurre que hoy es sábado. Eso quiere decir que debía haberme bajado la regla hace cuatro días.

La descarga de adrenalina hace que la somnolencia restante desaparezca. Con el corazón latiéndome a toda velocidad, me apresuro hacia el cuarto de nuevo y saco el móvil para contar los días en el calendario de manera frenética y asegurarme de que no estoy confundida.

No. Definitivamente tengo un retraso y, esta vez, no puedo echarle la culpa al estrés. Me he abastecido de pruebas de embarazo desde que hablamos del tema de los niños, por lo que corro hasta el baño para coger una. Pero acabo de hacer pis y apenas consigo sacar una gota de orina.

Maldiciendo en silencio por mi falta de previsión, meto la prueba totalmente seca dentro de la caja, la pongo de nuevo en el cajón y me visto. Tendré que esperar hasta después del desayuno para hacerme la prueba.

—Tus padres están al llegar —me informa Peter cuando bajo las escaleras y recuerdo con una sacudida que vienen a tomar el *brunch*.

—¿Me he vuelto a dormir? —Miro el reloj—. Oh, vaya, sí.

Son las 11:27 de la mañana, tres minutos antes de la hora a la que tendrían que llegar mis padres.

—Debías estar muerta —dice Peter, adornando una quiche esponjosa con hojas de perejil—. ¿Cómo te encuentras, *ptichka*?

Titubeo antes de mostrarle una sonrisa radiante.

—Bien, solo necesitaba recuperar algo de sueño, eso es todo.

Dado lo mucho que mi marido desea tener un hijo, es mejor que lo sepa seguro antes de decírselo. Si es una falsa alarma, odiaría decepcionarle.

No parece creérselo por completo, pero el timbre de la puerta suena antes de que pueda decir nada. Me apresuro hacia ella para saludar a mis padres y, cuando llegamos al comedor, Peter ya ha puesto la mesa.

—Oh, guau —dice mi madre cuando prueba un trozo de quiche—. Peter, tengo que decir que he estado en restaurantes de cinco estrellas donde no estaban tan buenas.

Él le dedica una sonrisa cálida y mi padre gruñe de manera aprobatoria al darle un muerdo a su propia ración. Mis padres se siguen mostrando cautelosos con Peter, pero poco a poco se los va ganando al ser el yerno modelo. Con George, cuando estábamos muy ocupados, podía pasar un mes o más sin verlos, pero Peter se asegura de que nos reunamos con ellos al menos una vez a la semana. También les ha cortado el césped y se ha encargado de las tareas tecnológicas y de mantenimiento en su casa mientras mis padres piensan que lo están haciendo ellos mismos y que él solo les echa una mano de manera ocasional.

—Tienes un don real —le dije hace un par de semanas—. ¿Ganarse a unos suegros hostiles es una de las lecciones de la escuela de asesinos?

Asiente, tranquilo.

—Suegros, explosivos, armas de alto calibre… Se debe tener cuidado con todo. Además, me gustan tus padres. Te han creado a ti.

Le sonreí con una felicidad incandescente. No sé cómo imaginaba que sería nuestra vida de casados, pero, por ahora, ha superado mis expectativas. La oscuridad de nuestro pasado común aún flota en segundo plano, pero ahora el futuro parece tan brillante que casi no importa. Hemos conseguido lo imposible: una vida normal y feliz juntos.

Tras terminar el *brunch*, que he tenido que tragarme a la fuerza debido a las leves náuseas persistentes, llevo a mamá escaleras arriba para enseñarle un abrigo muy elegante que he comprado por internet. Papá se queda abajo, instalado en la sala de estar para ver las noticias en la enorme televisión mientras Peter limpia los platos.

A mamá le encanta el abrigo porque le gusta la ropa que está de moda. Estoy a punto de excusarme para hacerme la prueba cuando la voz tensa de papá flota escaleras arribas.

—Lorna, Sara, venid. Tenéis que ver esto.

El móvil me vibra en ese momento, igual que el de mamá. Nos intercambiamos una mirada de preocupación y, a la vez, sacamos los teléfonos. En la pantalla hay una notificación de la CNN. «Presunto acto terrorista en la oficina local del FBI en Chicago», dice. «Se desconoce el número de fallecidos».

24

Sara

EL CORAZÓN ME PALPITA A TODA VELOCIDAD Y LA QUICHE se me ha convertido en una roca en el estómago cuando bajamos las escaleras. Peter y mi padre están en la sala de estar, mirando la pantalla de televisión, que muestra un enorme edificio en llamas, el mismo donde Ryson me ha interrogado tantas veces.

Mamá se cubre la boca con la cara pálida mientras vemos cómo los helicópteros dan vueltas alrededor del edificio ardiendo. Debajo, los bomberos y los paramédicos trabajan frenéticos para rescatar a los supervivientes y cargar a los heridos en las camillas. Parece una escena sacada de una película, salvo que está ocurriendo justo en este momento, a menos de una hora en coche.

—Aunque las autoridades no han emitido un comunicado oficial, todo parece indicar que un explosivo sofisticado y potente estalló dentro del edificio —dice la periodista con un tono serio—. Por ahora, los aeropuertos y las oficinas del gobierno de toda la nación están alerta y se ha paralizado el tráfico aéreo de la zona de Chicago.

La imagen cambia para mostrar a unos hombres del SWAT entrando a toda velocidad en O'Hare con perros detectores de explosivos, que hostigan a los aterrados pasajeros mientras caminan.

—A los residentes de Chicago se les aconseja no utilizar las carreteras para dejar libre el camino a los vehículos de emergencia —continúa la reportera—. Cualquiera que tenga información sobre este horrible suceso puede llamar al número que se indica debajo. —El número 1-800 aparece en negrita en la parte inferior de la pantalla—. Por ahora, se confirma la muerte de tres personas y quince más están heridas. Les mantendremos informados en cuanto sepamos algo nuevo. —Se detiene, se lleva la mano a la oreja y dice—: Últimas noticias: se ha confirmado la muerte de siete personas y la explosión parece haberse originado en el tercer piso del edificio.

¿Tercer piso? Ahí estaba el despacho de Ryson. ¿Estaría allí? ¿Se encontrará entre los muertos?

No soy del todo consciente de que me estoy tambaleando, pero debe ser así porque, de repente, Peter me pasa el fuerte brazo por la espalda.

—Vamos, siéntate, *ptichka* —murmura mientras me

guía hasta el sofá—. Parece que estás a punto de desmayarte.

Pestañeo, sorprendida por lo calmado que parece cuando se sienta junto a mí. Aparte de cierta tensión en la mandíbula, no hay nada en la expresión de Peter que sugiera que está ocurriendo algo fuera de lo normal. Por otra parte, estoy segura de que ha visto cosas peores. Quizás incluso las ha hecho.

Un pensamiento horrible flota hasta mi subconsciente, pero lo espanto porque no quiero darle forma. No voy a entrar en eso, ni por un segundo.

—No me lo puedo creer —dice papá con voz temblorosa y me giro hacia él, que está sentado a mi lado con la cara tan pálida como la de mamá mientras mira hacia el televisor—. De todos los lugares, el edificio del FBI. ¿Cómo han podido superar toda esa seguridad?

Exacto, ¿cómo? El pensamiento oscuro vuelve a la vida, pero lo apago con determinación. Esta horrible tragedia no tiene nada que ver ni conmigo ni con Peter.

—¿Te encuentras bien, papá? —pregunto y estiro la mano para tocarle el brazo. Esto no puede ser bueno para su errante salud.

Asiente con los ojos pegados a la televisión.

—Gracias a Dios que es sábado. ¿Te imaginas la cantidad de personas que hubieran muerto si estuviéramos en mitad de la semana?

Vuelvo a mirar la televisión, donde los bomberos luchan contra las llamas y se llevan a las víctimas en camillas; hay menos de las que se esperaría ver en una explosión de esas dimensiones. Por supuesto, algunas se han hecho pedazos y falta descubrir sus restos, pero supongo que papá tiene razón, hay menos personas porque es fin de semana.

—Quizás la bomba ha estallado tarde. O demasiado pronto —comenta mamá con voz nerviosa mientras se deja caer en un sillón que se encuentra junto al sofá—. Estoy segura de que esos animales querían matar a la mayor cantidad posible de gente.

—No estoy seguro —dice Peter y, al girarme, le observo mirando la pantalla con una expresión meditabunda—. Quién esté detrás de esto parecía saber muy bien lo que estaba haciendo.

Trago saliva con dificultad y el estómago comienza a arderme en torno al peso excesivo de la quiche. No quiero pensar en las personas que lo hicieron porque en esa dirección van los pensamientos oscuros y horribles que no deseo reconocer.

—Perdonad —murmuro, levantándome. Las náuseas que me llevan atormentando toda la mañana se están volviendo peor con cada segundo que pasa—. Ahora mismo vuelvo.

Como es obvio, Peter me sigue y me alcanza justo cuando estoy a punto de llegar al baño del piso inferior.

—¿Te encuentras bien, cariño?

Asiento, tragando la saliva que me inunda la boca de una manera desagradable y el ardor en el estómago alcanza la velocidad de una lavadora.

—Solo necesito ir al baño —consigo decir antes de rodearle y zambullirme por la puerta abierta.

Apenas tengo tiempo de cerrarla e inclinarme sobre la taza del váter antes de soltar el contenido del estómago. Por supuesto, es demasiado desear que Peter, al oír el sonido de las arcadas, se largue como haría el resto de los maridos normales. Sigo jadeando sobre la taza cuando siento las manos fuertes sujetarme el pelo para apartarlo de la cara y, tan pronto como levanto la cabeza, me pone en pie y me da un vaso de agua para que me enjuague la boca.

Me siento patéticamente agradecida por su apoyo mientras me inclino sobre el lavabo y cojo un cepillo de dientes con dedos temblorosos. Noto las piernas como si pertenecieran a una medusa y la camiseta pegada a la espalda sudada.

Me lavo los dientes dos veces y me humedezco la cara, a la vez que Peter tira de la cadena y limpia la tapa con papel, con aspecto de preocupación, pero nada asqueado.

—Vamos, mi amor, te llevaré a la cama —dice cuando he terminado—. Es evidente que no te encuentras bien.

—Ya sí —protesto mientras me levanta para sujetarme contra el pecho—. En serio, estoy mejor.

—Ajá. —Me saca fuera del baño y pasa junto a mis padres en la sala de estar, quienes nos miran con los ojos como platos—. O estás muy nerviosa o enferma, así que necesitas descansar.

—¿Qué ha pasado? —Mamá se apresura hacia nosotros, al mismo tiempo que Peter se dirige hacia las escaleras—. ¿Está Sara enferma?

Peter asiente, sombrío.

—Sí, ella…

—Quizás esté embarazada —suelto antes de maldecirme internamente cuando tanto Peter como mamá se quedan paralizados en el sitio con la misma expresión de sorpresa en el rostro. Esta no era la manera en la que planeaba compartir la noticia. Bueno, posible noticia porque aún no me he hecho la maldita prueba.

Mamá es la primera en recuperarse.

—¿Embarazada? ¡Oh, Sara!

—No lo sé a ciencia cierta —suelto en cuanto veo lágrimas, supongo que de felicidad, aparecerle en los ojos—. Pero se me ha retrasado la regla unos días y…

—¿Estás embarazada? —La voz de Peter es tensa y, cuando miro hacia arriba, tiene una expresión muy extraña en la cara.

Desconcierto unido a algo que se parece al pánico. ¿De verdad está perdiendo los papeles con esto? ¿No era lo que quería en todo momento?

—Es una posibilidad —contesto con cautela—. Si me dejas en el suelo, iré a hacer pis sobre un palo y os lo haré saber. —Aún con aspecto aturdido, me deja con lentitud en el suelo—. Bien, genial. —Tras liberarme de su agarre, doy un paso atrás, agradecida porque parece que he recuperado las piernas—. Ahora, dadme unos minutos.

—¡Chuck! —grita mamá, corriendo hacia la sala de estar cuando me dirijo escaleras arriba con Peter pisándome los talones—. ¿Lo has oído? A lo mejor nuestra Sara está embarazada.

Hago una mueca, volviéndome a maldecir por haberlo soltado de manera tan impulsiva y en tan mal momento. Aún puedo oír el rugido de la televisión con los últimos acontecimientos del ataque mortal y aquí estoy yo, distrayendo a todo el mundo con algo tan mundano como un posible bebé. Mi bebé, el de Peter.

El corazón me da un vuelco mientras mi marido me sigue hacia el baño de la planta superior y saca la caja con la prueba de embarazo del cajón.

—Aquí tienes, mi amor —dice y me lo tiende. Su voz sigue sonando ronca, pero parece haberse recuperado de la conmoción—. Haz lo que tengas que hacer.

Voy hacia la taza del váter y me detengo, mirándolo expectante.

—¿Un poco de privacidad, por favor? —digo con ironía cuando no muestra indicios de moverse.

Me observa sin pestañear antes de darse la vuelta.

—Vamos, no estoy mirando.

Pongo los ojos en blanco, pero decido que no vale la pena discutir. Los límites no son el fuerte de mi marido en sus mejores momentos y, ahora mismo, quizás esté preocupado por si me desmayo mientras hago pis.

Orino sobre el dispositivo y lo dejo sobre papel limpio en la encimera para lavarme las manos mientras Peter lo observa como si tratara de hipnotizarlo.

—Parece un más —dice con voz ahogada, a la vez

que me seco las manos en la toalla—. Espera... No, definitivamente es un más. Sara, ¿eso significa...?

El corazón se me hunde en el pecho cuando miro la prueba, donde un pequeño e inequívoco signo «más» está apareciendo.

—Creo que sí. —Levanto la mirada para encontrarme con la cara de Peter—. Me haré un análisis de sangre para estar seguros, pero...

—Estás embarazada.

No es una pregunta, es una afirmación, pero, aun así, asiento porque, de manera instintiva, sé que necesita confirmación.

—De unas cinco semanas, si no me fallan los cálculos.

Por un momento, mi marido no reacciona, con la mirada metalizada ilegible mientras me observa. Pero, justo cuando comienzo a preocuparme porque haya cambiado de idea sobre querer tener un niño, da un paso al frente y me envuelve en un abrazo enorme.

—Un bebé —me susurra contra el pelo, a la vez que ese cuerpo poderoso tiembla apretado contra el mío con una fuerza tan grande que me saca el aire de los pulmones—. Vamos a tener un bebé.

—¿Sí? —La voz de mamá desprende entusiasmo y Peter me suelta para dejarme ver a aquella mujer de setenta y nueve años saltando en el umbral como una cría demasiado crecida. Debe haber subido hace un segundo. Voy a contestar, pero, antes de que pueda pronunciar una palabra, mamá sale del baño gritando a viva voz—. ¡Chuck, es positiva! ¡La prueba es positiva! ¡Van a tener un bebé!

Su entusiasmo parece ser contagioso porque me veo sonriendo cuando miro a Peter, quien me devuelve la mirada con otra expresión peculiar.

—¿Estás bien? —pregunto, estirando la mano para acariciarle la mandíbula rasposa—. Estás contento, ¿verdad?

Me coge la mano y la presiona contra la mejilla.

—¿Y tú? —pregunta en voz baja y ronca con la mirada llena de una preocupación inexplicable—. ¿Estás contenta, mi vida? ¿Es lo que quieres?

—Yo… sí. —Cojo aire—. Sí.

Y es cierto. Quiero a este bebé. Lo quiero con tantas ganas que puedo tocarlas. No había querido admitido antes, pero, cuando tuve la regla los tres meses pasados, sentí algo más que una pequeña punzada de decepción. En algún lugar de esta liosa travesía, un bebé ha pasado de ser mi peor pesadilla a mi deseo más ferviente.

—Entonces, ¿no te arrepientes? —dice Peter—. ¿Sin miedos ni dudas?

—No. —Le sostengo la mirada sin estremecerme—. Nada.

Y, cuando una sonrisa lenta e incandescente se extiende por ese rostro precioso, me pongo de puntillas y le beso al sobrevenirme una descarga de amor por este hombre perverso y complicado, por el padre de mi hijo.

eter

CUANDO BAJAMOS, LOS PADRES DE SARA YA HAN encontrado la botella de champán Cristal que he guardado en la nevera para una ocasión especial.

—Déjame a mí —le digo a Chuck al darme cuenta de que está teniendo problemas para abrirla. Le quito la botella de las manos, la descorcho y sirvo tres copas, una para cada uno excepto para Sara. Para ella, saco una botella de Perrier y le sirvo el agua con gas en una copa de champán. Mi *ptichka* no podrá beber alcohol durante el embarazo y mientras esté dando el pecho. «Dándole el pecho a nuestro bebé».

Me da un vuelco el corazón y el pulso se me acelera. Aún no me puedo creer que esto sea real, que lo que he deseado durante tanto tiempo esté ocurriendo al fin.

Sara quiere tener un bebé. Los dos formaremos una verdadera familia. Mi felicidad es tan grande que me aterra. No consigo recordar haberme sentido así nunca: encantado y, a la vez, muy inquieto. Solo quiero encerrar a Sara en una fortaleza o, como alternativa, envolverla en un traje de seguridad acolchado y llevarla conmigo a todas partes por miedo a que el bebé o ella salgan heridos de alguna manera.

—Por nuestro primer nieto —dice Lorna, levantando la copa de champán, y me obligo a sonreír mientras choco la mía con la suya, con la de Chuck y con la de Sara. Los tres ríen felices, dejándose llevar por la emoción del momento. Yo debería estar igual, pero, por alguna razón, no puedo ignorar la preocupación que flota sobre mí como una nube maligna.

Algo pasa, pero no soy capaz de entender qué es. Una notificación hace tintinear el teléfono de alguien y Chuck deja a un lado el champán para meterse la mano en el bolsillo y mirar la pantalla.

—Doce muertos por ahora. —Levanta la mirada y la sonrisa le ha desaparecido del rostro—. ¡Qué pena que nos hayamos enterado de que vamos a tener un nieto en un día tan sombrío!

—Podría ser una nieta —murmura Lorna, aunque también parece seria.

Quizás sea eso. Quizás sea eso lo que me perturba. Es un día sombrío, al menos para Ryson y sus compañeros. Para mí, es una posible causa de celebración. Si Ryson ha acabado hecho pedazos, habrá desaparecido de nuestras vidas para siempre. Sin embargo, me preocupa que Sara y sus padres estén intranquilos. El estrés no es bueno para el embarazo.

—Vamos, *ptichka*, siéntate. —Deslizo con cautela una silla junto a la mesa de la cocina y, luego, voy a la sala de estar, donde la presentadora especula a todo volumen acerca de la organización terrorista a la que se le puede atribuir el ataque. Miro las imágenes de los edificios en llamas durante un segundo antes de apagar la televisión. No necesito que Sara lo escuche en su estado. Vuelvo con sus padres al vestíbulo, donde se están preparando para irse.

—¿Vais a venir mañana? —le pregunta Lorna a Sara mientras coge el bolso—. He pensado que las dos podríamos tomarnos un té mientras Peter ayuda a tu padre a instalar el nuevo receptor.

—Sí, claro —dice con una sonrisa—. Sabes que allí estaré, mamá.

—Genial. —Le da un beso en la mejilla—. Ahora a descansar, cariño, ¿vale?

—Lo haré —responde diligente y asiento con otra sonrisa mientras Lorna me mira de forma intencionada. No cree una palabra de lo que ha dicho su hija, pero me conoce lo bastante bien como para saber que me aseguraré de que descanse.

—Nos vemos mañana —dice Chuck con brusquedad y, para mi sorpresa, me da una palmadita en el hombro antes de arrastrar los pies hacia la salida.

—Que tengáis un buen viaje de vuelta —comento y, de nuevo, me siento asombrado cuando la madre de

Sara me da un abrazo breve, pero cálido, antes de seguir a su marido. Espero a que la puerta se cierre y me giro hacia Sara.

—¿Acaban de…?

—¿Aceptarte oficialmente en la familia? —Me sonríe—. Bueno, sí, creo que es así. Felicidades, papá.

El corazón se me encoge hasta convertirse en un pequeño punto antes de expandirse por toda la cavidad torácica.

—Te quiero —digo con dificultad, atrayéndola contra mí—. No te puedes imaginar cuánto.

Y, cuando me rodea el cuello con esos brazos delgados, la beso y saboreo la suavidad de sus labios y el amor que me devuelve con total libertad.

TRAS LA PARTIDA DE MIS PADRES, PETER Y YO NOS dirigimos a la consulta, donde me hago un análisis de sangre. Unos minutos después, tenemos la confirmación oficial. Estoy embarazada de cinco semanas. Además, estoy hambrienta desde que vomité lo único que había comido en todo el día.

—No creo que pueda esperar a llegar a casa —le digo a Peter cuando se detiene frente a una pequeña pizzería.

Nunca había estado en este lugar y me gusta descubrir que, aunque seamos los únicos clientes por el momento, la pizza está buenísima, tan deliciosa como cualquier comida que haya probado en un restaurante de lujo. La única pega es que la televisión está encendida con las imágenes de las consecuencias del ataque y el propietario, un hombre regordete de mediana edad con un fuerte acento italiano, no para de hablarnos sobre el tema mientras comemos cerca del mostrador.

—¡Qué acontecimiento más horrible! —dice deprimido mientras trabaja una bola de masa delante de nosotros—. ¿A dónde vamos a llegar? Primero, el 9 de septiembre, luego, la maratón de Boston y ahora esto. Al menos, hoy han atacado al FBI, en lugar de a civiles inocentes, ¿verdad? No quiero decir que esos agentes sean culpables, pero ya saben a qué me refiero. Si tienes alguna queja contra América, tiene más sentido que ellos, la CIA o alguien relacionado con el gobierno sea el objetivo. —Asiento con indiferencia antes de esconder la cara en la deliciosa pizza. Eso es todo lo que necesita para continuar hablando—: Dicen que era un explosivo muy avanzado, fuera de lo común —comenta mientras le da vueltas a la masa con movimientos expertos—. Me pregunto qué será y cómo lo habrán conseguido esos terroristas. Tiene pinta de ser algo proveniente de Rusia, China o incluso de nuestro ejército. Me apuesto lo que sea a que aparecen varias teorías conspiranoicas diciendo que ha sido una acción interna o algo así. —Muerdo otro trozo de pizza para dejar que el hombre siga farfullando y le lanzo una mirada a Peter. Espero que esté comiendo con calma, pero, para mi sorpresa, tiene el ceño fruncido, no ha tocado su porción y mira con interés hacia la televisión.

—¿Qué ocurre? —pregunto en voz baja cuando el propietario se gira a por más harina—. ¿Hay algún problema?

Desvía la mirada del televisor y me dedica una sonrisa triste.

—No pasa nada. Solo son mis antiguos instintos molestándome, eso es todo.

Quiero hacerle más preguntas, pero el propietario ha vuelto para trabajar la masa frente a nosotros y seguir especulando sobre quién puede estar detrás de la explosión.

—Muchas gracias. Estaba delicioso —le digo al pizzero cuando no me entra nada más y Peter paga la cuenta a toda velocidad antes de guiarme hasta el exterior del local. A pesar de su negativa, es evidente que mi marido está preocupado por algo, lo noto en la manera tan tensa con la que aprieta el volante de camino a casa, y el oscuro nudo de sospecha que he reprimido regresa, haciendo que se me revuelva el estómago otra vez. ¿Será posible? ¿Qué opciones hay de que sea una terrible casualidad?

Lucho contra la duda tanto como puedo hasta que ya no soy capaz de soportarlo más. En cuanto entramos en casa, me giro hacia mi marido.

—Peter… Necesito preguntarte algo.

Incluso yo misma detecto un tono extraño en la voz. De inmediato, me dedica toda la atención.

—¿Qué pasa, *ptichka*? —Me presiona los hombros—. ¿Te encuentras bien? —Asiento mientras trago saliva al mirarle. El corazón se me acelera en el pecho y comienzo a encontrarme mal de nuevo. Quizás la pizza haya sido un error. Quizás sacar este tema haya sido un fallo aún mayor—. ¿Qué pasa, cariño? —Con delicadeza, me guía hasta un sofá biplaza cerca de la entrada—. Vamos, siéntate. Estás muy pálida.

—No, todo va bien —contesto, pero me siento de todos modos porque es más fácil hacerle caso que discutir. Se coloca a mi lado y me coge las manos para masajearme las palmas con los pulgares como si necesitara que me reconfortaran. Y quizás sea así. Todo depende de la respuesta a mi siguiente pregunta—. Peter… —Reúno valor—. Necesito saberlo. ¿Tú…? —Cojo aire—. ¿Has tenido algo que ver con lo que ha ocurrido hoy, con… la explosión?

Se transforma en una estatua que no pestañea ni reacciona durante los segundos siguientes. Luego, dice de forma monótona:

—No. —Me suelta las manos, se levanta y, sin mediar palabra, vuelve al descansillo para quitarse los zapatos. Lo observo sintiéndome a la vez fatal y aliviada. Le creo. Nunca me ha engañado, nunca ha negado su culpa por un crimen. Quizás mi marido sea un asesino, pero no es un mentiroso.

—Lo siento —digo cuando pasa a mi lado sin mirarme—. Peter, lo siento mucho, pero tenía que preguntártelo. La tercera planta es donde está el despacho de Ryson y… —Me detengo porque desaparece en la cocina.

Cojo aire y camino hasta la entrada para quitarme yo también los zapatos. Me siento fatal por haberle preguntado, incluso por haber sopesado la posibilidad en primera instancia. No solo es un verdadero acto atroz, sino que habría puesto en peligro nuestra vida juntos, algo por lo que Peter ha luchado con tanta fuerza, algo por lo que ha dejado de lado su venganza.

Estoy preparada para humillarme cuando entro en la cocina, pero Peter no está a la vista. Camino por la casa buscándole, pero solo cuando llego al vestidor de la habitación de invitados, lo encuentro. Está agachado sobre un portátil con los dedos volando por el teclado a la velocidad de la luz. Con el ceño fruncido, me arrodillo junto a él y miro hacia la pantalla. Está escribiendo un correo, pero es en ruso y la interfaz del programa no se parece a ninguna otra que haya visto.

—¿Qué estás haciendo? —pregunto con cautela—. Peter… ¿por qué estás aquí?

—Un segundo —dice sin levantar la mirada—. Déjame terminar.

Me callo y miro cómo teclea. Le lleva un par de minutos más acabar antes de cerrar el portátil y darle un golpe a la pared del vestidor. Se desliza hacia un lado, revelando un espacio del tamaño de otro vestidor, un espacio rebosante de armas militares, con lanzamisiles y granadas incluidos… además de varios portátiles. Sin palabras, observo cómo coloca el ordenador en una balda y le da un golpe a otra pared, haciendo que la original vuelva a ocupar su lugar, cubriendo el hueco.

Por fin, encuentro las fuerzas para decir:

—¿Es…?

—¿Un vestidor secreto con armas? Sí. —Se levanta y estira una mano para ayudarme—. No te preocupes, mi amor. —Le brillan los ojos con una diversión gélida antes de que acepte su mano y me ponga de pie—. No planeo usarlas para cometer ningún acto terrorista.

Hago una mueca y le suelto la mano.

—Lo sé. Lo siento. No debería…

—No, sí que deberías. —Me retira el pelo de la cara con el gesto más tierno del mundo mientras la mirada sigue siendo la de un extraño—. Siempre he querido que te dirigieras a mí para preguntarme cualquier duda. Además, el propietario de esa pizzería y tú me habéis ayudado a darme cuenta de algo.

Pestañeo.

—¿De qué?

—De que debo investigar qué ha ocurrido. Algo en todo esto me huele muy mal.

—¿A qué te refieres?

—No lo sé todavía. —Deja caer la mano y da un paso atrás—. Acabo de contactar con los piratas informáticos, así que pronto tendré más información.

Se gira y sale del vestidor. Me apresuro detrás de él para atraparle antes de que se marche de la habitación de invitados.

—Entonces, ¿no estás enfadado? —pregunto sin aliento, colocándome frente a él para bloquear el umbral de la puerta—. Porque te haya preguntado.

Se le curvan los labios.

—¿Enfadado? No, *ptichka*. ¿Por qué iba a estarlo?

—Bueno, porque eres inocente y te he acusado de

ello. Lo siento mucho, no debería siquiera haber pensado que…

—¿Por qué no? —Inclina la cabeza hacia un lado—. No habría sido lo peor que he hecho.

El estómago se me contrae.

—Lo sé, pero…

—Era una suposición lógica. Un explosivo sofisticado, un objetivo difícil y un motivo por mi parte. De hecho, me sorprende que me hayas creído.

Estoy bastante segura de que se está riendo de mí con esas últimas palabras, pero me lo merezco.

—¿Cómo puedo compensártelo? —pregunto, en lugar de disculparme de nuevo—. ¿Cómo puedo arreglarlo?

Levanta las cejas y le brillan los ojos con un interés repentino.

—¿Qué tienes en mente?

Se me acelera el pulso y un cálido rubor me inunda cuando me recorre el cuerpo con una mirada ardiente. El sexo no era lo que tenía en mente, pero, si es lo que quiere, estaré más que encantada de aceptarlo.

—Esto —murmuro y, sosteniéndole la mirada, comienzo a desnudarme.

DESPUÉS DE HACER EL AMOR, SARA SE QUEDA DORMIDA en la habitación de invitados y la dejo ahí, echándose una siesta. He hecho lo que he podido por mostrarme cariñoso durante el sexo, pero debo haberla dejado agotada de todos modos. Eso o necesita descanso adicional. Tendré que ser más diligente para asegurarme de que se lo toma con calma durante los próximos ocho meses.

La felicidad teñida de ansiedad me llena el pecho de nuevo, desplazando los remanentes del dolor. No tiene sentido que me enfade por la pregunta de Sara. En cualquier caso, debería alegrarme que confíe en mí lo suficiente para hacérmela directamente, en lugar de dejar que esa sospecha crezca. Tampoco la puedo culpar por mostrarse recelosa en un primer momento. Nunca habría hecho algo tan descarado y ostentoso como volar un edificio del FBI, pero, después de la promesa con condiciones que le hice a Sara, he estado planeando eliminar a Ryson porque seguía metiendo las narices en nuestra vida. Si nos hubiera dejado en paz, habría estado a salvo, pero no fue así y me parecía que tenía clara justificación lo que iba a hacerle. Lo que le haré si sobrevive.

La inquietud se intensifica una vez más, pero, en esta ocasión, la preocupación es más concreta. No creo en coincidencias y todo esto me parece una demasiado grande. No se lo he contado a Sara, pero ya he localizado una lista de muertos y heridos y Ryson está entre estos últimos. Le han llevado al hospital en estado crítico. Si no supiera que no es así, pensaría que alguien me ha hecho un favor.

Tras media hora, compruebo cómo está Sara, pero sigue dormida, por lo que vuelvo al vestidor de la habitación de invitados para sacar varias armas. Las oculto de forma estratégica por la casa y llevo algunas al garaje, donde las escondo en un compartimento especial en el coche a prueba de balas. Por si acaso. Tras aplacar la paranoia, abro el portátil y empiezo a contestar los correos de mis alumnos mientras espero a que mi *ptichka* se despierte.

—Oh, Dios mío —dice Sara a la mañana siguiente con la mirada fija en el televisor—. Peter, Ryson estaba allí. Acaban de identificar a las víctimas de la explosión y él se encuentra en estado crítico. ¿Te lo puedes creer?

Asiento con indiferencia.

—Ya lo he oído. ¡Qué mala suerte para él!

Según mis fuentes, tiene quemaduras de tercer y cuarto grado por la mayor parte del cuerpo. Casi me siento mal por ese cabrón. Hubiera acabado con él de una manera mucho más humana, quizás a través de una droga que le provocara un ataque al corazón para que pareciera que había muerto por causas naturales.

—¡Qué tragedia más horrible! —comenta Sara con la mirada aún pegada a la pantalla—. Espero que se recupere.

—Mmm. —No hay necesidad de preocuparla mostrando desacuerdo—. ¿Quieres algo de comer o sigues teniendo náuseas, mi amor? —Solo ha comido un trozo de tostada en toda la mañana, a pesar de que le he preparado su tortilla favorita y tortitas.

Se gira hacia mí.

—Por ahora estoy bien, gracias. Las náuseas casi han desaparecido, pero creo que comeré en casa de mis padres mientras ayudas a papá con el receptor.

—De acuerdo. ¿Preparada para que nos vayamos?

Se pone de pie y se acerca a mí.

—Sí, vamos.

Cojo una ruta diferente para ir a casa de mis suegros y me aseguro de que los chicos peinen la zona antes de llegar. Los piratas informáticos siguen investigando la explosión, pero mi medidor del peligro no para de pitar.

Quizás Sara y yo deberíamos irnos de la ciudad, disfrutar de la luna de miel ahora, en lugar de durante las vacaciones como habíamos planeado. Podría ser un viaje prebebé anticipado o como se llamen esas cosas. Los padres de Sara nos reciben con calidez y su madre pone su habitual modo anfitriona al ofrecernos té, galletas, frutas y todo lo que tiene en casa. Lo rechazo de manera cortés porque he desayunado mucho, pero Sara disfruta de la oferta mientras instalo el nuevo receptor de Chuck.

—Necesitas conectar eso aquí —dice, señalando con el dedo hacia el cable de audio y asiento, dándole las gracias como si no lo supiera.

El padre de Sara necesita que esto sea un trabajo en equipo y estoy dispuesto a concedérselo. Casi he terminado de probar el sonido envolvente cuando me vibra el teléfono en el bolsillo. Lo saco y miro la pantalla antes de que el hielo me inunde las venas. «SWAT en camino», dice el mensaje de mi equipo. «Tres minutos».

S*ara*

ANTES DE QUE PETER ENTRE COMO UNA EXHALACIÓN EN la cocina, donde mamá y yo estamos debatiendo sobre posibles guarderías, lo oigo: el rugido ensordecedor de las aspas de un helicóptero.

—Vamos. —Peter me coge sin siquiera dejarme pestañear—. Si nos disculpas —le dice a mi asombrada madre y, tras sujetarme con fuerza contra el pecho, la rodea y se dirige a la puerta.

Le cojo de la camiseta de forma espasmódica.

—Peter, ¿qué...?

—No hay tiempo. —Abre la puerta de un tirón y se echa hacia atrás conmigo entre los brazos, justo antes de quedarse paralizado al ver una enorme camioneta negra derrapar en nuestra calle y a varias figuras vestidas con el traje de los SWAT salir de ella, con las caras cubiertas y apuntándonos con los rifles de asalto.

De repente, parece que el cerebro se me ha convertido en lodo. No puedo procesarlo. No puedo siquiera empezar a hacerlo. Despacio y de forma deliberada, Peter me deja en el suelo y se coloca delante de mí, sirviéndome de escudo.

—No disparéis —dice con un tono extrañamente calmado mientras levanta las manos por encima de la cabeza—. No hay necesidad de ser violentos. Iré con vosotros.

La lengua parece habérseme desenrollado.

—¡Esperen! —Doy un paso hacia delante con piernas temblorosas—. Tenían un trato. No pueden…

—Retroceda, señora —grita el agente que se encuentra en el centro y me paralizo al ver que varias armas se mueven en mi dirección.

—He dicho que no hay necesidad de hacer esto. —La voz de Peter se vuelve más afilada cuando da un paso al frente, colocándose de nuevo delante de mí—. No me voy a resistir. Nadie va a salir herido, ¿me entienden?

—¿Qué está pasando aquí? —pregunta papá detrás de mí y me doy cuenta con una explosión de pánico que mis padres han salido de la casa.

—Volved —ordeno con voz temblorosa cuando les lanzo una mirada por encima del hombro—. Papá, lleva a mamá dentro, por favor.

El helicóptero está ahora casi encima de nosotros y su rugido ahoga mis palabras.

—De rodillas —grita alguien y me doy la vuelta para ver a mi marido obedecer con movimientos lentos y deliberados, como antes. Me doy cuenta con un miedo nauseabundo de que no quiere que se pongan nerviosos. Saben de lo que es capaz y, aunque está desarmado, tienen miedo de enfrentarse a él.

—Peter Garin, está usted detenido por el asesinato de varios agentes federales, destrucción de la propiedad del gobierno, uso de explosivos y conspiración para cometer asesinato —le informa el agente por encima del ruido del helicóptero. Se acerca lentamente hacia Peter con las esposas en la mano mientras sus compañeros apuntan a mi marido a la cara con los rifles de asalto—. Tiene derecho a…

El casco le explota antes de que consiga decir una palabra y el infierno se desata.

Me muevo antes de asimilar el crujido del rifle del francotirador. Es instintivo, automático. Solo tengo un plan: sobrevivir lo suficiente para proteger a Sara y al bebé.

Como siempre en estas situaciones, tengo la mente clara y alerta. El francotirador se encuentra a las cinco en punto y es de identidad desconocida. Un agente muerto. El resto a punto de abrir fuego. Nueve oponentes frente a mí. Sara y sus padres detrás.

Le quito la M4 al agente cuyos sesos me cubren y me lanzo hacia un lado mientras rocío a sus compañeros con balas, apuntando hacia donde sé que es posible que haya huecos en sus protecciones.

Necesito alejar las balas de Sara, que se centren en mí como única amenaza.

Por el rabillo del ojo, veo cómo sus padres la arrastran hacia la casa. Está gritando algo, pero es imposible escucharla por el ruido del helicóptero y el ratatá de las pistolas automáticas. El suelo a mi lado explota por las balas, pero sigo moviéndome mientras aprieto el gatillo. El uniforme les protege, pero también les ralentiza, lo que me da unos valiosos segundos. Incluso aunque no quiero matarlos, las balas les dejan fuera de combate. De momento, quedan cinco enemigos.

Solo tengo una Glock atada a la pierna porque el resto del armamento que había preparado está en el coche, así que, cuando el fusil que había cogido prestado se queda sin munición, me tiro hacia un lado y me escondo detrás de dos agentes caídos antes de coger una de sus armas en el proceso. Las balas me alcanzan el brazo izquierdo, pero lo ignoro. Aún puedo sujetar el arma, por lo que la herida no debe ser muy grave. La camioneta de los SWAT está a menos de cuatro metros, por lo que me lanzo hacia ella, tanto para cubrirme como para alejarme lo máximo posible de la casa. Cuando me incorporo, disparo varias ráfagas de balas y tengo suerte con el ángulo porque consigo dar a dos agentes bajo sus protectores faciales.

Las balas me rasgan la pantorrilla derecha, pero la adrenalina me mantiene en movimiento. Más balas golpean el suelo a mi alrededor, aunque ahora estoy detrás del coche. «El helicóptero». Me dejo caer sobre la espalda y lanzo parte de la munición en su dirección hasta que las palas del rotor explotan, lo que hace que se tambalee en el aire. Disparo de nuevo y se da media vuelta, desapareciendo a unas manzanas detrás de los árboles.

Sin detenerme, me coloco bajo la camioneta antes de salir por el otro lado para enfrentarme a los tres agentes que quedan. Solo hay dos frente a mí. El tercero corre hacia la casa.

S*ara*

TODO OCURRE A LA VELOCIDAD DE LA LUZ. UN INSTANTE estoy detrás de Peter mientras un agente está a punto de colocarle las esposas y, al siguiente, se escucha un estrepitoso crujido y el casco del hombre explota, lo que provoca que la sangre y los sesos se esparzan por todas partes mientras Peter se lanza a la acción, haciéndose con el arma del muerto.

—Sara, entra en casa. —Mamá me coge del brazo y tira de mí mientras un ensordecedor tiroteo comienza, mezclándose con el rugido del helicóptero.

—No, entrad vosotros —grito tras liberarme de su agarre. No puedo dejar a Peter ahí fuera—. Entrad, ya.

—¡Tu bebé! —grita papá por encima del ruido antes de cogerme de la muñeca cuando estoy a punto de dar un paso al frente—. Estás embarazada, ¿recuerdas?

La advertencia es como un cubo de agua helada en la cara. Había olvidado esa diminuta chispa de vida en mi interior, el hijo que Peter ansía con tantas ganas.

—Entra dentro, Sara, ahora mismo. —Mamá tira de la otra muñeca y, esta vez, obedezco, tambaleándome hacia la casa mientras la carretera se transforma en una zona de combate.

—Tenemos… que alejarnos… de las ventanas —resuella papá antes de inclinarse hacia delante en el vestíbulo—. Las balas…

—No pasa nada, papá. Respira. —Le cojo del codo cuando empieza a derrumbarse, pero pesa demasiado y solo consigo suavizar la caída—. ¿Dónde tienes las pastillas? —Levanto la voz por el pánico mientras la cara se le vuelve azul—. Mamá, ¿dónde está su medicación?

—La co… cocina. —Parece estar entrando en *shock* —. En el armario de arriba a la derecha.

—Vale, ahora mismo vuelvo. —La ventana de la salita de estar explota cuando paso a toda velocidad, pero apenas soy capaz de notar los fragmentos de cristal que me atraviesan la piel.

«Tengo que coger la medicina de papá».

No puedo pensar en Peter ahora mismo, no debo centrarme en el terror tóxico que me presiona el pecho. Lo conseguirá. Tiene que hacerlo.

Abro el armario, cojo las pastillas de nitroglicerina y un bote de aspirinas de papá y regreso corriendo mientras el sonido del helicóptero disminuye y el tiroteo se detiene. Mamá está arrodillada sobre el cuerpo inconsciente de papá con la cara convertida en una máscara de terror.

—No respira, Sara, no respira.

Ya estoy de rodillas, presionando el pecho de papá, antes de contar en voz baja. Después, me inclino para hacerle el boca a boca. El pecho se le expande por el aire que le he suministrado. Luego, baja y permanece inmóvil. Lucho contra el pánico creciente y comienzo a comprimirle el pecho de nuevo. Uno, dos, tres, cuatro...

La puerta se abre y dos hombres entran, peleando: un agente de los SWAT y Peter cubierto de sangre.

eter

DISPARO ANTES DE QUE LO HAGAN LOS AGENTES, lanzándoles dos ráfagas de balas que les golpean justo debajo de los protectores faciales. Movido por la adrenalina, me pongo en pie de un salto, solo levemente consciente del dolor punzante en el brazo y la pantorrilla. Tengo que parar al agente que está huyendo. No puedo dejar que se refugie en la casa con Sara y su familia dentro.

Tras correr a toda velocidad, lo alcanzo en la entrada y lo abordo, dispuesto a dispararle. El arma repiquetea por el porche y tiramos la puerta abajo, empujada por nuestro impulso.

Solo tengo una milésima de segundo para asimilar la escena que encontramos dentro, pero es suficiente para echarme hacia la derecha y evitar caerme sobre una Sara arrodillada y sus padres. Colisionamos sobre el sillón y rodamos juntos hasta el suelo, peleándonos por la Glock que lleva en el cinturón. Aterrizo sobre él y saco el arma, pero me golpea el brazo herido con el codo, lo que me hace soltarla. Ignoro la oleada de dolor, le arrebato el cuchillo y lo empujo a través del hueco de su protección. Resuella como un pez fuera del agua y lo apuñado de nuevo una y otra vez. El cuerpo se vuelve inmóvil debajo del mío.

—Peter. —La voz de Sara emerge sobre el rugido de los latidos de mi corazón y miro hacia arriba, advirtiendo su cara pálida y llena de lágrimas. Está presionando el pecho de su padre al ritmo inconfundible de la reanimación cardiopulmonar. Su madre está arrodillada a su lado.

Me alejo del hombre muerto y me pongo en pie. La habitación da vueltas a mi alrededor en una espiral nauseabunda y, cuando miro hacia abajo, veo que tengo la pierna derecha cubierta de sangre y que hay más deslizándose por el brazo izquierdo. Claro, las heridas de los disparos.

Alejando el mareo creciente, me dirijo hacia Sara y sus padres.

—¿Qué ha ocurrido? ¿Le han disparado? —No veo que le salga sangre a Chuck por ningún lado, pero…

Sara niega con la cabeza.

—Paro cardíaco. —Se inclina hacia delante, le tapa la nariz con los dedos y le exhala aire en la boca antes de seguir presionándole el pecho.

¡Joder! Me percato de los botes de pastillas sin abrir que hay en el suelo y se me encoge el pecho. La peor pesadilla de Sara se la he provocado yo.

—Tenéis que iros —dice Lorna con voz áspera, similar a la de un fantasma, y, cuando la miro, me doy cuenta de que se parece a uno porque tiene la cara tan blanca como el papel vegetal pasado por lejía—. Antes de que envíen…

Una bala atraviesa la pared sobre nosotros y, por instinto, salto para colocarme delante de Sara y su madre, haciendo de escudo con mi cuerpo. El costado izquierdo me estalla de dolor y la fuerza masiva del golpe me echa hacia delante antes de empujarlas detrás del sofá. La visión se me empaña cuando el dolor me incide en cada terminación nerviosa al zumbar otra bala cerca de mi oreja.

«No, joder, no». Con mis últimas fuerzas, me echo hacia un lado, protegiendo a Sara y a su madre de los disparos del tirador. Otra bala golpea el suelo, cerca de mi rodilla, provocando una lluvia de astillas de madera y, a través de la neblina, veo a una figura envuelta en su equipo de protección que se balancea en el umbral, aferrándose a una pistola. Es uno de los agentes de los SWAT al que había disparado. Está mareado y herido, pero vivo.

No lleva el protector facial, por lo que se le ven las manchas en la piel y la crueldad en los ojos.

—Muere, hijo de puta —sisea y, tras apuntarme a la cabeza, presiona el gatillo.

S*ara*

CAIGO SOBRE EL COSTADO, DOLORIDA, Y ME GOLPEO LA cabeza contra uno de los laterales del sofá cuando un nuevo disparo me riega la cara y el cuello con un cálido espray metálico.

—¡Peter! —Aterrada, me pongo de rodillas y me limpio la sangre de los ojos.

Entonces, la veo. Mamá está tendida en el suelo con la cara manchada de sangre. O, mejor dicho, lo que queda de ella porque le falta parte de la mejilla y el cráneo. En el lugar en el que debía haber un pómulo, ahora hay un agujero.

La mente se me bloquea y una oleada de entumecimiento me sobreviene cuando se oye un tercer disparo. Miro a mi marido, tumbado de espaldas y ensangrentado. Luego, observo al agente que está en el umbral con la cara desencajada por el odio mientras le apunta a la cabeza. La pistola que Peter ha dejado caer mientras se peleaba con el otro agente capta mi atención. Está a menos de un metro. Estiro la mano y la cojo. La noto fría y pesada bajo los dedos, lo que se añade al aturdimiento gélido que siento en el corazón. Mis padres están muertos y están a punto de asesinar a Peter.

Encañono al agente y presiono el gatillo una milésima de segundo antes que él. Mi disparo falla, pero le sorprende, por lo que el suyo se desvía. Se gira hacia mí y disparo de nuevo. Le golpea en el chaleco, haciéndole retroceder. Sin dudarlo, camino hacia él y levanto el arma de nuevo.

—No… —jadea, buscando aliento, y presiono el gatillo.

La cara le explota en mil pedazos de sangre y hueso. Es un como un videojuego superrealista, al que se le ha añadido olor, gusto y sonido ambiental. Fascinada, dejo caer el arma y estiro la mano para comprobar si es tan real como…

—Sara. —La voz ronca de Peter me alcanza como si viajara por el agua—. Mírame.

Pestañeo, me centro en su cuerpo caído y parte del entumecimiento se disipa al ver la cantidad de sangre que se le acumula en el costado. Está herido. De gravedad. Una oleada de horror me aclara la neblina restante del cerebro y me dejo caer de rodillas antes de quitarle frenética la camisa. Tengo que contener el flujo de sangre, ver si la bala…

—*Ptichka*, para. —Me coge de la muñeca con una fuerza sorprendente y me taladra los ojos con los suyos—. No hay tiempo. Tienes que darme la pistola. Ponla entre mis dedos. No lo hiciste tú, lo entiendes. Luego, tienes que huir. Aléjate lo máximo posible de mí…

—No. —Me aparto de su sujeción—. No te voy a abandonar.

Necesita un hospital, pero no hay ninguna posibilidad de que los agentes le lleven hasta allí después de la masacre. Le ejecutarán en el acto por haber matado a tantos de los suyos. Les dará igual si es inocente o culpable.

—*Ptichka*, debes…

—¡Levántate! —Me pongo en pie de un salto, le agarro del brazo que no tiene herido y tiro de él con todas mis fuerzas—. Nos tenemos que ir, ahora.

No puedo perderlo. No voy a perderlo. Peter hace una mueca cuando intenta sentarse y no lo consigue.

—Mi amor, necesitas…

—¡Ahora! —grito, tirándole del brazo y algo en mi tono parece hacer efecto.

Con la mandíbula flexionada, se esfuerza en sentarse y me agacho para pasarle el brazo por el torso. Es muy pesado, ya que todo su cuerpo está formado por músculos fuertes y sólidos. Siento cómo las piernas y la espalda me gritan de dolor, pero, de alguna manera, consigo levantarme, soportando la mayoría del peso.

—El coche —dice con dificultad—. Tenemos que llegar al coche.

El coche. Está fuera, aparcado a un lado de la carretera. Podemos hacerlo. Tenemos que hacerlo. Camino hacia la puerta y, de repente, la mayor parte del peso de Peter desaparece. Le observo y veo que, de algún modo, se ha puesto de pie por sí solo, aunque tiene la cara grisácea bajo las manchas de sangre y suciedad.

—Al coche, vamos —le apremio mientras salimos—. Ya casi estamos. Solo un poco más.

En la distancia, oigo el gemido de las sirenas y el rugido de otro helicóptero. Vienen a por nosotros, a separarme de Peter, como han hecho con mis padres.

—Las llaves. Están en mi bolsillo —me informa con voz ronca y le doy las gracias al cielo por esa pequeña ayuda al recordar que basta con acercar esas llaves a nuestro sofisticado Mercedes para que se desbloquee y arranque.

Abro la puerta del acompañante y meto a Peter dentro antes de rodear el coche a toda velocidad hacia el lado del conductor. El corazón me palpita a un ritmo nauseabundo y me tiemblan las manos cuando pongo el coche en marcha, salgo hacia la carretera y presiono el acelerador.

—¿A dónde voy? —pregunto frenética cuando derrapamos al girar en un cruce hacia la carretera principal. El sonido del helicóptero y las sirenas se está intensificando y es solo cuestión de tiempo que nos den por perdidos y comiencen a buscarnos.

No hay respuesta. Le lanzo una mirada a Peter. Está medio desplomado en el asiento, le ha desaparecido el color del rostro y tiene los ojos cerrados, a la vez que presiona contra el costado una bola de papel empapada en sangre.

«Oh, no. Oh, por favor, no».

—Peter. —Le muevo la rodilla, pero sigue sin responder—. Peter, por favor, necesito que me digas a dónde ir.

Gruñe y le sacudo con más fuerza. Apenas abre los ojos.

—A una cabaña cerca de Horicon Marsh. Coge la I-294 hacia la 94 y, luego, la 41 y la 33. Después, gira en Palmatory y sigue recto seis kilómetros. Camino de gravilla a la izquierda.

«Oh, gracias a Dios». Giro de forma brusca hacia la derecha, hacia la autovía, y piso el acelerador a fondo mientras él vuelve a desmayarse. Está perdiendo demasiada sangre, pero no puedo hacer nada hasta que estemos a salvo. Estará igual de muerto si nos atrapan.

La mente me da vueltas como una peonza drogada, a la vez que avanzo por la autovía. No puedo pensar en mis padres o en la magnitud de lo que acaba de ocurrir, por lo que me centro en los porqués. ¿Por qué han venido a por él? ¿Por qué alguien disparó al agente cuando Peter estaba a punto de rendirse?

Creí a mi marido cuando me dijo que no tenía nada que ver con el ataque al FBI, pero ¿será posible que me haya mentido? ¿Habrían venido a arrestarle de esa forma si no hubiera pruebas que lo conectaran con la explosión?

La lógica me dice que no, pero no consigo convencerme de ello. Peter ha hecho cosas horribles, pero no es un terrorista. Dejando a un lado la moral, cuando mata, lo hace con precisión y discreción.

Entonces, ¿por qué? ¿Por qué pensarían que estaba involucrado? ¿Y quién disparó al agente? ¿Alguien del equipo de Peter habrá sido tan estúpido? Si fuera así, ¿por qué no nos ayudaron después? Si estaban dispuestos a matar a un agente de los SWAT, ¿por qué dejaron que Peter luchara solo con el resto?

Nada tiene sentido, cavilar demasiado me está haciendo hiperventilar al volante. No puedo pensar en las posibilidades infinitesimales que tenemos de sobrevivir o en que Peter quizás se desangre y muera. O en la pequeña chispa de vida que crece dentro de mí y que ahora tiene dos fugitivos como padres.

—Frena. —El susurro ronco de Peter me alcanza cuando paso zumbando cerca de un Toyota que va a ochenta por el carril izquierdo—. No llames la atención al ir tan rápido. ¿Dónde está tu teléfono?

La felicidad hace que se me dispare el pulso cuando levanto el pie del acelerador. Que esté hablando está bien. Que esté hablando está muy bien.

—No lo tengo —contesto mientras parte del alivio desaparece cuando le lanzo una mirada para encontrarle consciente, pero aún más pálido—. Me olvidé el bolso en...

—Mejor. Eso significa que no nos pueden rastrear.

Mierda, eso no se me había ocurrido.

—¿Y el tuyo?

Esboza una mueca, se remueve en el asiento y coge más papel del rollo que hay en un lateral de la puerta.

—Ilocalizable.

—Vale. —La mente me va a toda velocidad—. ¿Qué más? ¿Deberíamos deshacernos del coche? ¿Hay alguien a quien podamos pedir ayuda? ¿Tus guardaespaldas? ¿Pueden...?

—No. —Cierra los ojos de nuevo mientras se presiona más papel limpio contra el costado—. Demasiado para ellos. No irán en contra del FBI.

Claro. Tiene sentido. El nuevo equipo de Peter no está formado por criminales, les paga para protegernos de las personas peligrosas de su pasado, no para ayudarnos a escapar de las autoridades. Lo que significa que no han sido ellos los que dispararon.

—Peter... —Le miro, pero se ha vuelto a desmayar, con la cabeza inclinada hacia un lado. El hielo me envuelve las entrañas—. Peter, despierta. Necesito que me digas qué debo hacer a continuación. —No hay respuesta, solo el pulso frenético en mis oídos. Estiro la mano para sacudirle la rodilla, pero no reacciona y me doy cuenta de que ya no sujeta el papel, que tiene la mano caída sobre el costado, reducido ahora al tamaño del de un niño, presionándole los órganos internos. Esto no puede estar ocurriendo. No puede acabar así—. Peter. —La voz se me quiebra—. Peter, por favor... Te necesito. No me puedes hacer esto. —No puede morir y abandonarme, sobre todo después de lo que hemos luchado por estar juntos, de haberme obligado a amarle —. Peter, despierta. —Le sacudo la pierna con más fuerza—. Por favor, despiértate. —Pero no lo hace. Está demasiado débil.

Sara

MIENTRAS SIENTO QUE LAS PAREDES DEL COCHE SE ciernen sobre mí, lo cojo de la muñeca y le compruebo el pulso. Está allí. Débil y errático, pero allí. Un sollozo de alivio me sube por la garganta y la carretera se desdibuja frente a mí. Sigue vivo. Desmayado, pero vivo.

Con un esfuerzo hercúleo, me recompongo. No puedo desmoronarme, no mientras haya una brizna de esperanza. Lo primero es lo primero. Necesito curarle la herida a Peter. No puede esperar más. Luego, el coche. Supongo que lo estarán buscando y que es cuestión de tiempo que nos localicen en la carretera. Eso significa que necesitamos encontrar otro vehículo. La pregunta es cómo.

Si Peter estuviera consciente, quizás podría robar uno, pero yo no poseo tales habilidades. Necesito encontrar otra solución, algo que no nos ralentice demasiado. Una señal de salida aparece ante mí y me doy cuenta de que casi estamos en el hospital Advocate Lutheran.

Se me para el corazón antes de volver a acelerarse. Quizás pueda llevarle hasta allí. Justo ahora, antes de que las autoridades sepan dónde estamos, antes de que aparezcan más agentes de los SWAT y lo maten por haber asesinado a tantos de los suyos, con la excusa de hacerlo en defensa propia. Si le llevo hasta allí, tienen que atenderle en urgencias. Tienen que salvarle. Y, cuando la policía llegue, no podrán matarle con todos esos testigos. Deben dejar que se recupere antes de llevárselo, antes de encerrarlo en Guantánamo o en algún otro agujero oscuro durante el resto de su vida, a pesar de ser inocente de la explosión. Nunca le dejarán salir y, tarde o temprano, llevarán a cabo su venganza. Si conduzco hasta allí, nunca más le volveré a ver. Si no lo hago, morirá desangrado. Puede que incluso ya sea tarde. Quizás lo pierda, igual que ha pasado con mis padres.

Obviando el miedo asfixiante, me incorporo al carril de salida y me alejo de la autovía para dirigirme al hospital. Cuando llego, encuentro un hueco en el aparcamiento, bajo un árbol, entre una furgoneta y un SUV.

—Deberíamos estar bien escondidos aquí. —Me

tiembla la voz cuando me giro hacia Peter—. Ahora, voy a echarle un vistazo a las heridas, ¿vale?

No responde, aunque tampoco esperaba que lo hiciera.

Estiro la mano sobre su regazo, bajo el asiento hasta colocarlo en una posición reclinada y le levanto la camiseta para examinarle la herida de bala del costado. Tiene agujero de salida y, dada su localización, hay posibilidades de que la bala no haya rozado ningún órgano vital. Si le desinfecto la herida y deja de sangrar, quizás sobreviva sin necesidad de un hospital.

Con el aliento contenido, paso a examinarle el resto del cuerpo. Encuentro un arma atada al tobillo izquierdo, pero, como no es una herida, la ignoro. Luego, descubro que una bala le ha alcanzado el brazo izquierdo y otra, la pantorrilla derecha. Sigue sangrando por ambas heridas, pero ninguna parece mortal. Suelto una exhalación, temblorosa, mientras le aprieto, aliviada, la mano caída. Sé lo que debo hacer. Solo necesito un poco de suerte. Me inclino sobre él y le peino el pelo apelmazado por la sangre.

—Espera un segundo, cariño, por favor. Volveré enseguida, te lo prometo. Espérame aquí. —Puedo hacerlo. Tengo que hacerlo. Me echo hacia atrás, me siento y bajo el espejo para mirarme. Como esperaba, tengo el mismo aspecto desastroso que Peter, con la cara pálida y manchada por las lágrimas, con sangre y restos humanos esparcidos por toda la piel y la ropa. Menos mal que el personal de urgencias ha visto cosas peores—. Vuelvo en un momento —susurro, dándole otro apretón a la mano, y salgo del coche de un salto antes de correr por el aparcamiento hacia el acceso de urgencias.

Al entrar, nadie me presta atención y mantengo la cabeza baja para ocultar la cara de las cámaras situadas en las esquinas. Que yo sepa mi cara aún no ha salido en las noticias, pero es mejor no arriesgarse.

Dentro hay el caos típico de urgencias, con varios recién llegados increpando a la enfermera de admisiones, pidiéndole que les examinen «ahora mismo», y algunos doctores y enfermeras agrupados en torno a dos pacientes atados a las camillas, con uno de ellos gritando acerca del desastre sangriento que tiene en la pierna y el otro envuelto en lo que parece una gran convulsión.

En la parte trasera hay una entrada exclusiva para el personal. Las enfermeras llevan al paciente que está gritando por allí. Les sigo, fingiendo que estoy con él. Una de las enfermeras trata de ahuyentarme, pero alguien la llama y desaparece por el vestíbulo, olvidándose de mí. Sigo a la camilla sin que nadie más repare en mí y, cuando pasamos junto a una sala de suministros, entro y cierro la puerta detrás de mí. En la parte trasera, hay batas quirúrgicas dobladas, ropa de cama, vendas, muestras de medicamentos y objetos para los primeros auxilios. Me cambio con rapidez y me pongo una bata de enfermera, me limpio toda la sangre que puedo de la cara con una funda de almohada y meto lo que considero útil en una bolsa que he fabricado con una sábana. Luego, cubro el botín con más sábanas y comienzo a andar, fingiendo que llevo ropa de cama sucia a lavar.

Nadie dice nada cuando entro de nuevo en el área de recepción de urgencias y me dirijo a la salida, asegurándome de que lo que llevo entre los brazos me tapa la cara de las cámaras que pestañean en las esquinas.

Vuelvo al coche y me encuentro con Peter aún inconsciente.

—Bien, aquí estoy —digo mientras dejo los suministros a sus pies—. Todo va a salir bien.

No me oye, pero no importa. Es a mí misma a la que quiero convencer. Pesa demasiado para desnudarle, por lo que le subo la manga y le corto parte de la pernera de los vaqueros para llegar a las heridas. Entre los suministros que he robado, encuentro un gel suave y una solución salina y los mezclo con agua para limpiarle la sangre y la suciedad alrededor de las heridas. En contra de la opinión popular, es mala idea usar antisépticos agresivos para limpiarlas: restregar con alcohol o algo parecido puede dañar el tejido y ralentizar el proceso de curación.

Cuando estoy bastante satisfecha con la limpieza de las heridas y me he asegurado de que no quedan restos de bala dentro, las coso y las vendo, comenzando por la del costado. Mientras trabajo, doy gracias por las habilidades que me brindó mi período en urgencias durante la residencia y por todas las víctimas de bala que traté allí.

Aun así, me tiemblan las manos al terminar y me

doy cuenta de que la descarga de adrenalina comienza a calmarse. Eso no es bueno. Aún necesito hacer muchas cosas antes de desmoronarme.

—Tengo que salir un momento, ¿vale? Así que quédate aquí, cariño —susurro, acariciándole el rostro a Peter. Me inclino hacia delante y le doy un beso cariñoso en la mandíbula dura antes de retirarme.

Me digo a mí misma que ahora necesito un poco de suerte. Un poco de suerte y muchos ovarios. Siento las piernas inestables mientras me dirijo hacia urgencias de nuevo. Esta es la parte menos segura del plan, ya que depende de demasiados factores externos. Por ahora, quizás nuestros rostros no hayan aparecido todavía en las noticias y no haya una caza humana en pleno apogeo. Bastaría un extraño entrometido para que una horda de policías y agentes del FBI cayera sobre nosotros. Quizás esto sea un error.

A lo mejor debería volver al coche y conducir mientras rezo para que se produzca un milagro y para que no hayan activado la búsqueda sobre nuestro vehículo. Estoy a punto de darme la vuelta y hacer justo eso cuando un modelo antiguo de Toyota azul chirría al acceder al aparcamiento antes de detenerse cerca de la entrada.

—¡Socorro! —grita una mujer mayor al abrir la puerta y me apresuro hacia ella para ayudarla a sacar a su marido semiconsciente.

Por lo que parece, ha tenido un derrame. Dos enfermeras salen corriendo de la zona de urgencias para auxiliarles y les dejo pasar sin obstaculizarlas para que traten al paciente y a su frenética mujer. Nadie se preocupa del coche con la puerta abierta y, cuando miro en el interior, veo las llaves puestas. ¡Bingo!

El personal de urgencias suele pedirle a alguien que mueva el vehículo en estas situaciones, pero, si salen y no lo encuentran, asumen que ya se lo habrán llevado. No se les ocurrirá pensar que han robado el coche hasta que vuelva la mujer del paciente y no lo encuentre.

Me siento fatal cuando me coloco frente al volante y conduzco el Toyota para acercarlo a nuestro coche. No paro de pensar en lo angustiada que se sentirá la pobre mujer cuando tenga que lidiar con un coche robado, además de con el derrame de su marido. Pero no tengo otra opción, la vida de Peter está en la cuerda floja.

Aparco el Toyota frente al Mercedes, salgo de un salto y me apresuro hacia nuestro coche. Abro la puerta del acompañante, le echo un vistazo a mi marido y me pregunto cómo trasladaré más de noventa kilos de hombre inconsciente de un coche a otro. Oh, vaya, allá vamos.

Le cojo por los tobillos y tiro de ellos con todas mis fuerzas. Se mueve un centímetro, quizás. ¡Joder! Hago presión con toda la espalda, clavando los talones en el asfalto. Otros tres centímetros. A lo mejor debería olvidarme de esta idea estúpida y conducir nuestro coche. La mujer de la víctima del derrame estará encantada de encontrar su Toyota en el aparcamiento y...

Mi marido suelta un leve gruñido. El pulso se me acelera.

—Peter. —Trepo dentro del coche y me inclino sobre él—. Peter, cariño, por favor, levántate. —Murmura algo incoherente y gira la cabeza a un lado—. Por favor, te necesito. —Le sacudo con delicadeza—. Por favor, despiértate. —Abre los ojos, desenfocados—. Eso es, cariño. —Se me corta la respiración al sentir un alivio jovial—. Puedes hacerlo. Mírame.

Pestañea y comienza a enfocarme con la mirada.

—¿Sara? ¿Qué…?

—Estamos en el aparcamiento de un hospital —digo con celeridad—. He conseguido un coche, pero no puedo moverte sin tu ayuda. ¿Podrías llegar hasta él? —La mandíbula se le tensa, pero acepta—. Genial, hagámoslo. Vamos. —Incorporo el asiento y le ayudo a salir del coche.

No se sostiene bien sobre los pies, por lo que apoya todo su peso sobre mis hombros. Sin embargo, de alguna manera, cruzamos hasta la fila de enfrente. Cuando llegamos al coche, tiene la cara de color blanco verdoso, pero se aferra a la consciencia con cada brizna de voluntad de hierro.

—Las armas —gruñe tras desplomarse en el asiento del acompañante—. Bajo el asiento trasero. Cógelas.

¿Tenemos armas? En realidad, no estoy todo lo sorprendida que debería. Dejo a Peter en el Toyota y corro hacia el Mercedes antes de intentar levantar el asiento trasero. Hace falta ingenio, pero al final consigo abrirlo y coger el arsenal que hay dentro. Aparte de pistolas y fusiles de asalto, también encuentro granadas y algo que parece un lanzamisiles. No hay forma de que pueda llevar todo esto hasta la fila de enfrente sin que alguien lo vea y dé la voz de alarma. Entonces, se me ocurre una idea.

Cojo el botiquín de primeros auxilios y vuelvo corriendo al Toyota para dejarlo en el asiento trasero antes de tirar de las sábanas de debajo y apresurarme hasta el Mercedes. Las armas son muy pesadas, por lo que tengo que hacer tres viajes, pero consigo meter todo en el Toyota, envuelto en ropa de cama.

—Se acabó —le digo a Peter cuando me coloco ante el volante, jadeando por el cansancio, pero no hay respuesta. Se ha desmayado de nuevo.

Me inclino hacia delante para reclinar el asiento una vez más, de forma que pueda descansar y no sea visible a través de las ventanas. Con una exhalación profunda, salgo del aparcamiento y me dirijo a la cabaña.

*S*ara

Tras recordar el consejo de Peter sobre la velocidad, conduzco con precaución, obedeciendo todas las normas viales y el límite de velocidad. El teléfono de Peter está bloqueado y no consigo despertarlo, por lo que uso la combinación de señales de tráfico y mi escaso conocimiento sobre la zona para llegar al camino de gravilla que ha mencionado.

No pienso en mis padres ni en el hombre al que he matado de manera tan despiadada. No puedo, al menos mientras no pueda desmoronarme. En lugar de eso, me centro en alcanzar nuestro destino sin detenerme. Cuando giramos en el bosque, tengo la vejiga a punto de explotar, por lo que paro en el arcén y hago pis detrás de un árbol, como si estuviera de acampada. La señora mayor tenía una pequeña botella con desinfectante en el coche y lo uso antes de seguir conduciendo, a la vez que trato de no pensar en lo que ocurrirá cuando lleguemos a la cabaña. A pesar de que lo intento, peligrosas preguntas me dan vueltas en la cabeza. ¿Qué haremos si se le infectan las heridas a Peter? ¿Habrá comida y agua en la cabaña? Y, lo peor de todo, ¿cuánto tiempo pasará hasta que nos encuentren? Porque nos encontrarán. No me voy a engañar pensando lo contrario. Hemos tenido suerte hasta ahora, pero no somos rival para el FBI. O, al menos, yo no lo soy. Peter ha sido capaz de evitar que lo atrapen durante años con la ayuda de sus contactos en el bajo mundo. Hasta ahora, nunca me había arrepentido de no tener a criminales en mi círculo social. Ninguno de mis conocidos o amigos puede ayudarnos, no sin meterse ellos también en problemas con la ley. De hecho, aparte de mi marido, las únicas personas que conozco con las habilidades adecuadas y contactos son sus antiguos compañeros rusos de equipo y no están cerca…

Espera un segundo. Tengo el correo de Yan, en el que me felicitaba por la boda. El pulso se me acelera de nuevo, el entusiasmo me brinca por las venas hasta que recuerdo un hecho importante. No tengo modo de enviar un mensaje excepto con el móvil de Peter y, para eso, necesito que mi marido recupere la consciencia y escriba la contraseña.

Le dedico una mirada y el pecho se me contrae al ver la palidez grisácea de su rostro. Necesita ir a un hospital para que le pongan una vía con antibióticos y recupere los fluidos, en lugar de dar sacudidas por una carretera llena de curvas. Si muere, será culpa mía. Será porque elegí esconderle de las autoridades, en vez de llevarle al hospital.

Una señal de «propiedad privada» aparece ante mí, con una verja a cada lado y una puerta de madera bloqueando el paso. Debe ser nuestro destino, a menos que haya girado en el cruce incorrecto. Detengo el coche y salgo de él para abrir la cancela, pero hay una cadena con un candado que la mantiene cerrada. Tiro del candado oxidado, incapaz de creer que, después de todo, nos vaya a desbaratar el plan algo tan tonto.

Intento reprimir la frustración, vuelvo al coche y trato de sacudir a Peter para que se despierte. Quizás tiene una llave oculta en algún sitio que no conozco. No reacciona por mucho que le suplique y le llore y, cuando le toco la frente, la encuentro caliente y húmeda. El estómago me da un vuelco. Una fiebre tan temprana no augura nada bueno.

Con manos temblorosas, le toco por todo el cuerpo con la esperanza vana de encontrar una llave escondida en uno de los bolsillos. Pero no hay nada, aparte del teléfono y del arma atada al tobillo.

Exhausta, me dejo caer al suelo, al lado del asiento del acompañante. Es inútil. No sé cómo hacerlo. ¿En qué estaba pensando al jugar a ser una fugitiva? Peter es el que tiene los conocimientos y las habilidades, no yo. No puedo siquiera abrir una estúpida cancela. Si estuviera en mi lugar, quizás dispararía al candado o lo haría explotar o…

Claro, eso es. Necesito pensar de forma diferente, lejos de mis estrechas y pequeñas miras. De un salto, le coloco el cinturón a Peter y vuelvo al asiento de conductor. Me deslizo detrás del volante, retrocedo con el coche hasta que estamos a unos cincuenta metros de la cancela y piso el acelerador. El Toyota corre hacia delante. Golpeamos la cancela a cien kilómetros por hora, separando la madera ajada de las bisagras. El parabrisas estalla cuando parte de la cancela golpea contra él, pero no se activa ningún airbag. Presiono el freno con una sonrisa triunfal antes de continuar por el camino a una velocidad moderada. Sara, 1. Cancela estúpida, 0.

Miro hacia Peter y la euforia desaparece al verle una mancha de sangre fresca en la camisa, en la parte del costado. Se le deben haber abierto los puntos, ya sea por el golpe con la cancela o por el duro viaje en general. Necesito que entremos en la cabaña, para poder curarle enseguida. El camino hasta allí parece ser eterno, aunque, en realidad, no debe ser mucho más de un kilómetro y medio. Por fin, la veo. Una cabaña de madera rodeada de árboles.

Temblando de alivio, aparco delante y corro hacia ella. ¡Sorpresa, sorpresa! La puerta delantera está cerrada. Esta vez, sin embargo, estoy preparada. Cojo una piedra grande, camino hacia la ventana y la golpeo con toda la fuerza. Se destroza y fragmentos de cristal vuelan por todas partes. Después, uso la piedra para suavizar los bordes más afilados de los restos de cristal. Luego, me cuelo en el interior, ignorando la sangre que me corre por los brazos. Ya me preocuparé de mis propias heridas más adelante. Ahora mismo, mi prioridad es Peter.

Camino hasta la puerta frontal, la desbloqueo y salgo, estrujándome el cerebro para averiguar cómo trasladarlo hasta el interior. Sería genial que se despertara de nuevo y usara una fuerza de voluntad inhumana para caminar hasta allí, pero no voy a esperar sentada a que algo así ocurra dada su falta de respuesta. Quizás pueda envolverlo en una manta y tirar de ella o…

Me topo con una antigua carretilla que está apoyada contra la casa, cerca de un hacha oxidada. Debe estar allí para transportar la leña cortada. Camino hasta ella y la cojo por los mangos. A continuación, la pruebo, moviéndola hacia delante y hacia atrás. Las ruedas chirrían, pero parece funcionar. La empujo hasta el coche y la giro para apoyar los mangos dentro de la puerta abierta, en el suelo del vehículo. Después, cojo los tobillos de Peter y, tras clavar los talones en el suelo, tiro de él con todas mis fuerzas. Solo se mueve unos centímetros, por lo que, con los dientes apretados, tiro de nuevo, una y otra vez. Cuando está a medio camino sobre la carretilla, doy la vuelta al coche para dirigirme al lado del conductor y lo empujo para que siga entrando en ella.

El corazón me duele al escuchar que suelta un gemido lastimero.

—Solo un poco más, cariño —le prometo con suavidad y, con un último empujón, cae sobre la carretilla.

Paso 1 conseguido. Ahora solo tengo que meterle en casa y llevarle a la cama.

EL MUNDO PARECE ENVUELTO EN LLAMAS Y DOLOR, mezclados con una voz suave y unas manos reconfortantes. La agonía es constante, pero, cuando la voz se acerca y esos dedos fríos y delicados me acarician la frente al rojo vivo, me olvido de todo. Solo consigo centrarme en ella. Porque es ella, Sara, mi *ptichka*. La conozco incluso a través de las profundidades del delirio. Sea lo que sea lo que me esté ocurriendo, ella está allí, tocándome, hablándome y dándome sorbos de agua. Con frecuencia, me hace preguntas con ese tono melodioso lleno de desesperación y súplica, pero no consigo responderle, no puedo hacer nada, excepto girar la cabeza hacia esa voz y aceptar el confort efímero que me ofrece su roce.

Se cansa después de un tiempo y el tono se vuelve resignado, lo que me gusta más, aunque no tanto como cuando me canta tiernamente con la voz suave y delicada mientras me besa, presionándome los labios agrietados y en llamas. Esos besos me hacen sentir bien, al menos hasta que me hundo en la oscuridad y vienen los demonios, que me envuelven el pecho con sus tentáculos, me apuñalan con sus picaduras hirvientes. El costado, el brazo, la pantorrilla… No tienen piedad al atacarme con violencia, abrasándome la carne hasta los huesos.

Pasha también está allí. Le falta la mitad del cráneo y el cerebro se le ve, grotesco, bajo las ondas brillantes del pelo oscuro.

—¡Papá! —grita mientras me sacude, hundiéndoseme aún más el atizador, atravesándome el corazón.

—Por favor, Peter, quédate conmigo —me suplica la voz de Sara y me aferro a ella, luchando contra los demonios en la oscuridad, resistiéndome a su agarre.

Llegan más besos. Tiene los labios fríos y húmedos, salados, como las lágrimas, todas esas lágrimas que le he provocado. Pero ¿por qué está llorando? No quiero. Quiero envolverme en sus cuidados, absorber su amor, no sus lágrimas. Quizás antes luchara contra mí, pero ahora es mía, para cuidarla y protegerla. Pero no puedo hacerlo porque la quemazón, el fuego, está agotándome, consumiéndome, el dolor me bloquea la mente.

—Por favor, cariño. Dime la contraseña. Necesito desbloquear el móvil.

Las palabras deberían tener sentido, pero no es así, los sonidos rebotan por mi cerebro como la luz solar sobre un lago.

—Papá, ¿no quieres ver el camión? —Pasha ha vuelto a echarse sobre mí y siento los piececitos como una bola de demolición golpeándome el costado—. ¿Eh, papá? ¿No quieres?

Abro la boca para contestar, pero los tentáculos diabólicos se me enroscan en torno al cuello, ahogándome con un lazo de fuego.

—Por favor, cariño... —Unas manos tiernas me acarician el rostro y la garganta, enfriando el ardor interno—. Por favor, necesito que me des la contraseña para que pueda pedir ayuda.

—Papá, papá, juega conmigo.

—La contraseña, Peter, por favor. Es nuestra única opción.

—No te vayas, papá.

—Por favor, cariño, te necesito. Nuestro bebé te necesita.

—Por favor, papá, seré bueno. Lo prometo, papá. Seré bueno.

La agonía es insoportable. Parece que me estoy rompiendo en dos, que los hirvientes tentáculos se están convirtiendo en látigos mientras caigo más profundamente en la oscuridad.

—Quédate conmigo, Peter. Por favor, cariño... —La humedad salada ha vuelto a mis labios y la voz me empuja hacia arriba, protegiéndome de los demonios —. Te quiero y no puedo hacer esto sin ti. Por favor… No puedo perderte también.

Tengo algo en la punta de la lengua, algo importante que necesito recordar. Algo que mi *ptichka* necesita. Cuatro números flotan hacia mi consciencia y me aferro a ellos con esfuerzo.

Es un cumpleaños. El cumpleaños de mi amigo Andrey. Siempre lo celebrábamos en ese campamento horrible.

—Cero, seis, uno, cinco —susurro, o lo intento, porque la lengua no me obedece. Lo intento de nuevo, con mis últimas fuerzas—. *Nol' shest' ahdeen pyat'. Ptichka, passvord den' rozhden'ye Andreya.*

Temblorosa, me pongo de pie mientras Peter suelta balbuceos en ruso debido a la fiebre, murmurando palabras que no conozco, alternadas con el nombre de su hijo, como lleva haciendo durante horas. A pesar de esforzarme al máximo, su estado se está deteriorando a toda velocidad y sé que, si no le doy antibióticos más fuertes, no sobrevivirá. La penicilina que robé del hospital no sirve para mucho.

Las paredes de madera se tambalean a mi alrededor cuando camino hacia el lavabo y regreso con una toalla fría y mojada, lo único que parece reconfortarle. Me siento en el borde de la cama y se la paso por la cara, el cuello y el pecho, arrastrando así el sudor pegajoso. Me tiembla el brazo por el cansancio y me queman los ojos por las lágrimas, pero no me detengo. No puedo, no mientras quede una pizca de esperanza.

Me duele todo el cuerpo, la espalda se me ha contraído por el esfuerzo de llevar a Peter desde la carretilla hasta la cama. Es más de medianoche y lo único que he comido es la solitaria lata de sopa de fideos chinos con pollo que encontré en un armario hace una hora. Intenté darle a él también, pero solo conseguí que se tragara un par de sorbos. Por eso, engullí el resto, no por mí, sino por el bebé. El niño de Peter necesita nutrientes.

La sopa no tenía muchas calorías, pero me proporcionó un poco de energía, las suficientes para tratar de convencer de nuevo a Peter de que me dé la contraseña. He fallado, igual que las anteriores veinte veces, pero parece que al menos me ha entendido en esta ocasión. Ha murmurado *ptichka* y ha dicho «contraseña» en inglés con un fuerte acento ruso, o quizás incluso la dijo en ruso. Por lo que sé, es la misma palabra en ambos idiomas.

Las lágrimas me nublan la visión. Ha sido un error venir hasta aquí. No debería haberme arriesgado. Incluso en la atmósfera esterilizada del hospital, las heridas de bala pueden complicarse y, dada la cantidad de sangre que Peter ha perdido y dónde lo he tenido que tratar, la infección es inevitable. Si lo hubiera llevado al hospital, habría perdido su libertad, pero quizás habría sobrevivido.

—Lo siento —susurro antes de presionarle los labios contra la frente caliente. El cuerpo está luchando contra la infección y muriendo en el proceso—. Lo siento mucho, todo.

Y es cierto. Siento no haber admitido antes que lo amaba, haberme resistido a su amor durante tanto tiempo. En aquel momento, me parecía importante no aceptar mis sentimientos por el asesino de George. Creía que era lo ético y lo correcto. Pero ahora veo esa resistencia como lo que era. Cobardía.

Temía enamorarme de Peter, me aterraba ceder y amarlo. Me moría de miedo al pensar que, si le dejaba entrar en mi corazón, lo perdería. Como perdí a George ante el alcohol. Como sabía que era inevitable que perdiera a mis padres. Más lágrimas me caen por el rostro y me queman la garganta. Esa es una preocupación con la que ya no tengo que lidiar. Están muertos. Lo peor ya ha ocurrido.

Aún no consigo entender qué ha pasado ni procesar el horror de ver los sesos de mi madre volar delante de mí ni el hecho de que yo misma haya apretado el gatillo. No dudé ni me arrepentí de matar al agente que había disparado a mi madre, solo sentí un horrible entumecimiento, como si alguien se hubiera hecho con mi cuerpo, alguien despiadado, frío… y poderoso. Dios, sentí tanto poder.

¿Será así también para Peter? Cuando mata, ¿apaga una parte de su humanidad para aceptar esa descarga de poder? Siempre me había preguntado cómo alguien con tal capacidad de amar y cuidar podía llevarse una vida por delante sin remordimientos, pero ahora lo entiendo. Todos somos monstruos en el fondo. Sin embargo, algunos nunca tienen la oportunidad de descubrirlo.

Mueve los labios agrietados y busco el cuenco con agua. Introduzco una toalla limpia en él para verter el líquido sobre la boca de Peter, teniendo cuidado de no dejar caer más de una gota cada vez para que no se ahogue. La fiebre que le arrasa el cuerpo lo está deshidratando, matándolo delante de mis ojos y no hay nada que pueda hacer.

Incluso si quisiera llevarle al hospital, no soportaría otro viaje por el camino irregular de gravilla y, sin acceso al móvil, no puedo llamar ni mandar un correo pidiendo ayuda desde aquí. Tampoco puedo dirigirme a ningún sitio para hacerlo porque no voy a dejar a Peter solo durante horas cuando está así de enfermo.

En un murmullo, moviendo la cabeza de un lado a otro, repite una frase en ruso. Se parece a lo que estaba diciendo antes, cuando pensé que me había entendido.

—*Nol' shest' ahdeen pyat'. Den' rozhden'ye Andreya, ptichka.* —Tiene la voz tan ronca que es apenas audible—. *Nol' shest' ahdeen pyat'.*

Me inclino hacia delante y presiono la frente contra la suya.

—¿Qué significa eso, cariño? —susurro, apretando los ojos para luchar contra una nueva oleada de lágrimas—. ¿Qué estás intentando decirme?

Hay algo familiar en esa frase o, al menos, en algunas palabras sueltas. ¿Las conozco? Me esfuerzo en recordar lo que los compañeros de equipo de Peter me enseñaron en Japón. *Spasibo* es «gracias» en ruso.

Vkusno es «delicioso». Ilya también me dijo los nombres de algunas comidas y Anton empezó a enseñarme el alfabeto y a contar hasta diez…

Me siento con nuevas energías. ¡Eso es! De ahí que algunas palabras me resulten familiares. Son números en ruso.

—Peter, querido, ¿es esa la contraseña? —Me tiembla la voz mientras me inclino sobre él, peinándole el pelo empapado en sudor—. ¿Me estás diciendo en ruso cómo desbloquear el móvil?

No parece escucharme, su agitación se calma y se sume en un estado mayor de inconsciencia. Cogiendo aire para tranquilizarme, intento recordar las palabras específicas que ha dicho y cómo se contaba hasta diez en ruso. Si no me equivoco, había algo casi rítmico en ello. *Ahdeen, dva, tree*, algo, algo, algo… Vale, bien. Entonces, *ahdeen* es uno y estoy bastante segura de que Peter lo ha dicho. Era la tercera palabra después de algo parecido a *null* y *jest*.

Me devano los sesos para intentar recordar cómo pronunciaba Anton el resto de los números. *Ahdeen, dva, tree*… ¿era *chet* y no sé qué? ¿*pet*?

No, cinco era *pyat'*, la última palabra que ha dicho Peter. Intento reprimir el entusiasmo, pero el corazón me palpita a toda velocidad. Aún no entiendo los otros dos números, pero me puedo aventurar con uno de ellos. Algunas de las palabras rusas son parecidas al inglés, lo que significa que la que sonaba como *null* será «cero». Vale, entonces: cero, número desconocido, uno, cinco… Tres de cuatro. Puedo intentar adivinarlo a la fuerza… si el teléfono de Peter no se me bloquea después de demasiados intentos incorrectos, claro. De un salto, cojo el móvil y, cuando estoy introduciendo el cero, los diez números me vienen a la mente: *Ahdeen, dva, tree, chetyre, pyat', shest', sem', vosem', devyat', desyat'.* Casi oigo la voz de Anton recitándolos. Conteniendo la respiración, introduzco, después del cero, el seis, el uno y el cinco.

enderson

HAGO UN MOVIMIENTO CIRCULAR CON EL BRAZO Y TIRO todos los caballos de porcelana que mancillan la estantería, la estúpida colección que Bonnie insistió en que nos lleváramos por todo el mundo. Se rompen en añicos con un estruendo satisfactorio, pero no es suficiente para acallar la rabia que me quema por dentro. «Aún no localizado». Las palabras en el ordenador se burlan de mí, restregándose contra mi interior hasta dejarlo en carne viva. «Búsqueda en proceso, pero fugitivo aún no localizado», dice el correo de los contactos de la CIA.

¿Cómo coño es eso posible? ¿Cómo han podido huir? Según los agentes de los SWAT que han sobrevivido al tiroteo, a Sokolov le han disparado al menos dos veces y hay imágenes de su mujer robando parte del material en un hospital, por lo que debe estar herido de gravedad para haberse arriesgado a parar allí. Aun así, no hay rastro de ninguno de los dos ni del coche que ella robó en el mismo hospital, aunque la policía piensa que no tardarán mucho en pisarles los talones.

Cabrones incompetentes. No debería haber ocurrido así. Sokolov debería haber muerto durante el arresto. Pagué a esa puta francotiradora, Mink, para que se asegurara de ello. Si Sokolov sale del país, es solo cuestión de tiempo que descubra lo ocurrido y venga a por mí y a por mi familia. No puedo dejar que eso suceda. Tienen que matarlo mientras lo capturan y, para ello, deben encontrarlo primero.

Giro el cuello de un lado a otro para aliviar el dolor punzante antes de redactar el correo de respuesta a mi contacto. Es hora de que expandan la red avisando a la Interpol y al resto.

Sara

Paseo por la cabaña con piernas temblorosas, mirando hacia la ventana rota cada cinco segundos. Fuera está totalmente oscuro y el silencio solo se ve interrumpido por los sonidos habituales del bosque.

Aun así, sigo mirando y esperando escuchar los helicópteros de la policía. Han pasado ya casi dieciséis horas desde que robé el coche en el hospital. La propietaria ya se habrá percatado de que no está y habrá llamado a la policía. Si han descubierto el Mercedes en el aparcamiento, me sorprendería si no fuera así, todos los agentes de la fuerzas del orden de la zona deben estar buscando el Toyota azul con los fugitivos en el interior. Es solo cuestión de tiempo que descubran la cabaña.

Si Yan no llega pronto, no habrá servido para nada. Miro de nuevo el teléfono para releer el correo por decimoquinta vez. Debería ahorrar batería, pero no puedo evitarlo. Lo único que mantiene vivas mis esperanzas son las dos palabras en la pantalla. «De camino».

Es lo único que ha contestado Yan cuando le he enviado un correo con los detalles sobre las circunstancias y la localización. Está claro que sabe lo que ha ocurrido porque me ha contestado en menos de un minuto.

«De camino». Eso es todo. Nada específico, ni siquiera un tiempo estimado de llegada. No tengo ni idea de si estará aquí en segundos, horas o días. Por lo que sé, podrían ser semanas.

He debido tomar una decisión agonizante cuando he desbloqueado el móvil: llamar al 911 para conseguir la atención médica que Peter tanto necesita o contactar con Yan y continuar con esta locura de fuga. Al final, seguí mi instinto y, cuando miré en el buscador tras recibir la respuesta de Yan, me alegré de haberlo hecho. Nuestras caras están ahora en todas las noticias, la mía y la de Peter. Los medios de comunicación, grandes y pequeños, diseccionan nuestras vidas en línea y actualizan de forma constante sus artículos con detalles nuevos sobre la boda y la especulación en torno a la relación. En algunos, se me presenta como a una víctima a la que han lavado el cerebro y, en otros, soy cómplice desde el principio. En cuanto a Peter, sin embargo, no hay ambigüedad. En todas las historias, es el villano.

«Me dijo que mató a su primer marido», dice Marsha en *The Chicago Tribune*. «Que la torturó y vigiló antes de secuestrarla. Desapareció durante meses y, cuando volvió, estaba hecha un desastre. Debió haberle hecho algo, lavado el cerebro de alguna manera. Porque, cuando apareció de nuevo, se casó con él. En días. Negó que fuera él, de alguna manera había conseguido cambiarse el nombre, pero no me engañaron. Siempre sospeché la verdad».

También han entrevistado a mis compañeros de la banda. «Apareció de la nada», afirma Phil en *The New York Times*. «Durante meses, solo sabíamos que era una viuda tímida y reservada. Luego, de repente, se casó con ese misterioso ruso. Dijo que habían estado saliendo en secreto, pero siempre pensé que había algo más en esa historia. Se mostraba muy posesivo con ella, de una manera peligrosa. Se veía que mataría a cualquiera que se atreviera a mirarla durante demasiado tiempo. Tenía un aura letal a su alrededor».

Leo los artículos buscando alguna prueba que conecte a Peter con la explosión, pero no hay nada, igual que sobre su pasado real y sus motivaciones. Algunos medios lo presentan como un espía ruso y a la explosión como la respuesta extraoficial de Putin a los boicots. Otros especulan que Peter es un asesino de la mafia rusa y que la explosión tiene que ver con una investigación en curso. También se menciona a George como a un valiente periodista cuya historia sobre la mafia rusa acabó en asesinato.

No hay nada sobre el pequeño pueblo de Daryevo o la familia de Peter, ni una palabra sobre el terrible error que provocó sus muertes. Varios artículos hablan sobre la muerte de mis padres y la reacción de sus vecinos ante el tiroteo, pero no me atrevo a leerlos. Cada vez que lo intento, se me constriñe la garganta y el corazón me late a un ritmo irregular. El horror y la pena son demasiado fuertes, demasiado recientes, igual que la culpabilidad que me retuerce las entrañas.

He fallado a mis padres, no he conseguido protegerlos de la oscuridad que traje a sus vidas y no puedo enfrentarme a eso todavía, igual que no puedo imaginar el mundo sin ellos. Es más fácil acallarlo, bloquearlo y centrarme en sobrevivir minuto a minuto, preocuparme por la única persona a la que amo que aún sigue viva.

Dejo de caminar, me siento en el borde de la cama de Peter y le toco la frente. Sigue ardiendo, el cuerpo continúa luchando contra la infección que está haciendo que la herida del costado se haya inflamado y haya adquirido un aspecto rojizo.

Le cambio las vendas antes de convertir la siguiente dosis de penicilina en polvo y dársela cuidadosamente con cucharadas de agua. Apenas responde, pero consigo que tome la mayor parte de la medicina. No es suficiente, necesita algo más fuerte, pero es lo único que puedo hacer.

—Aguanta, cariño —susurro, pasándole una toalla húmeda por la cara para enfriársela—. La ayuda está en camino. Aguanta y todo irá bien.

Tiene que ser así. No puedo soportar pensar lo contrario.

Estoy a punto de quedarme dormida junto a Peter cuando se abre la puerta principal con un crujido audible. La descarga de adrenalina es tan fuerte que me pongo de pie antes incluso de que haya procesado el sonido.

—¿Qué…?

—Somos nosotros —dice Ilya, atravesando el umbral junto a Yan—. Nos tenemos que ir. Ahora.

Me doy cuenta de que estoy jadeando, con la mano presionada contra el alocado martilleo del corazón.

—Estáis aquí, habéis venido.

Yan ya está a junto a Peter.

—Ayúdame —le ordena a su gemelo e Ilya se apresura a acercarse. Juntos, lo levantan de la cama y lo sacan a toda prisa fuera de la cabaña.

El cerebro, poco a poco, se me activa y cojo los suministros de primeros auxilios antes de correr tras ellos. Fuera hay un SUV oscuro con las luces apagadas, pero el motor encendido.

—Siéntate en la parte trasera con él —me grita Yan mientras deposita, junto a Ilya, a Peter en el asiento.

Luego, da la vuelta al coche para dirigirse a la parte delantera. Me dispongo a obedecer.

—Hay varias armas en el Toyota —digo sin aliento cuando Yan se coloca al volante—. ¿Deberíamos cogerlas o…?

—No hay tiempo —contesta Ilya mientras Yan pisa el acelerador y el coche corre hacia delante—. Si no salimos del espacio aéreo estadounidense antes de las ocho de la mañana, derribarán nuestro avión.

Cojo aire de forma brusca y me callo antes de concentrarme en proteger a Peter de las peores sacudidas. Está tumbado en el asiento trasero con la cabeza en mi regazo y, en cada bache que cogemos a gran velocidad, me aterroriza que salte del asiento y se abra los puntos.

Al principio, no tengo ni idea de cómo Yan puede ver tan bien sin las luces encendidas, pero, tras unos instantes, los ojos se me acostumbran a la oscuridad y empiezo a vislumbrar las formas de los árboles y arbustos bajo la débil luz de la luna creciente que parpadea a través de las nubes.

—¿Dónde está el avión? —pregunto cuando, por fin, salimos a la carretera pavimentada y cesa la tortura del castañeo de dientes—. ¿A qué distancia se encuentra de aquí?

—No muy lejos —contesta Ilya, mirando hacia atrás mientras Yan enciende las luces, supongo que para confundirse mejor con los escasos coches que hay a estas horas—. Solo un poco más, eso es todo.

—Bien, vale. —Peter está murmurando algo de

nuevo, debido a la fiebre, y no me sorprendería que algunos de los puntos se le hayan desgarrado—. ¿Creéis que podremos…?

—Silencio. —La orden de Yan es afilada como un cuchillo—. No puedo confundirme de desvío.

Me quedo callada para dejar que se concentre en llevarnos hasta nuestro destino. Poco después, giramos hacia otro camino de gravilla y Yan apaga las luces mientras nos embarcamos en otra aventura demoledora.

Mantengo a Peter tan inmóvil como puedo mientras le acaricio el pelo sudado. Parece reconfortarle y a mí también me ayuda a calmarme. Por muy aliviada que me sienta al no estar ya solos, sé que aún no estamos fuera de peligro. La tensión en el coche es palpable y la adrenalina llena el ambiente.

—*Zdes* —dice Ilya de repente y Yan da un brusco giro hacia la derecha, haciéndome prácticamente volar. Consigo coger a Peter por los hombros, pero gruñe con agonía cuando se golpea en la pierna herida contra el asiento delantero—. ¿Está bien? —pregunta Ilya con aspereza mientras mira hacia atrás. El cielo comienza a aclararse con los primeros rayos del amanecer y la cabeza rapada le brilla en la oscuridad crepuscular, con la palidez suave interrumpida solo por el complejo patrón de los tatuajes.

—Depende de lo que consideres «estar bien» —respondo en voz baja. No quiero distraer a Yan de nuevo—. Necesita ir a un hospital, con urgencia.

—¿Y tú? —La voz profunda de Ilya se suaviza—. He oído lo que les ha pasado a tus…

—Estoy bien —contesto con un tono más brusco del que pretendía, pero no puedo lidiar con eso ahora mismo, no puedo descender por ese oscuro pozo de tristeza y desesperación. Lo siento bullir en la superficie. Sin embargo, mientras no lo toque ni lo abra, evitaré ahogarme en él.

Ilya me estudia durante unos instantes antes de girarse hacia la luna del coche. Espero no haberle ofendido, pero, incluso si es así, no consigo encontrar las fuerzas para preocuparme por ello. Ahora que nuestra seguridad ya no depende de mí, siento que comienzo a desmoronarme, pedazo a pedazo, agonizante, y debo hacer uso de toda mi fuerza de voluntad para unir los fragmentos raídos. Tengo que mantenerme fuerte. Si no por mí, por Peter y el bebé.

Seguimos avanzando entre brincos durante diez minutos antes de girar hacia otro camino pavimentado y veo un avión de tamaño respetable parado a unos diez metros de distancia.

—¿Esto es un aeropuerto? —Observo a mi alrededor el bosque que rodea la estrecha pista de aterrizaje que termina a poca distancia.

—Es más bien una pista de aterrizaje ilegal —contesta Yan antes de salir del coche de un salto—. Ilya, ayúdame a sacarle.

Me quito de en medio mientras trasladan a Peter del coche al avión. Cojo los suministros de primeros auxilios y me apresuro a seguirles, esperando ver dentro a Anton, el amigo y compañero de equipo de Peter.

Para mi sorpresa, en lugar de toparme con la cara barbuda de Anton, veo las facciones duras de Lucas Kent, el traficante de armas en cuyo hogar me hospedé en Chipre. Está de pie, dentro de la lujosa cabina, con los brazos cruzados sobre el ancho pecho.

—Hola —digo con cautela y me hace una señal con la cabeza, con la cuadrada mandíbula apretada. Debe seguir enfadado por haber convencido a su mujer, Yulia, de que me ayudara a escapar. Eso o está preocupado por la operación.

—Faltan menos de dos horas para que se acabe el turno de mi contacto —le dice a los gemelos, lo que me confirma que, al menos en parte, la razón es la segunda —. Colocadle ahí y nos vamos. —Mueve la cabeza hacia un sofá de cuero color crema.

Los gemelos hacen lo que Kent les ordena mientras él desaparece en la cabina del piloto. Unos instantes después, el motor se enciende con un rugido y me siento junto a Peter en el sofá mientras el avión empieza a moverse. Yan e Ilya se sientan en la parte delantera y miro por la ventana, conteniendo el aliento mientras el avión coge velocidad.

Con una pista de aterrizaje tan corta, necesitaremos un piloto fantástico para esquivar los árboles que tenemos delante mientras subimos. Al parecer, Kent lo es porque los sorteamos sin problemas. Escucho cómo se aceleran los potentes motores mientras ascendemos con un ángulo inclinado y una oleada de alivio me recorre el cuerpo al darme cuenta de que estamos en el aire. No cerca de la frontera, pero al menos en el aire.

Tan pronto como el avión se estabiliza, le inspecciono las heridas a Peter. Tiene sangre nueva en la pantorrilla, pero los puntos del brazo y el costado están en su sitio, aunque este último sigue teniendo mal aspecto y está inflamado. Le doy otra dosis de penicilina en polvo con agua y le cambio las vendas.

Quizás sean imaginaciones mías, pero creo que ya no está tan caliente cuando lo toco al terminar y tiene una expresión más relajada. Parece que está dormido en vez de inconsciente por la fiebre. Le paso una toalla mojada por el rostro y el cuello para enfriárselos aún más. Luego, le beso las mejillas ásperas por la barba y camino hasta donde están sentados los gemelos.

—¿Qué tal está? —pregunta Ilya, levantándose—. ¿Aguantará hasta el hospital?

Trago el nudo que tengo en la garganta.

—Creo que sí. Es... Sí, aguantará. —No me he permitido pensar lo contrario, en realidad no, porque es una posibilidad horrible que me araña el pecho y me crea un agujero hiriente en el estómago.

—Es un cabrón muy fuerte —comenta Yan con los ojos verdes brillantes mientras se reclina en su asiento. Parece un tiburón corporativo con sus perfectos pantalones de vestir, hechos a medida, y la camisa de raya diplomática—. Necesitan más que unas cuantas balas para matarlo.

Río temblorosa antes de notarme el rostro mojado. ¿Estoy llorando? Tras limpiarme la humedad errante, me doy media vuelta, avergonzada, hasta que siento una mano enorme en el hombro, apretándomelo ligeramente.

—No pasa nada —dice Ilya con brusquedad cuando me giro para mirarlo—. Lo has hecho bien, *kroshka*. Sobrevivirá gracias a ti.

—Y a vosotros —respondo con voz ronca. No tengo ni idea de qué me ha llamado, pero parece más un halago que un insulto—. Si no hubierais aparecido...

—Sí, hubieras estado jodida —dice Yan, indiferente —. Han organizado una gran batida para buscaros.

Asiento, reprimiendo un escalofrío.

—Eso he supuesto cuando he visto las noticias. No sé ni por dónde empezar a daros las gracias por...

—No lo hagas. —Yan se levanta—. No necesitamos que las des.

Sonrío, sintiéndome extraña.

—Eres muy amable, pero lo aprecio de verdad. Sé que es un gran riesgo esto de...

Yan esboza una sonrisa sarcástica.

—¿Sí? ¿Ahora eres una experta en la vida de fugitivo?

—No, pero aprendo más cada día que pasa —respondo con tranquilidad—. Por eso, gracias. Me alegro de que hayáis venido y estoy segura de que, cuando Peter se despierte, también lo hará. —No tengo ni idea de cuáles son las intenciones de Yan, pero tengo la sensación incómoda de que está jugando conmigo, como un gato con un ratón.

Aparto esa imagen desconcertante de la mente y me giro hacia Ilya.

—¿Dónde está Anton? —pregunto—. ¿Está bien?

—En una misión en Hong Kong —responde—. No habría llegado a tiempo. Menos mal que Kent estaba en México con nosotros y que tenía un avión, si no... —Encoge los hombros anchos.

—Claro. —Me muerdo el interior de la mejilla—. Tendré que darle las gracias a él también.

—Yo no lo haría —dice Yan con sequedad—. No es tu fan número uno.

—Oh. —Entonces, el traficante de armas sí que me tiene rencor por mi huida o, al menos, por haber involucrado a su mujer—. Supongo que primero debería disculparme.

—¿Por qué? —Yan me mira con una fría diversión mientras se inclina contra un lateral del asiento—. ¿Por ver una oportunidad y utilizarla? Él habría hecho lo mismo si hubiera estado en tu lugar.

—Sí, bueno, aun así... —Me giro hacia la cabina del piloto, pero Ilya se coloca frente a mí para bloquearme el paso.

—No necesitas hacerlo —dice con una expresión agradable—. Es algo entre Peter y él.

—Vale... —No había pensado que hubiera un protocolo específico para estas cosas—. Supongo que, entonces, se lo dejaré a ellos.

Me giro para volver al sofá con Peter, pero recuerdo algo importante.

—¿A dónde vamos exactamente? —pregunto, girándome hacia los gemelos.

—A la clínica en Suiza —contesta Yan—. A que este se ponga en pie. —Señala a Peter con la cabeza—. Y, después, quién sabe. —Me dedica una sonrisa perversa —. El mundo entero es tu nuevo hogar, Sara Sokolov. Bienvenida a nuestra forma de vida.

PARTE III

ME DESPIERTO CON UNA SENSACIÓN DE BIENESTAR QUE contrasta con la punzante molestia del costado. Unas manos suaves me acarician el pelo y una voz dulce tararea una melodía tranquilizadora que me hace sentir cálido y relajado. Abro los ojos para encontrarme con la mirada sorprendida de Sara. Está sentada en el borde de la cama, sujetando un cepillo que debe haber utilizado para peinarme.

—Estás despierto. —El rostro se le ilumina mientras se pone en pie y se inclina sobre mí después de dejar el cepillo en la mesilla de noche—. ¿Qué tal te encuentras?

—Bien. —La voz emerge con aspereza, como si no la hubiera utilizado durante un tiempo. Además, noto la boca seca, así como la garganta. Me humedezco los labios agrietados y pregunto de forma ronca—. ¿Qué ha ocurrido? ¿Dónde estamos?

Sonriente, Sara coge un vaso de agua que está junto a la cama.

—En la clínica de Suiza. Los gemelos Ivanov nos han traído hasta aquí.

Tengo mucho que descifrar, por lo que bebo el agua con una pajita mientras reviso mis recuerdos. Me viene a la mente la bala que me golpeó en el costado y a Sara guiándome hasta el coche, pero luego todo se vuelve confuso, como una maraña de impresiones. Debemos haber cambiado de coche en algún momento porque tengo la vaga sensación de haberme montado en un Toyota azul, pero, después de eso, todo está en blanco. Y, antes del tiroteo…

—El bebé. —Con el pulso acelerado, le cojo de la muñeca—. *Ptichka*, ¿estáis el bebé y tú…?

—Estamos bien. —Deja la taza de agua y me sonríe, radiante—. Me han hecho una revisión y ambos estamos perfectos.

Exhalo un suspiro de alivio, antes de recordar algo más.

—Tus padres. —El corazón se me rompe por la mitad cuando la sonrisa le desaparece—. Mi amor, lo siento…

—No. —Se aparta—. No quiero hablar de eso.

La observo con el pecho dolorido mientras se gira para recuperar la compostura. Ahora recuerdo más, incluso al agente al que disparó a bocajarro. Mi pequeño pajarito, que ha dedicado su vida a curar, ha matado a un hombre. Para protegerme… y vengar a su madre. Presionó el gatillo no una, sino tres veces.

Solo puedo imaginar lo que se le estará pasando por la mente ahora mismo, con sus padres muertos y su antigua vida totalmente perdida. Por no mencionar el trauma del tiroteo y la huida posterior. ¿Cómo habrá conseguido sacarnos de allí por sí sola? Estoy seguro de que Yan no estaba esperándonos en la puerta de la casa de sus padres con el avión.

—Sara… —Me impulso hasta adoptar una postura sentada, reprimiendo una mueca cuando el costado me grita de dolor—. Mi amor, ven aquí.

Camina hasta mí a toda velocidad.

—¿Qué haces? Túmbate. Es demasiado pronto para que te muevas.

—Estoy bien —digo, pero me empuja de nuevo contra la cama. Me gusta que se preocupe por mí, que en la preciosa cara se le dibuje inquietud. Es mejor que la pena reprimida.

—Cuéntame qué ocurrió tras desmayarme —digo después de que compruebe las vendas para asegurarse de que no me he hecho daño—. ¿Cuánto tiempo llevamos aquí? ¿Cómo conseguimos escapar?

Respira hondo.

—Es una historia bastante larga, pero, en resumen, llegamos a la cabaña que me dijiste y, desde tu móvil, le escribí un correo a Yan. Los gemelos vinieron a por nosotros en un avión pilotado por Kent. —Toma aire de nuevo—. De eso hace dos días.

¿Dos días? Debo haber estado a las puertas de la muerte si he pasado inconsciente tanto tiempo. Ignorando lo que implica haber involucrado a Kent, me concentro en entender los hechos.

—Vale, ahora cuéntame la versión larga —digo y, después, escucho asombrado cómo mi civilizada esposa detalla su aventura clandestina en el hospital y la manera tan inteligente con la que nos consiguió un coche.

—Entonces, sí —concluye—, tras entender lo que estabas diciendo en ruso y desbloquear el teléfono, le mandé un correo a Yan y los gemelos llegaron unas horas más tarde. Yan dijo que los dos estaban en México cuando ocurrió, trabajando con Kent en algún asunto, por lo que solo tuvieron que coger el avión y dirigirse hasta allí. Oh, y sobornar al controlador aéreo, al contacto de Kent, con un millón y medio de dólares. Yan dice que le debes dinero.

Le debo más que dinero por esto y lo sabe, igual que Kent. Cabrones manipuladores. Tendré que hacerles grandes favores algún día. Al darme cuenta de que el móvil está en la mesilla de noche, lo cojo y miro los mensajes de los piratas informáticos con la información sobre la explosión. Tengo que entender cómo ha ocurrido esta puta mierda. Por desgracia, aún no saben nada, por lo que dejo el teléfono a un lado y le pregunto a Sara:

—¿Dónde están los gemelos y Kent? ¿Siguen por aquí?

—Los gemelos se marcharon a Génova para una

reunión de negocios ayer y Kent volvió a casa —dice Sara—. Anton vendrá para acá desde Hong Kong mañana, por lo que estoy segura de que los verás a todos.

Eso está bien. Necesitaré su ayuda para desenmarañar este entuerto cuando descubra qué lo ha provocado. Pero, primero, hay una cosa importante que tengo que hacer.

—*Ptichka*… —Coloco la mano sobre la delgada rodilla—. ¿Por qué has hecho esto, mi amor? Podrías haber esperado a que las autoridades llegaran y dejar que me culparan por lo de ese agente. Nadie lo hubiera descubierto y habrías podido continuar con tu vida, mantener el trabajo…

—¿Y qué? —Da un salto y me mira—. ¿Ver cómo te arrestaban mientras te desangrabas? ¿Dejarte a merced de personas que estaban convencidas no solo de que eras un terrorista, sino de que habías matado a sus compañeros? ¿Cómo puedes pensar que haría algo así? —Forma un puño con las manos junto a ambos costados y el cuerpo entero se le pone rígido por la indignación—. Eres mi marido, el hombre al que amo…

—También el que te torturó y secuestró —le recuerdo con sequedad incluso a pesar de que una calidez tierna me llena el pecho. No tenía dudas de que Sara me amaba, en realidad no, pero una parte de mí seguía creyendo que aprovecharía cualquier oportunidad para librarse de mí, que, si tuviera que elegir entre una vida normal y yo, querría lo primero.

Junta las cejas.

—¿En serio? ¿Vamos a hablar ahora de eso?

—No, cariño. —Reprimo una sonrisa de satisfacción y doy una palmadita en la cama, junto a mí. No debería pensar que su indignación es adorable, pero no puedo evitarlo—. Ven aquí. —No se mueve, solo me mira con los brazos cruzados—. Muy bien, entonces, me levantaré e iré a por ti. —Me muevo como si fuera a sentarme de nuevo y, con un resoplido de frustración, se deja caer en la cama junto a mí.

—Túmbate —suelta, empujándome hacia atrás—. Te vas a abrir los puntos, de nuevo. —A pesar del tono brusco, me toca con delicadeza mientras se inclina sobre mí para inspeccionar los vendajes. Cuando inspiro ese aroma cálido y dulce, el cuerpo se me despierta y reacciona a su cercanía, como siempre.

—*Ptichka*. —La voz adquiere un tono ronco cuando le agarro de la muñeca delgada—. Mi amor, mírame.

Me sostiene la mirada con los ojos color avellana y veo que las pupilas se le dilatan cuando le sujeto la cabeza por la nuca y tiro de ella hacia mí.

—Espera, aún no…

Absorbo su protesta jadeante con un beso. Abre los labios suaves con un suspiro y le invado la boca, deleitándome con el sabor y la sensación adictivos. No es el momento ni el lugar adecuados, pero no puedo contenerme. La lujuria me inunda las venas, consumiéndome la piel hasta hacerla hervir.

Me ama. Me ha elegido. Ha abandonado su vida para salvarme. Siento que me vuelve a subir la fiebre, pero no hay dolor unido a ella. Me quemo por la necesidad de tenerla, de sentir esas manos suaves sobre la piel. Es mía, ahora sin reservas, y, mientras le guío la mano bajo las sábanas, las últimas ataduras de nuestro pasado oscuro desaparecen, dejándonos juntos en el presente. Unidos sin importar lo que pase.

Henderson

SONRÍO MIENTRAS LEO EL CORREO QUE ACABA DE LLEGAR a la bandeja de entrada. Dejando a un lado la desafortunada huida de Sokolov, el plan ha funcionado como pretendía, sobre todo con relación a sus aliados. El uso de un explosivo elaborado por Esguerra en el ataque terrorista le ha abierto los ojos al mundo acerca del peligro que representa el imperio ilegal del traficante de armas y la protección especial de la que disfrutaba Esguerra, por cortesía de su relación *quid pro quo* con el gobierno estadounidense, ha desaparecido. Ahora él y todos sus socios se han convertido en objetivos. Por eso, un equipo está en camino hacia la residencia de Lucas Kent en Chipre.

Es incluso mejor porque, como esperaba, la Interpol

también ha intervenido. Se ha visto a los hermanos Ivanov en Génova, por lo que Sokolov no debe estar lejos. De hecho, mi contacto ha escuchado el rumor de que se encuentra en un clínica clandestina en los Alpes suizos, especializada en tratar a pacientes que están al margen de la ley.

Si todo va bien, la mayor parte de mis problemas se habrán acabado. En unas horas, Kent, Sokolov y los dos asesinos rusos amigos de este estarán muertos y, poco después, las autoridades encontrarán a Anton Rezov, el tercer asesino. Luego, solo quedará desmantelar la organización criminal de Esguerra y hacerme con el mando. Una vez que haya hecho todo eso, el reino del terror de esos monstruos se habrá acabado y tanto mi familia como yo estaremos a salvo.

Sara

SONRIENTE, CAMINO POR EL PASILLO CON LOS LABIOS hinchados y un ligero cosquilleo en ellos por la mamada que le acabo de hacer a Peter. Supongo que debería haber esperado algo así, dada la lívido sobrehumana de mi marido, pero sigue pillándome por sorpresa. En mi mente, el sexo y los pacientes en cama no suelen casar.

Pero Peter no es un paciente típico. Desde el momento en el que lo trajimos hasta aquí y lo conectamos a una vía, superó todas las expectativas, las mías y las del personal de la clínica. Es como si toda la voluntad de hierro la hubiera enfocado a curarse. Horas después de nuestra llegada, le bajó la fiebre y, si los doctores no le hubieran sedado para garantizar su descanso y restablecimiento, habría recuperado la consciencia entonces.

Una enfermera que pasa junto a mí en el pasillo sonríe y me saluda, por lo que le devuelvo el gesto. Me gusta el personal de este lugar. Son muy agradables, a pesar de tener como pacientes algunos de los peores criminales que ha conocido la humanidad. Tampoco tengo mucho margen para juzgar. Ahora yo también soy una criminal. Disparé a un hombre a sangre fría.

No he sido capaz de procesarlo todavía, igual que no he conseguido pensar en mis padres o en lo que significa que seamos fugitivos, con todas esas fotos en los medios de comunicación. Me he centrado en la parte positiva, en disfrutar de que ambos estemos aquí, vivos y libres. Aún tengo a Peter y al bebé.

Me ayuda lidiar con cada cosa a su tiempo, pasar de una tarea a otra. Al estar ocupada, no me doy cuenta del desgaste de esos bordes peligrosos o de la presión creciente de la pena. Soy incluso capaz de sonreír, aunque parte de mi interior permanece dormida. Siento que, cuando presioné el gatillo, maté también a una parte de mi ser. Al arrebatar una vida, perdí un trozo de mí misma.

—Hola, doctora Sokolov —me saluda el doctor Jart tras entrar en su despacho—. ¿Cómo está su marido?

—Mejor. —Le sonrío—. Mucho mejor.

Levanta las pobladas cejas grises.

—¿Oh? ¿Está despierto?

—Sí, aunque creo que… lo he agotado. Cuando me he marchado, estaba dormido de nuevo.

—Lo hará a menudo —contesta el doctor Jart—. El cuerpo necesita dormir para curarse. —Se pone en pie y camina en torno al escritorio—. Pero estoy seguro de que ya lo sabe.

—Sí —admito, observándole mientras coge un enorme libro de la estantería. Me recuerda un poco a mi jefe Bill por su actitud gruñona, aunque, en cuanto a personalidad, el doctor Jart es mucho más agradable. Tuve la oportunidad de conocer al doctor al pasar dos semanas aquí después del accidente de coche. Cuando vino a examinar las heridas de Peter el otro día, me reconoció y comenzamos a hablar. Tras saber que soy obstetra y ginecóloga, me invitó a atender un parto, lo que hice encantada después de asegurarme de que Peter estaba estable y descansando. Fue algo que me alejó de los acontecimientos de los últimos días.

—¿Qué tal le va a María? —pregunto, refiriéndome a la paciente, la amante adolescente de un traficante de drogas mexicano que tuvo gemelos ayer—. ¿Ya se ha ido a casa?

—Se está recuperando bien, pero no. —El doctor Jart suspira—. Gomez quiere que se quede al menos una semana y, puesto que es el que paga... —Se encoge de hombros y vuelve al escritorio.

—Ya veo. —A diferencia de un hospital tradicional, que se basa en el pago de las aseguradoras y donde se siguen condiciones estrictas para la duración de la estancia, esta clínica se abastece de pacientes millonarios del bajo mundo y son ellos o el criminal rico relacionado con ese paciente los que eligen cuando están lo bastante restablecidos.

—Entonces, doctora Sokolov... —El doctor se sienta y me mira con ojos oscuros penetrantes—. La he llamado porque quería comentarle algo.

—Claro, ¿qué ocurre? —pregunto antes de sentarme frente al doctor. Espero que tengan otra paciente a la que atender mientras Peter está dormido. Necesito mantenerme activa para alejar cualquier asunto de mi mente.

—¿Le parecería bien unirse a nosotros? —pregunta el doctor Jart—. No sé cuáles son sus planes con el señor Sokolov, dadas las circunstancias... —Se aclara la garganta—. Pero nos vendría muy bien una doctora de su especialidad entre el personal. Como sabe, nuestro obstetra, el doctor Ludwig, es excelente, pero es un hombre y algunas de nuestras pacientes, sobre todo las de culturas más tradicionales, se sienten un poco... incómodas.

—Oh. —Miro al doctor—. Gracias. No... no sé qué decir.

Una oferta de trabajo, sobre todo una basada en gran medida en el hecho de ser mujer, era algo que no me esperaba. Pero, de nuevo, ¿por qué debería sorprenderme? No hay corrección política en este nuevo mundo sin leyes, donde la violencia es parte del negocio y se considera a las mujeres como extensiones de hombres poderosos a los que pertenecen.

—Estoy seguro de que necesitará consultárselo al

señor Sokolov —dice el doctor Jart cuando no digo nada más—. Si es algo que le interese, por supuesto.

—Claro. —Reprimiendo a mi feminista interior, me centro en la oportunidad, que sí parece interesante. La pérdida de mi carrera es algo en lo que también he evitado pensar, pero no seré capaz de hacerlo siempre. De esta manera, podría seguir siendo doctora, asumiendo que Peter esté de acuerdo con que vivamos cerca de aquí. Por lo que sé, está pensando en escondernos de nuevo en Asia.

—Por ahora, piénselo —dice el doctor Jart—. No tiene que darme una respuesta de inmediato o a corto plazo. Entendemos que la situación es inestable por el momento, por lo que tómese todo el tiempo que necesite para decidirlo —añade tras aclararse la garganta.

—Gracias. —Me levanto y le aprieto la mano—. Se lo agradezco. —Me pregunto con cuanta frecuencia le ofrecerá puestos de trabajo a terroristas sospechosos que huyen de la ley. No parece cómodo con «la situación», pero tampoco parece molesto por ella. En este lugar, los archivos del personal deben ser una lectura muy interesante.

aperitivo. Cuando regreso a la habitación de Peter, está despierto y buscándome.

—¿Dónde has estado? —pregunta tras incorporarse,

con mucho menos esfuerzo esta vez. Es increíble la velocidad a la que se cura, eso o su tolerancia al dolor es algo fuera de lo común. Ni siquiera esboza una mueca, a pesar de que el movimiento debe haberle tensado los puntos del costado.

Me siento tentada a obligarle a tumbarse, pero me contengo. Ahora parece mucho más alerta. Me mira con esos ojos grises agudos y decididos, por lo que sé que no tardará mucho en volver a ser él.

—Estaba hablando con uno de los doctores —le digo, al mismo tiempo que camino hasta el borde de la cama para sentarme—. Me ha ofrecido un trabajo.

Peter junta las cejas.

—¿Aquí? ¿En este lugar?

—Sí, al parecer, necesitan a una mujer obstetra. —Le cojo la mano y paso el pulgar por la palma grande y áspera—. ¿Qué piensas? Está claro que nos tendríamos que quedar por la zona y no sé si eso es seguro.

Ningún trabajo vale más que nuestra libertad. Peter permanece en silencio unos segundos, reflexionándolo.

—No es mala idea —dice al final—. Antes, sin embargo, tenemos que saber qué ha ocurrido.

—¿Quieres decir quién es el responsable de la explosión? —Asiente, sombrío, y debo coger aire para combatir la tensión del pecho. Yo misma he estado considerándolo y, si Peter es inocente, lo que creo que es verdad, solo hay una solución lógica—. Alguien te ha incriminado —digo—. Incluso alguien del FBI.

—Sí. —No cambia de expresión, ya debe haberlo pensado—. La pregunta es quién y por qué. —Alcanza el teléfono, como ha hecho antes, y veo cómo examina los correos a un ritmo rápido.

—Quizás los federales no tuvieran sospechosos reales, por lo que decidieron utilizarte de chivo expiatorio —le sugiero mientras abre uno de los mensajes—. Seguro que había alguna organización terrorista detrás de la explosión, pero decidieron ir a por ti. Alguien, aparte de Ryson, debía estar enfadado por el pacto que hiciste, por lo que, cuando surgió la oportunidad… —Me detengo porque la cara de Peter se vuelve de piedra—. ¿Qué pasa? —pregunto mientras continúa leyendo sin decir una palabra, con una postura cada vez más tensa.

Los músculos del cuello se me contraen y el corazón me palpita a toda velocidad, como si estuviera a punto de lanzarme a la carrera. Sea lo que sea lo que pone en el correo, no es bueno. Lo sé por su expresión. Levanta la mirada para encontrarse con la mía.

—¿Te acuerdas de que te hablé del general retirado, el que estaba a cargo de la operación de Daryevo? —La voz le adquiere una suavidad letal—. ¿Al que prometí dejar en paz a cambio de amnistía e inmunidad?

—Sí, claro —contesto mientras el estómago me da un vuelto—. Henderson, ¿no?

—Exacto. —Se le dilatan las fosas nasales—. El puto Wally Henderson III.

Tomo aire.

—¿Es él quien está detrás de esto?

—Eso parece. —Un músculo se le tensa en la mandíbula—. Antes de que vinieran a por mí, le pedí a los piratas informáticos que investigaran la explosión porque había algo que no olía bien. Y, al final, han conseguido resultados.

—¿Dicen que Henderson te incriminó? ¿Por qué? ¿Cómo pudo saber que iba a ocurrir esa tragedia?

Vinieron a por él menos de veinticuatro horas después del ataque. Incluso alguien con los contactos de Henderson no habría tenido tiempo de conseguir pruebas rotundas para enviar a un equipo de los SWAT a un pacífico barrio suburbano. Incluso si Henderson se hubiera embarcado en esa misión justo después de enterarse de la explosión, le habría llevado días, si no semanas, para…

—Porque hizo que ocurriera. —La expresión de Peter desprende crueldad—. El cabrón es el que puso la bomba.

Me quedo boquiabierta.

—¿Qué?

—En una de las cámaras que hay a la entrada del edificio, se ve a un hombre que coincide con mi descripción como parte de un equipo de limpieza el día antes de la explosión. —La voz de Peter es tan afilada que podría romper una piedra—. Encontraron mis huellas en uno de los pomos de las puertas que quedaron en pie en el tercer piso, donde pusieron la bomba. En cuanto al explosivo, es único, casi indetectable. Así, mi doble fue capaz de pasarlo por seguridad en una fiambrera. ¿Sabes quién tiene acceso a ese tipo de explosivos?

Lo miro, perpleja.

—Yo... no.

—El ejército estadounidense. Lo consiguieron del traficante de armas que lo fabrica, Julian Esguerra.

El corazón se me acelera de nuevo.

—¿Con el que negociaste el trato? ¿El hombre al que le hiciste ese favor?

—Exacto. —Peter tuerce la boca—. ¿Entiendes ahora por qué pensaron que era responsable? Los militares estadounidenses compran todas las tandas de ese explosivo que elabora y tiene una lista interminable por si dejan de hacerlo. Sin embargo, alguien que conozca personalmente al traficante de armas podría conseguir un gramo. Por Dios, no creo que se necesite siquiera tanto. Es muy poderoso, como una bomba nuclear, pero sin radiación.

Oh, joder. Ahora recuerdo a Peter hablando de esto con Kent cuando cenamos juntos en Chipre. Algo acerca del tío Sam y las limitaciones de la fabricación de un explosivo indetectable. ¿Era el explosivo en cuestión?

—Entonces, ¿por qué...? —Ordeno mis acelerados pensamientos—. ¿Por qué piensas que Henderson está detrás de esto? ¿No podría haber sido alguien más... como el propio Esguerra? Dijiste que, en algún momento, te quiso ver muerto y que tiene contactos que pueden llevarlo a cabo, ¿no? O podría ser cualquier otro de tus enemigos.

—Porque tiene la marca de la CIA por todas partes —dice, sombrío—. El conserje que se parece a mí, mis huellas dactilares en la escena del crimen, la conexión con Ryson y la bomba que pusieron en su piso. Es una técnica clásica. La llevan poniendo en práctica desde la Guerra Fría. Y adivina de quién se rumorea que fue un agente encubierto durante su juventud.

—Henderson, claro. —Recuerdo que Peter me lo contó en algún momento—. Pero ¿Esguerra no tiene también contactos en la CIA? ¿No podría haber…?

—No. —La mandíbula se le tensa—. Porque, si hubiera querido, me podría haber matado de mil maneras distintas y no tiene razones para joder una relación de mutuo beneficio con el gobierno estadounidense. Ahora mismo, las autoridades piensan que es cómplice de la explosión y están a punto de ir a por él también.

—Oh, eso… eso no es bueno. —Por lo que sé, hasta ahora, Esguerra era intocable.

—No, no lo es —contesta, abatido—. Por eso tengo que hablar con Yan ahora mismo. ¿Quiénes eran los otros miembros del equipo de limpieza? Las descripciones coinciden con las de Anton, Yan e Ilya, incluidos los tatuajes de la cabeza.

VUELVO A LEER EL CORREO DE LOS PIRATAS informáticos por tercera vez mientras compruebo de manera compulsiva el reloj del teléfono. Hace tres horas, llamé a Yan para hablarle de lo que había descubierto, pero no me lo cogió. Le dejé un mensaje en el buzón de voz para que me llamara y le envié un SMS y un correo, por si acaso, antes de hacer lo mismo con su hermano.

Ninguno de los gemelos se ha puesto en contacto conmigo, tampoco Anton lo ha hecho. Compruebo la hora de nuevo: las 11:33 de la noche, dos minutos después de la última vez que la miré. Sara está dormida a mi lado, con las ondas de color castaño esparcidas por la almohada y, a pesar de que quiero unirme a ella en ese tranquilo sueño, no consigo cerrar los ojos. El instinto me tiene alerta de nuevo.

Con cuidado de no despertar a Sara, me incorporo para sentarme y balanceo las piernas sobre el suelo. Con lentitud y cautela, me levanto, ignorando el dolor de la tirantez del costado y la pantorrilla. La habitación me da vueltas cuando doy el primer paso, pero consigo sostenerme sobre las piernas.

Bien. No me puedo permitir quedarme tumbado si algo malo ocurre. Tras mi petición, me han traído algunas armas a la habitación, por lo que camino hasta el armario para inspeccionarlas. No es nada demasiado especial, una M16 y un par de Glock, pero es mejor que nada. Compruebo cada arma y las cargo antes de sacar unos pantalones de un estante y ponérmelos bajo la bata de hospital, con cuidado de no deshacerme el vendaje de la pantorrilla. El corazón me palpita demasiado rápido por el esfuerzo y estoy sudando como un cerdo, pero tiro la bata de hospital y me pongo una sudadera holgada, además de un par de calcetines y botas.

—¿Peter? —Oigo la voz adormilado de Sara mientras me estoy atando una Glock al tobillo izquierdo—. ¿Qué haces?

Miro hacia arriba.

—Vistiéndome, *ptichka*. No te preocupes.

—¿Qué? —Sara se sienta y el sopor le desaparece de la voz mientras asimila mi apariencia—. ¿Por qué te estás vistiendo? Necesitas quedarte en la cama, descansar, no…

—Creo que tenemos que irnos. —Me incorporo con lentitud, respirando hondo para hacer más soportable el dolor—. Algo no va bien.

Sara se queda paralizada encima de la cama.

—¿Crees que no estamos a salvo aquí?

—No creo que lo estemos en ningún sitio —contesto mientras me paso la M16 por encima del hombro y me meto la otra Glock en el cinturón—. Sin embargo, lo que me preocupa es no saber nada de Yan y del resto.

—¿No? —Pasea por la habitación con los pies descalzos y se detiene frente a mí, con la cara del mismo color que la camiseta blanca que lleva de pijama —. ¿Estarán ocupados?

—Quizás. —Por lo que sé, los gemelos se encuentran en medio de una misión y Anton tiene problemas de recepción en el avión—. Dada la situación, sin embargo, es mejor prevenir que curar.

—Pero ¿a dónde iremos? Hace tres días estabas inconsciente por la fiebre. Necesitas quedarte en el hospital, curarte…

—Ahora estoy bien —la interrumpo. Le enmarco la cara con la mano y digo en un tono más delicado—. No te preocupes, mi amor. Has hecho tu parte, ahora me toca a mí.

Y, mientras me mira con ojos enormes y asustados, le doy un beso en esos labios tentadores antes de girarme hacia el armario y sacar ropa para ella.

ME VISTO MIENTRAS PETER TRATA DE CONTACTAR CON Anton y los gemelos de nuevo. Tengo las manos frías por el estrés y los dedos torpes, por lo que debo hacer dos intentos para atarme los cordones de las zapatillas.

—¿Algo? —pregunto cuando he terminado y Peter niega con la cara sombría.

—Nada. Voy a intentarlo con Kent para ver si sabe algo.

—Buena idea. —Me muerdo el labio mientras marca el número y espera con el teléfono pegado a la oreja.

—Soy Peter —dice con sequedad—. ¿Has…? Espera, ¿qué?

Escucha sumido en un silencio tenso mientras Kent

le relata lo que ha pasado y, cuando baja el móvil, doy un paso atrás al reparar en su expresión.

—La Interpol ha hecho una redada en los restaurantes de Yulia. En todos ellos —responde con firmeza—. Lucas apenas ha sido capaz de sacar a su mujer antes de que llegaran a la casa de Chipre. Ahora, están de camino a las instalaciones de Esguerra en Colombia, el único lugar casi seguro para ellos.

—Oh, Dios. —Siento una repentina oleada de náuseas—. ¿Crees que Yan y los otros…?

—Quizás los hayan cogido, sí. En cualquier caso, no hay tiempo que perder.

Me sujeta la mano y me guía fuera de la habitación, con zancadas fuertes y seguras, como si no hubiera estado punto de morir hace pocos días. Debo ir al galope para mantenerme al paso que marca mientras nos apresuramos por el pasillo hasta las escaleras.

—¿Y el ascensor? —pregunto, jadeante, mientras bajamos a toda prisa y niega con la cabeza, apretándome la mano.

—Es demasiado fácil quedarnos atrapados ahí.

Quiero recordarle que está herido y suplicarle que se lo tome con calma, pero ahora no es el momento. Si las autoridades han ido tan lejos como para perseguir a Kent, la mano derecha de Esguerra y, por lo tanto, otro intocable, Peter tiene razón sobre que la clínica no es segura. Todas las reglas habituales del contrato pueden irse al diablo.

—¿A dónde vamos? —pregunto, sobre todo para distraerme de las náuseas crecientes. Las llamadas «náuseas del embarazo» me han estado molestando en momentos aleatorios del día y de la noche y todo este ajetreo al bajar las escaleras no está ayudando.

—A un refugio —contesta sin mirarme y me doy cuenta de que tiene la cara más pálida de lo habitual y las sienes cubiertas de perlas de sudor por el esfuerzo. No está tan recuperado como finge.

Tengo que hacer uso de toda mi fuerza de voluntad y reprimir una súplica para que se detenga y descanse. En lugar de eso, acelero el paso, para que no haga el esfuerzo de tirar de mí.

—¿No me vas a decir dónde?

—No. —Mira hacia una esquina del techo y veo una tenue luz brillante. Por supuesto, cámaras. Debería haberlo sabido antes de preguntar.

Seguimos bajando en silencio y Peter se detiene cuando llegamos a la puerta del vestíbulo. Despacio, la abre ligeramente y espera con la mirada puesta en la rendija.

—Despejado —murmura tras un momento y exhalo, temblorosa, cuando salimos.

—Señor Sokolov —dice una recepcionista rubia sorprendida al pasar cerca del escritorio—. ¿Ya se va?

—Sí, pagaré la factura después.

Empieza a decir algo, pero ya estamos saliendo del edificio, hacia el patio que sirve de aparcamiento. Hace un frío gélido, pero el exterior es precioso, con todo iluminado por el brillo blanco de la luna que delinea los picos cubiertos de nieve de los Alpes suizos que nos rodean. Sin embargo, apenas puedo apreciarlo mientras Peter me guía a través del aparcamiento. Tengo el estómago revuelto y debo tragar saliva varias veces para no vomitar. De repente, se detiene y se agazapa entre dos coches, tirando de mí.

—Viene alguien —susurra mientras estira la mano hacia la M16 y, un segundo después, un SUV negro derrapa hasta detenerse frente a la clínica.

*eter*

Espero que varios agentes de la Interpol se bajen del coche, pero, en su lugar, veo a un hombre vestido de negro.

—¡Anton! —Me levanto y le saludo para que nos vea. Se da la vuelta y el alivio se le refleja en la cara barbuda.

—¡Entrad! —grita mientras señala al coche con el pulgar—. Tenemos que irnos.

Sara ya está de pie junto a mí, por lo que la cojo de la mano mientras avanzo, medio corriendo, medio cojeando, hacia el SUV de Anton. Me quema la pantorrilla como si fuera un infierno y siento cómo me desgarro los puntos del costado, pero nada de eso importa. Anton no entra en pánico con facilidad y parece más que un poco tenso.

Vuelve a colocarse detrás del volante cuando llegamos al coche y me lanzo en el asiento trasero, apretando los dientes por una oleada de dolor. Sara se sube a mi lado y huimos del aparcamiento antes incluso de que haya cerrado la puerta.

—¿Yan e Ilya? —pregunto cuando la peor parte del dolor se suaviza y Anton me dedica una mirada sombría en el espejo retrovisor.

—La Interpol ha interrumpido la reunión de Génova. No he vuelto a saber de ellos desde entonces.

—Joder. —Cierro los ojos al sentirme mareado. Sigo teniendo el cuerpo destrozado, débil y tembloroso. Está claro que no estoy en forma para enfrentarme a un grupo de agentes armados si vienen a por nosotros. Al abrir los ojos, miro a Sara y me la encuentro respirando hondo con lentitud. Tiene el perfil de una tonalidad verdosa blanquecina.

—¿Estás bien, *ptichka*? —murmuro y me dedica un rápido asentimiento.

—Náuseas matutinas —dice en un susurro apenas audible y le aprieto la mano mientras el pecho se me tensa con una mezcla de rabia y culpabilidad.

Mi Sara está embarazada. Es el momento de su vida en el que el estrés es más perjudicial. Debería estar descansando en la comodidad de nuestro hogar, arropada por mí y por su familia, en lugar de huir de las autoridades tras haber sido testigo de la muerte de sus padres. Nunca debería haber aceptado perdonarle la vida a Henderson. Ese *ublyudok* necesitaba pagar y, esta vez, lo hará. Voy a despedazarle, trozo a trozo, de forma sangrienta. Sin embargo, primero, debemos salir de esta con vida.

—He intentado contactar contigo —le digo a Anton cuando gira por una carretera que nos lleva a un aeropuerto privado, reservado para pacientes de la clínica—. ¿Te has cargado el móvil?

Asiente.

—Acababa de aterrizar y estaba al teléfono con Yan cuando la Interpol ha irrumpido en la sede de la reunión, así que lo he destruido, por si acaso.

—Bien. —Nuestros móviles no se pueden rastrear porque la señal rebota en satélites de todo el mundo, pero es mejor no arriesgarse—. ¿Hay alguna posibilidad de que escaparan?

—Cualquier cosa es posible —contesta, pero no parece creérselo.

—Anton… —dice Sara con voz cansada—. Lo siento mucho, pero ¿puedes parar el coche?

—Desvíate hacia la cuneta —le ordeno y se desplaza fuera de la carretera antes de presionar los frenos. El coche sigue aún moviéndose cuando Sara abre la puerta y se inclina hacia fuera con una arcada. Le paso el brazo por la cintura delgada y le sujeto el pelo con la otra mano para retirárselo de la cara mientras vomita.

—Lo siento mucho —murmura cuando ha terminado y le tiendo una botella de agua de la caja del suelo.

—Nada por lo que disculparse —digo cuando Anton vuelve a incorporarse a la carretera—. Es natural.

Mantengo la voz calmada, como si no me enfadara lo más mínimo ver a mi mujer echar las tripas en la cuneta mientras huimos para salvar nuestra vida, como si no sintiera la rabia como ácido en las venas, aportándole un tono rojizo y sangriento a mi visión.

—¿Estás enferma, Sara? —pregunta Anton y me doy cuenta de que no sabe aún lo del bebé. ¿Cómo iba a saberlo? Nosotros mismos nos acabamos de enterar.

—Estamos esperando un niño —respondo y, a pesar de mis intentos, suena tenso. Si algo le ocurriera a Sara o al bebé, nunca me lo perdonaría.

—Oh. —Anton parece quedarse sin palabras—. Eso es… Felicidades.

—Gracias —murmuro y, entonces, lo oigo.

El gemido de las sirenas en la distancia. ¡Joder!

—¡Corre! —le ordeno a Anton, pero ya ha pisado a fondo el acelerador con la cara desencajada. Me giro hacia Sara—. Ponte el cinturón.

Se apresura a obedecer, con los ojos color avellana dilatados sobre la cara pálida, mientras examino las armas. Las sirenas se oyen detrás, provenientes de la clínica, lo que significa que mi instinto estaba en lo cierto. Vienen a por nosotros. El rugido del helicóptero se une pronto al de las sirenas y Anton corre aún más, tomando una curva abrupta de la carretera a la velocidad del rayo.

—Frena, joder —grito cuando Sara me coge de la

mano de manera convulsiva—. No podemos chocar, ¿entiendes?

Si solo fuéramos Anton y yo, me arriesgaría, pero no con Sara aquí, sobre todo, porque estuvo a punto de morir en un accidente por una carretera muy parecida a esta. Anton levanta un poco el pie del acelerador y me llevo la mano de Sara a los labios.

—Todo va a ir bien, *ptichka* —murmuro antes de besarle los nudillos—. Solo tenemos que llegar al avión.

—Quizás ya nos estén esperando allí —comenta Anton—. Puesto que saben de la existencia de la clínica, podrían saber también el paradero de la pista de aterrizaje.

—La clínica está en el mapa, pero la pista de aterrizaje no —contesto, apretándole la mano a Sara de manera reconfortante cuando siento que se tensa bajo mi agarre—. Necesitarían sacarle la información al personal.

O eso espero porque podríamos estar dirigiéndonos hacia una emboscada. Anton no responde, pero vuelve a apretar el acelerador cuando nos incorporamos a la parte recta de la carretera. Solo nos quedan unos minutos para llegar a la pista de aterrizaje, pero el rugido del helicóptero se oye más fuerte cada segundo que pasa, ahogando el martilleo cargado de adrenalina del latido del corazón. Al final, veo los focos aparecer detrás de nosotros cuando cogemos otra curva cerrada.

—Agáchate —le grito a Sara mientras la empujo para que se tumbe en el asiento antes de abrir la ventanilla e inclinarme hacia fuera.

Ignoro el intenso dolor punzante en el costado cuando apunto al helicóptero con la M16. Vira detrás de los árboles antes de que pueda abrir fuego. Espero porque no quiero malgastar la munición. Un segundo después, el helicóptero aparece otra vez y disparo una ráfaga de balas. Me las devuelve antes de virar de nuevo.

Joder, estamos a punto de llegar a la pista de aterrizaje. Aguardo a que vuelva a aparecer para abrir fuego y aprieto el gatillo hasta vaciar el arma. El helicóptero se queda atrás por el esfuerzo de evitar las balas. Me meto en el coche para recargar el arma y vuelvo a asomarme por la ventanilla. Esta vez, sin embargo, el helicóptero mantiene el ritmo. Eso no es bueno. No podremos despegar con esos cabrones disparándonos. El coche gira con brusquedad y, cuando miro hacia el frente, veo que ya estamos en la pista de aterrizaje, dirigiéndonos a toda velocidad hacia el avión.

—Hay lanzagranadas dentro —grita Anton, pisando el freno—. Correré para cogerlo.

Derrapamos hasta detenernos a unos diez metros del avión y aprieto los dientes cuando me golpeo el costado contra el borde afilado de metal de la ventanilla del coche. Si sobrevivimos, Sara se preocupará por haberme jodido los puntos. Anton sale del coche y se apresura hacia el avión mientras le cubro abriendo fuego contra el helicóptero que se está aproximando. Las sirenas suenan cada vez más cerca, por lo que deben estar pisándonos los talones.

—Súbete al avión, ya —le grito a Sara y, por el rabillo del ojo, veo que se dispone a obedecer.

Se me acaban las balas de la M16 y, como no tengo tiempo para recargarla, cojo la Glock del cinturón mientras el helicóptero vira antes de acercarse y acribillar el coche con disparos. El cristal estalla a mi alrededor y noto los fragmentos arañándome la cara y el cuello. Sujetando la Glock con fuerza, abro la puerta y salgo por ella antes de alejarme del coche mientras disparo. Necesito que se centren en mí, en vez de en Sara o en el avión. Las balas golpean el suelo a mi alrededor, lo que provoca que pequeños fragmentos de asfalto me entren en los ojos. Percibo el olor a pólvora y siento la quemazón del plomo cuando pasa silbando cerca de mí. Ya está, no lo lograré. Ya no me quedan balas cuando una camioneta negra entra a toda velocidad en la plataforma antes de derrapar y pararse junto a nuestro coche.

Sara

YA ESTOY EN EL AVIÓN CUANDO VEO LA CAMIONETA negra. La Interpol. Nos han alcanzado.

—¡Anton! —grito por encima del sonido de los disparos y del ruido del helicóptero cuando aparece en el umbral del avión con un lanzagranadas sobre el hombro—. Están...

¡Bum! La luz de la explosión me quema las retinas y el sonido es tan ensordecedor que ha estado a punto de reventarme los tímpanos. El cielo parece convertirse en una bola de fuego y se produce una lluvia de fragmentos de metal en llamas. ¡Hostia puta! Anton ha derribado el helicóptero. Reparo, sorprendida, en la camioneta y veo dos figuras familiares salir de ella.

—¡Yan! ¡Ilya! —Nunca he estado tan contenta de

verlos, sobre todo cuando se agachan para pasarse los brazos de Peter por los hombros y correr juntos hacia el avión.

—¡Rápido! —grita Anton y oigo el sonido de las sirenas más cerca—. Tenemos que irnos.

Desaparece dentro del avión y corro tras él mientras Peter y los gemelos me pisan los talones. Los coches de policía aparecen justo cuando nuestras ruedas se separan del suelo.

—Entonces, ¿os estaban persiguiendo a vosotros, en lugar de a nosotros? —le pregunto a Yan mientras limpio la suciedad y la sangre de la cara de Peter antes de quitarle algunos fragmentos de cristal que tiene incrustados en la piel. Me siento demasiado relajada, como si estuviera haciendo una citología rutinaria, en lugar de tratando las heridas de mi marido tras una huida angustiosa. O bien me estoy acostumbrando a la vida de fugitiva, o bien sigo conmocionada y estoy a punto de sufrir un bajón de adrenalina.

—Sí, escapamos por los pelos —dice Yan desde el asiento que hay al lado del sofá donde Peter está tumbado—. El helicóptero volaba delante de nosotros para atraparnos, pero, luego, vosotros captasteis su atención. —Mientras habla, sujeta un espejo para aplicarse una pomada antibiótica en la zona de la oreja donde le ha rozado una bala y le ha dejado un corte feo.

—Me alegro de que por casualidad pudiéramos

servirles de cebo —dice Peter cuando le levanto la camiseta para inspeccionarle el vendaje del costado. Está pálido, pero sigue consciente y, al parecer, lo bastante bien como para ironizar.

—Bueno, fue un trabajo en equipo —responde Ilya con una sonrisa en la cara mientras se deja caer en el asiento, totalmente ileso—. No habría salido mejor, ni habiéndolo planeado.

Niego con la cabeza, tratando de no pensar en cómo me sentí al correr hacia el avión mientras Peter era el blanco de las balas del helicóptero. Es un milagro que haya sobrevivido, que todos los hayamos hecho y estemos escapando. Me tiemblan las manos al quitarle la venda y me doy cuenta de que la adrenalina me está afectando. Podrían haber vuelto a disparar a Peter. Podría haber muerto, que una bala le destruyera el cráneo como a… «No, para».

—¿A dónde nos dirigimos? —le pregunto para distraerme de los recuerdos que amenazan con invadirme la mente. No puedo bajar hasta ese pozo oscuro, no puedo centrarme en lo que le pasó a mis padres o en lo que podía haberle sucedido a Peter. No estoy preparada para enfrentarme a eso.

—Buena pregunta —dice Yan, dejando a un lado la pomada para coger el móvil—. Veamos si nuestro contacto turco se ha salvado. —Se mueve por la pantalla varias veces y esboza una mueca—. Joder.

—¿Qué? —pregunta Peter, intentando sentarse, pero lo empujo hacia atrás.

—Túmbate y estate quieto —le ordeno mientras lo fulmino con la mirada—. Aún no he terminado.

—Nuestro contacto, el controlador aéreo, está en la cárcel —dice cuando Peter obedece y me deja que siga limpiándole los puntos desgarrados—. Alguien ha detectado su salario extracurricular.

—Entonces, Turquía está descartada. —Peter no parece sorprendido—. ¿Y Letonia?

—Déjame ver. —Yan marca un número y empieza a hablar en ruso. Sea lo que sea lo que está diciendo la persona al otro lado de la línea no debe ser bueno porque el ceño fruncido se le intensifica por momentos.

—¿Qué ocurre? —pregunta Ilya cuando Yan cuelga —. ¿Qué te ha dicho ese cabrón?

—Al parecer, todos los aeropuertos de Europa están a la caza de nuestro avión —dice Yan—. Eso incluye también las pistas de aterrizaje privadas. La Interpol ha puesto un precio increíble por nuestras cabezas y las caras de los cuatro están por todos los medios de comunicación como los sospechosos de la explosión contra el FBI. Ahora mismo, no podemos confiar en nadie. Es tan probable que nos entreguen como que nos ayuden.

—Joder. —Peter trata de sentarse de nuevo y, esta vez, lo dejo. La calma provocada por la conmoción ha desaparecido y soy consciente de un terrible cansancio, unido a una ansiedad que me presiona el pecho. Quizás hayamos escapado, pero nos queda mucho para estar a salvo.

—Si Europa está fuera de nuestras posibilidades, Venezuela es nuestra mejor opción —comenta Peter, a la vez que le adhiero las vendas al costado como una autómata—. ¿Tenemos bastante combustible para llegar hasta allí?

—Deja que se lo pregunte a Anton —contesta Yan mientras se levanta del asiento. Desaparece en la cabina del piloto antes de reaparecer poco después—. Sí, pero por poco —anuncia—. Si algo va mal, estamos jodidos.

—Yo propongo que lo intentemos —dice Ilya, rascándose la cabeza tatuada—. Al menos, allí hará calor.

—Dame el móvil —le ordena Peter a Yan—. Hablaré con Esteban. Mientras tanto, dile a Anton que ponga rumbo a Venezuela. De una u otra manera, aterrizaremos.

46

Peter

ESTEBAN, ESE PEQUEÑO CABRÓN AVARICIOSO, NOS PIDE nada más y nada menos que tres millones de euros para hacer los ajustes necesarios, pero no podemos negarnos. Si no aterrizamos en su pequeño aeropuerto, estamos jodidos. Al final, cuando ya se han aclarado los detalles, me acerco hasta el asiento de Sara. Es lo bastante grande para que quepan dos hombres, por lo que parece un pequeño ovillo sobre él, con las rodillas pegadas al pecho mientras mira a través de la ventana del avión.

—*Ptichka.* —Me pongo en cuclillas frente a ella, ignorando el dolor punzante de la pantorrilla y el costado mientras le poso las manos en los tobillos—. Cariño, ¿estás bien?

Se centra en mí y pestañea.

—¿Qué estás haciendo? Deberías estar tumbado.

—Estoy bien —contesto, pero ya se ha puesto en pie y me guía hasta el sofá. Con un suspiro, la dejo hacer porque, en realidad, sí que me encuentro hecho una mierda—. Túmbate conmigo —digo cuando me estiro sobre el sofá—. Quiero abrazarte.

Frunce el ceño.

—Pero el costado…

—No te preocupes por eso. —Tiro de ella hasta que no tiene otra opción que dejarse caer a mi lado. Apoyado sobre el costado ileso, la abrazo por detrás e inhalo el delicado perfume de su pelo mientras Ilya y Yan se giran intencionadamente en sus asientos para dejarnos un mínimo de privacidad.

Al principio, se muestra tensa, sin duda preocupada por golpearme alguna de las heridas, pero, momentos después, parte de la rigidez se desvanece de los músculos. Y entonces lo siento. Un estremecimiento casi imperceptible en el cuerpo. Está temblando. Se me encoge el pecho con una empatía agonizante. Mi pequeño pajarito no está herido en el aspecto físico, es de lo primero de lo que me he asegurado al subir al avión, pero eso no significa que haya salido ilesa. Acaba de pasar por algo lo bastante fuerte como para provocarle TEPT a un soldado experto, imaginad a una civil. A una civil embarazada.

—¿Cómo te encuentras, mi amor? —le pregunto con dulzura antes de colocarle una mano sobre el vientre. Es probable que sean solo imaginaciones mías, pero la siento más delgada que de costumbre, como si hubiera perdido peso. A lo mejor es así. Entre las impredecibles náuseas del embarazo y todo el estrés quizás no esté comiendo en condiciones.

—Estoy bien —murmura, a pesar de que respira de manera agitada—. Es solo…

—Lo sé, las secuelas de la adrenalina. —Mantengo la voz baja y reconfortante mientras le recorro la barriga con la mano hasta acariciarle la cadera—. Pasará.

Respira hondo.

—Lo sé, todo irá bien.

—Sí —le prometo—. Llegaremos al refugio y todo irá bien.

Es la primera vez que le miento de forma directa y, a juzgar por la nueva rigidez de su cuerpo, mi *ptichka* lo sabe. Porque no irá bien. Nada puede deshacer lo que ha ocurrido ni lo que les ha acontecido a los padres de Sara. La única opción es buscar venganza y eso sí lo haré. Henderson rezará para que le mate mucho antes de que acabe con él.

47

Henderson

«ESCAPADOS DE NUEVO». SIENTO LA RABIA MEZCLADA con un miedo creciente en el pecho mientras leo el último correo de mi contacto. Han escapado, todos, ante las narices de la Interpol. Un minuto más y Sokolov y sus amigos rusos se habrían visto rodeados. La Interpol podría haber atrapado a los cuatro de una vez. En lugar de eso, ahora están en el aire, camino a quién coño sabe dónde.

Por no hablar de la huida exitosa de Kent a las instalaciones de Esguerra en la jungla amazónica, que incluso el gobernador colombiano considera impenetrables. Si tienen la oportunidad de juntarse, estoy jodido porque ya se habrán dado cuenta de lo que ha ocurrido y cómo. Tras tomar aire para controlar la oleada de pánico, comienzo a redactar un correo para mi contacto de la CIA. Aún hay tiempo de interceptar el avión de Sokolov. Lo único que tenemos que hacer es ponernos en contacto con todos los aeropuertos del mundo y conseguir que tomen medidas contra todos los controladores aéreos que tengan la más remota posibilidad de aceptar un soborno.

S*ara*

DEBO HABERME QUEDADO DORMIDA ENTRE LOS BRAZOS de Peter porque me despierto con un tenue murmullo de voces rusas. Al abrir los ojos, veo a mi marido en una silla con un ordenador sobre el regazo y a los gemelos de pie junto a él. Señala algo en la pantalla y habla en su idioma nativo.

—¿Qué está pasando? —pregunto mientras me siento. Me noto aturdida, como si hubiera estado adormecida durante horas y, por lo que sé, es así. Hay un largo camino entre Suiza y Venezuela. Los hombres miran en mi dirección.

—Estamos intentando averiguar dónde estaba escondido el francotirador —dice Yan, al mismo tiempo que Peter contesta:

—Nada, mi amor. No tienes por qué preocuparte.

—¿Un francotirador? —Una nueva oleada de adrenalina me pone en pie—. ¿Qué francotirador? —Entonces, lo entiendo—. Oh, te refieres al que disparó al agente que te estaba arrestando y provocó el pánico de todos y el posterior tiroteo, ¿no? Yo también me lo he preguntado. Al principio, pensé que era alguien que intentaba ayudarte, pero no es así, ¿verdad? Querían causar problemas.

Peter fulmina a Yan con la mirada (¿pensaba que necesitaba protección contra esto?) antes de girarse hacia mí.

—Exacto —dice con tranquilidad—. Henderson debió contratar a un francotirador para asegurarse de que me mataran durante la detención. Supongo que el plan era inculparme para que las autoridades me abatieran, junto a todos los que me han ayudado alguna vez, y hacerlo en público para que nada pueda ocultarse a los medios de comunicación. Si me hubieran arrestado, quizás habría sido capaz de convencer a las autoridades de mi inocencia al encontrar a los auténticos culpables y, entonces, volveríamos a la situación anterior. Además, Henderson estaría metido en graves problemas.

—Pero, si tenía al francotirador allí, ¿por qué no te disparó, en lugar de matar al agente de los SWAT? —pregunto, reprimiendo un escalofrío cuando la imagen de la cabeza de Peter explotando me pasa por la mente —. Si ese francotirador estaba en posición…

—Bueno, por alguna razón, el ángulo no era el

adecuado para alcanzarme —dice Peter—. O, al menos, eso es lo que hemos pensado basándonos en lo que recuerdo del acontecimiento. Para realizar ese disparo, debió estar tumbado en el tejado de la casa de tres plantas de la manzana de al lado. ¿Te acuerdas de la casa blanca con el tejado gris? —Asiento y continúa—. Bueno, yo estaba más cerca de nuestra casa, por lo que el tejado debía ocultarme, al menos en parte. Pero hay algo más importante. Si me hubiera disparado un francotirador desconocido, se habrían encendido todas las alarmas sobre quién estaba en realidad detrás del ataque y supongo que eso era lo último que Henderson quería. Pero, si disparaba a un agente, era casi seguro que los policías asumieran que era algún aliado mío, así que me matarían en el tiroteo resultante.

—Y estuviste a punto de morir. —Esta vez no puedo reprimir un escalofrío—. Estuviste tan cerca de la muerte…

Los labios de Peter se curvan en una sonrisa fría.

—Sí, pero, por desgracia para Henderson, no acabaron conmigo.

Lo observo con el vello fino de la nuca de punta por la oscura promesa en su voz. No había olvidado esta parte de su interior, pero fue fácil no pensar en ella mientras disfrutábamos de nuestra vida suburbana. El Peter con el que accedí a casarme no ha sido del todo distinto al asesino vengativo que invadió mi hogar para matar a George, pero me ha resultado fácil fingir que lo era, que ya no sería capaz de hacer las cosas terribles que había hecho para vengar a Tamila y a su hijo. Pero sí que lo es. Siempre lo será. Y ahora tiene una razón más para perseguir a Henderson.

—¿Cómo lo vas a hacer? —pregunto e incluso yo me sorprendo del tono casual que utilizo—. ¿Tienes ya algún plan en marcha?

Porque Henderson morirá. Estoy tan segura de eso como de que Peter me quiere. Mi marido letal hará que su enemigo pague diez veces por lo que hizo y, por cruel que sea, no consigo reunir una pizca de indignación moral ante el pensamiento. El monstruo que se ha despertado en mi interior quiere que Henderson sufra, conozca el dolor y la devastadora pérdida. La sonrisa gélida de Peter no desaparece.

—No te preocupes por los detalles, mi amor. Basta con decir que no se irá de rositas.

—Lo sé —respondo con suavidad, sosteniéndole la mirada—. No le dejarás.

Y, tras levantarme, me dirijo hacia el baño para refrescarme, consciente de que Peter me sigue con la mirada mientras camino por la cabina.

Peter

LAS PERSONAS PROCESAN LOS TRAUMAS DE DISTINTAS maneras. Algunas se desmoronan y nunca son capaces de reconstruirse. Otras encuentran una base de fuerza que les hace superar cada día. Siempre he pensado que Sara era de las últimas, pero nunca he apreciado su acero interior tanto como ahora mientras la veo cerrar la puerta del baño detrás de esa figura esbelta. Es una guerrera, mi pequeño pajarito, tan fuerte a su manera como cualquier soldado entrenado.

—¿Sigues pensando que es toda dulzura y alegría? —pregunta Yan en ruso antes de que aparte los ojos de la puerta y me encuentre con una mirada fría y divertida— Porque, desde mi punto de vista, esa doctora perfecta y pequeña parece haber desarrollado bastante sed de sangre.

—Cállate, Yan —le suelta Ilya antes de que pueda responder—. No es el momento.

En otras circunstancias, ya le tendría las manos en torno al cuello, pero Ilya tiene razón. Estamos a punto de iniciar nuestro descenso y no hay tiempo para gilipolleces.

—Voy a comprobar por última vez la situación del terreno —le digo a Ilya, ignorando adrede a Yan—. Esteban me prometió que todo estaría preparado, pero ya sabéis lo poco que confío en esa sabandija.

—Claro. —Ilya le arrebata a Yan el teléfono del bolsillo y me lo tiende—. Buena idea.

Marco el número del jefe de policía venezolano que he tenido en plantilla durante los últimos tres años y espero a que la llamada se conecte. Si todo va bien, Santiago no tendrá ni idea de por qué estoy llamando. Si no…

—¿Hola? —responde.

—Soy Peter Sokolov.

Se produce un momento de tenso silencio antes de que sisee:

—¿Por qué cojones me llamas? Es demasiado tarde. No puedo hacer nada. Están alrededor de ese diminuto aeropuerto. Te lo he dicho, no puedo hacer nada cuando todo el departamento…

Cuelgo antes de que termine y levanto la mirada para encontrarme con dos pares de ojos de un verde idéntico.

—Parece que la plataforma de Esteban no es viable —digo con tranquilidad—. ¿Alguna idea?

REGRESO Y ME ENCUENTRO A PETER Y A LOS GEMELOS reunidos en torno a la entrada de la cabina de mando. Los tres hombres están de pie, gesticulando con movimientos violentos mientras discuten en ruso con Anton. El estómago me da un vuelco.

—¿Qué ocurre? ¿Ha pasado algo?

—Nuestro contacto venezolano nos ha vendido —dice Ilya por encima del hombro—. O quizás le han pillado, no lo sabemos con seguridad. En cualquier caso, la policía nos estará esperando cuando aterricemos, lo que significa que debemos aprovechar el suministro de combustible y llegar a otro…

—No hay manera de aprovechar más el suministro. Ya te lo ha dicho Anton. —La voz de Yan es dura y áspera—. Propongo que nos arriesguemos con la policía. Si nos quedamos sin combustible, es una muerte segura, pero, con los agentes...

—Nos queda un siete por ciento —dice Peter—. Suficiente para llegar a un aeropuerto cercano.

—Donde nos estarán esperando también —contesta Yan—. Estamos en su radar y, si los cálculos fallan lo más mínimo...

—Es mejor que caer en una trampa segura —le contradice Ilya—. Voto porque aterricemos en otro sitio, en alguna pista privada o una autovía o quizás incluso... —Se detiene de manera abrupta y corre hasta el portátil que ha utilizado Peter antes.

—¿Qué ocurre? —pregunto con el corazón acelerado.

—Colombia. —La voz profunda se le tiñe de un entusiasmo inapropiado—. No estamos lejos de las instalaciones de Esguerra en la selva amazónica y tiene dentro una pista de aterrizaje...

—Estás de coña, ¿verdad? —Yan se cruza de brazos —. No hay manera de que el combustible dure tanto, asumiendo, claro, que Esguerra quisiera ayudarnos. Está metido hasta el cuello en su propia mierda ahora mismo.

—Sí, pero es la misma mierda para todos, ¿no te das cuenta? —Los dedos gruesos de Ilya vuelan sobre el teclado—. Somos la razón por la que lo atacan. Entonces...

—Entonces, estará encantado de ahorrarle problemas a la policía y nos abatirá él mismo —

contesta Yan—. En cualquier caso, no veo cómo conseguiríamos bastante…

—Controlaré de nuevo la cantidad de combustible con Anton —comenta Peter antes de desaparecer en la cabina de mando.

Lo sigo con la mirada mientras me vuelven las náuseas al entender que ninguna opción es buena. Incluso aunque no se nos acabara el combustible de camino a las instalaciones de Esguerra, es poco probable que el traficante de armas nos dé la bienvenida.

—Quizás tengamos suficiente para llegar a casa de Esguerra —dice Peter tras reaparecer en el umbral—. Todo depende de la velocidad y de la dirección del viento. Ahora mismo, hay viento de popa. Si sigue así, lo conseguiremos.

—¿Al viento? ¿A eso nos encomendamos?

Nadie responde a la pregunta retórica de Yan, por lo que camina hacía el sofá y se deja caer en él mientras murmura lo que parecen maldiciones en ruso.

—Acabo de contactar con Kent —dice Ilya tras levantar la mirada del ordenador—. Está en las instalaciones de Esguerra ahora mismo. Quizás consiga convencerle para que nos dejen quedarnos con ellos.

—No tenemos tiempo para eso —responde Peter—. Cuando hayan terminado de debatir, se nos habrá acabado el combustible. Voy a llamar a Esguerra directamente. Tiene que dejarnos aterrizar. Es nuestra única oportunidad.

Peter

EL TRAFICANTE DE ARMAS COLOMBIANO CONTESTA AL tercer pitido.

—¿Problemas en el paraíso? —pregunta con suavidad.

—Por tu parte también, supongo —respondo con calma. Lo último que deseo es que Esguerra intuya ningún indicio de desesperación—. Creo que podemos ayudarnos.

Ríe con sorna.

—Sí, claro.

—¿Sabes quién está detrás de esta mierda?

—Tengo una idea bastante clara. El general retirado, ¿verdad? ¿El cabrón al que no mataste porque querías jugar a las muñecas en los suburbios? —¡Joder! Por supuesto que lo sabe. La información es para Esguerra un recurso igual que las armas que fabrica. Cambio de táctica.

—Oye, siento que esto os haya afectado a ti y a tus negocios. Pero la única manera de arreglarlo es sacar a la luz lo que Henderson ha hecho. Y sé cómo conseguirlo.

—¿En serio? ¿No es el tipo que has estado buscando sin éxito durante tres años?

Ignoro el tono burlón.

—Sí, lo que significa que nadie sabe más acerca de él que mi equipo y yo. Te llevará meses, si no años, reunir los datos que tenemos sobre sus amigos y familiares e ir por todos los lugares escondidos que hemos encontrado y eliminado. Date cuenta: me necesitas para arreglar esta puta situación cuanto antes para que no sigas perdiendo dinero. ¿Cuánto te están costando las redadas a las fábricas? ¿Diez millones al día? ¿Más? —Me he tirado un farol con lo de las redadas, pero, a juzgar por el silencio al otro lado de la línea, he tocado una fibra sensible—. Julian, escucha —continúo mientras Sara y los gemelos me miran con atención—. Puedo acabar con Henderson y hacerlo rápido. Lo único que necesito es un lugar en el que esconderme durante un tiempo y algunos recursos y demostraré que no tuviste nada que ver con la explosión. Dentro de un mes, volverás a hacerle favores al tío Sam y no nos volverás a ver el pelo. O puedes intentar lidiar con esto por tu cuenta y soportar a todos los agentes de la ley que vengan a por ti...

—Que os jodan a ti y a tu equipo. —Hay una rabia evidente en la voz de Esguerra—. Sois la razón por la que ha ocurrido este puto desastre. ¿Y sabes qué? Me apuesto lo que sea a que, si os entrego a ti y a los otros «terroristas» al tío Sam, me ayudará mucho a arreglar nuestra relación.

—¿En serio? ¿Estás seguro? —Ahora me toca a mí parecer burlón y frío—. Un explosivo peligroso, tu explosivo, se ha utilizado en suelo estadounidense contra el FBI. Todas las agencias están involucradas en este momento, todos los burócratas de los puestos altos y bajos. ¿Crees de verdad que todo se va a perdonar y olvidar si entregas a tus cómplices? Porque eso es lo que creerán, ¿sabes? Que estás entregando a tus aliados. A menos que muestres a Henderson como lo que es y limpies tu nombre, estás igual de jodido que nosotros.

Se produce otro silencio largo y tenso al otro lado de la línea. Luego, Esguerra dice con voz ronca:

—Está bien. Te puedo ofrecer un lugar en el que esconderte. Tengo un contacto en Sudán. Una vez que estéis allí…

—Sudán no me sirve —le interrumpo—. Tengo un lugar distinto en mente.

—¿Oh?

—Tus instalaciones. Llegaremos en una hora.

Y, antes de que pueda responder, cuelgo.

OBSERVO A PETER CON EL ESTÓMAGO EN UN PUÑO mientras se guarda con calma el móvil en el bolsillo y camina de vuelta a la cabina del piloto, supongo que para informar a Anton de que vamos a las instalaciones de Esguerra, a pesar de lo que piense el traficante de armas acerca del asunto.

—Sabes que nos derribará en cuanto nos acerquemos —dice Yan cuando Peter reaparece poco después—. Eso si el combustible nos dura lo suficiente.

—Durará —contesta Ilya, confiado—. Y no lo hará. Has escuchado a Peter: Esguerra nos necesita para salir rápido de este entuerto.

—Sí, claro —murmura Yan y se dirige hacia el baño de la parte trasera del avión.

No siento las piernas estables del todo, por lo que camino hacia el sofá y me siento. ¿Será así cómo moriremos? ¿No por una bala, sino en un accidente de avión? El sofá se hunde a mi lado y una mano grande y cálida me cubre la rodilla.

—No pasará nada, *ptichka* —murmura Peter, levantando la otra mano para echarme hacia atrás el pelo. Me acaricia la mandíbula con los dedos con un roce tan suave que me entran ganas de llorar.

—¿Cómo lo sabes? —susurro antes de enfadarme conmigo misma por actuar como una niña malcriada. Por supuesto que no lo sabe. Solo está intentando que me sienta mejor.

—Porque conozco a Julian —dice con suavidad.

No se ha afeitado desde hace días y la ligera barba le acentúa la palidez enfermiza de la piel. Sin embargo, sigue irradiando, de alguna manera, la fuerza y seguridad habituales. Sé que es fachada, en su mayor parte, pero no puedo evitar sentirme reconfortada cuando me presiona los labios contra la frente. Luego, me pasa un brazo musculoso por los hombros para apretarme contra el costado ileso.

—Deberías estar descansando —murmuro tras unos instantes. Por muy fuerte que sea mi marido, no es invencible. Hace solo unos días, ha estado a las puertas de la muerte. Pero, cuando intento alejarme, me aprieta aún más. Me rindo con un suspiro y le apoyo la cabeza en el hombro. No vale la pena luchar. Después de todo, quizás sea nuestra última hora juntos.

eter

EL AIRE DE POPA SE DEBILITA CUANDO ESTAMOS A PUNTO de empezar el descenso. Me entero gracias a un anuncio tenso de Anton. Tras disculparme, me libero con cuidado del abrazo de Sara y camino hacia él, contento de que haya sido previsor al hablar en ruso. Mi *ptichka* ya está bastante preocupada. Ilya y Yan están en la cabina de mando, con este último agachado junto a Anton y el portátil entre las manos.

—¿Por cuánto nos quedamos cortos? —pregunto sin preámbulos.

—No por mucho —contesta Anton—. Si el viento no disminuye más, quizás sea suficiente para hacer un aterrizaje brusco. O no. Depende de lo bien que funcione este avión con el depósito casi vacío.

—¿Hay alguna plataforma de aterrizaje más cercana? —pregunta Ilya—. ¿O una carretera ancha?

—No encuentro nada así en el mapa —responde Yan y veo que está acercando la cámara de Google Maps a una región de gran espesura—. Nos hallamos en la frontera de la jungla. No hay nada excepto árboles, ríos y caminos pequeños de gravilla.

Reprimo una maldición violenta. Esto está mal. Es una putada muy grande. Si solo se tratara de nosotros, no me importaría porque hay personas que han sobrevivido a un accidente aéreo, pero, incluso un aterrizaje brusco, sería demasiado para Sara y el bebé.

—¿Qué ocurre? —dice tras de mí y me giro para encontrarla mirando con preocupación los controles—. ¿Ha sucedido algo?

Nadie contesta, ni siquiera Yan suelta un comentario sarcástico.

—Nada, *ptichka*. Estamos a punto de aterrizar —digo con tranquilidad antes de cogerla de la mano y guiarla fuera de la cabina.

Sara

SIENTO LAS ENTRAÑAS COMO HOJAS MOVIDAS POR UNA tormenta invernal mientras Peter me guía hasta el asiento y me pone el cinturón antes de apretármelo tanto en torno al regazo que apenas puedo respirar. Luego, cojea hasta el sofá y me trae los cojines. Tras colocarlos frente a mí, abre el compartimento de equipajes y saca una bolsa de lona.

—¿Qué estás haciendo? —La voz comienza a temblarme—. Peter, ¿qué estás haciendo?

No contesta, solo saca una cuerda larga y un cuchillo. Tras coger uno de los cojines, lo ata al asiento que hay frente a mí, en el punto exacto con el que me golpearía la cabeza si se produjera el típico accidente de avión y algo me impulsara hacia delante. Después, coge otro cojín y lo coloca a mi izquierda, entre el asiento y la ventana. Como está metido a presión, no hace falta que utilice la cuerda para que no se mueva.

—¿Vamos a chocar? —Es una pregunta estúpida, puesto que es obvio que es lo que está ocurriendo, pero no puedo contenerme. Quiero que me mienta de nuevo, que me diga que no es nada más que un par de precauciones tontas.

—No, vamos a aterrizar —responde, como si me hubiera leído la mente y, entonces, me coloca un tercer cojín a la derecha antes de atarlo a mí.

Me he equivocado. No quiero que me mienta. Quiero que me diga la verdad para que pueda perder los papeles como es debido. El morro del avión se inclina y el estómago lo imita cuando siento un cambio repentino de presión en la cabina.

—Peter —digo con un tono asombrosamente tranquilo—. Por favor, siéntate.

—Un segundo —dice y desaparece en la parte trasera mientras Yan e Ilya salen de la cabina de control y toman asiento.

Unos instantes después, Peter reaparece con varias almohadas. Ignorando mis protestas, las ata a mi alrededor antes de colocarme una pequeña en lo alto de la cabeza. Cuando ha terminado, parezco una nube humana. Entonces, solo entonces, toma asiento a mi lado.

—Coge algunas de las almohadas para ti —le suplico, pero solo se ajusta el cinturón—. Por favor, Peter, o al menos dales algunas a tus compañeros de equipo. ¿Por qué tengo que quedarme con todas? Por favor, escúchame.

—No la escuches, Peter —gruñe Ilya desde la otra fila—. No nos pasará nada.

—Pero…

—Relájate, Sara —comenta Yan con frialdad—. Mi hermano tiene razón. Además, las almohadas tampoco van a evitar mucho.

Peter le dice algo brusco en ruso, quizás un reproche por asustarme sin necesidad y siento que se me taponan los oídos cuando el descenso se acelera.

—Siete minutos para el aterrizaje —informa Anton a través de la radio y Peter estira el brazo sobre la mesa entre los dos asientos para hurgar entre la pila de almohadas y cogerme de la mano. Me aprieta con tanta fuerza como siempre, pero tiene los dedos fríos en torno a mi palma.

—Seis minutos —dice Ilya cuando el avión se inclina hacia la izquierda, lo que me permite percibir parte del bosque verdoso que se extiende debajo.

En la distancia, localizo un área grande y despejada con varios edificios pequeños cerca de uno blanco de mayores dimensiones, pero, entonces, el avión se ladea hacia la derecha y solo veo el cielo. Un sonido irregular interrumpe el zumbido constante de los motores. Es como si un gigante se estuviera aclarando la garganta.

Dejo de respirar y le sostengo la mirada a Peter. Tiene la cara pálida y la mandíbula tensa formando una línea salvaje, pero su agarre continúa siendo tranquilo y reconfortante. El motor vuelve a zumbar y cojo todo el aire que puedo. El sudor frío me empapa las axilas y las almohadas hacen que sienta que me estoy asfixiando.

—Cinco minutos —dice Ilya con voz ronca—. Solo un poco más y será capaz de utilizar el tren de aterrizaje sin joder la trayectoria del descenso. —El motor tose de nuevo antes de volver a funcionar. El avión se inclina hacia la derecha otra vez y me obligo a mirar por la ventana. El conjunto de pabellones, las instalaciones de Esguerra, supongo, está bajo nosotros y observo que el edificio blanco es una mansión señorial. También me doy cuenta de que hay algo parecido a las torres de vigilancia de una prisión cerca del borde de la zona despejada—. Cuatro minutos —comenta Ilya y ubico nuestro destino: una pista pavimentada a cierta distancia de la mansión, con gran cantidad de vegetación rodeándola por ambos lados. El motor tose de nuevo—. Tres minutos —dice Ilya con voz tensa cuando el tren de aterrizaje se abre con un chirrido.

Tras escupir por última vez, el motor se queda en silencio y el chirrido se detiene. Nos hemos quedado sin combustible.

—*Ptichka.* —La voz de Peter parece demasiado calmada cuando hago coincidir, aterrada, nuestras miradas—. Te quiero. Ahora, abrázate a ti misma.

Sara

SIEMPRE HE PENSADO QUE LOS AVIONES CON MOTORES que no funcionan caen del cielo como pájaros a los que se ha disparado. Pero, cuando miro a Peter con un miedo paralizante, no siento una caída brusca. De alguna manera, seguimos deslizándonos hacia delante mientras descendemos.

—Sara —dice con voz apremiante—. Agáchate y abrázate las rodillas. Ahora.

Por alguna razón, consigo que mis extremidades paralizadas le obedezcan y, de reojo, veo que él adquiere la misma postura. Oh, Dios. Está ocurriendo. Es real. Vamos a chocar. Estamos a punto de morir.

Oigo mi propia respiración nerviosa como un tornado y siento la mano derecha resbaladiza cuando la empujo contra el montón de almohadas para tocarle el brazo a Peter. Necesito sentirlo. Necesito saber que estaremos conectados hasta el final.

Luego, me rodea la palma con una mano grande y, durante una fracción de segundo, es todo lo que deseo. Noto una oleada de alegría tan intensa como el pánico que me consume y la descarga de amor se vuelve tan fuerte que sobrepasa el miedo por la muerte inminente.

—Te quiero —susurro y giro la cabeza para encontrarme con esa mirada plateada—. Siempre te querré, Peter… en este mundo y en el más allá.

El impacto inicial es como aterrizar sobre un potro salvaje. El avión golpea el suelo con tanta fuerza que rebota dos veces con sacudidas cada vez más fuertes. El cinturón abrochado sobre el regazo es lo único que me impide salir volando del asiento y el hombro izquierdo me golpea contra el cojín del sofá cuando el avión se inclina con violencia hacia un lado antes de equilibrarse. Me doy cuenta de que el tren de aterrizaje no debe haberse abierto por completo cuando el chirrido agonizante del metal rozando contra el pavimento me llega a los oídos por encima del martilleo ensordecedor del pulso.

Entonces, de forma milagrosa, comenzamos a reducir la marcha. Estamos en el suelo y vamos más despacio. Lo asimilo con lentitud y, hasta que no hemos parado por completo, no soy plenamente consciente. Hemos sobrevivido. Nos hemos quedado sin combustible, pero, aun así, hemos aterrizado.

Respirando con dificultad, me incorporo y abro los

ojos que debo haber apretado con fuerza durante el aterrizaje. Veo que Peter ya está sentado, con la cara, ensombrecida por la barba, arrugada en un ceño fruncido, cuando me suelta la mano decorada por unos nudillos blancos. Tras desabrocharse el cinturón, se pone en pie y me quita a toda velocidad las almohadas antes de examinarme de arriba abajo.

—¿Estás bien? —pregunta con vehemencia.

Cuando asiento, me encuentro atrapada entre sus brazos, apretada con tanta fuerza que no consigo respirar. Tampoco lo necesito. Esto, justo ahora, es lo único que deseo. La calidez que desprende se me filtra en el cuerpo congelado, su aroma reconfortante me envuelve y, con la oreja presionada contra el pecho poderoso, oigo cómo el corazón le palpita en armonía con el mío. Lo logramos. Estamos juntos y vivos.

Si pudiera hacer lo que quisiera, abrazaría a Sara para siempre, sentiría esa calidez y respiraría ese aroma, pero debo tratar aún con las reticencias de nuestro anfitrión. A regañadientes, la suelto y doy un paso atrás. Ilya y Yan están en la puerta para abrirla y bajar la escalera. Camino hacia ellos para ayudarlos.

Como era de esperar, fuera hay suficientes guardias armados para acabar con un pelotón. Han rodeado el avión y, detrás de ellos, hay al menos veinte SUV con refuerzos. Mientras los observo, llegan más.

—Quédate aquí hasta que vuelva —le digo a Sara por encima del hombro antes de salir al calor húmedo de la jungla, totalmente preparado para que me disparen en el acto.

Solo porque Esguerra nos haya dejado aterrizar no significa que nos vaya a dejar vivir. Quizás solo quería nuestro avión intacto. Ninguna bala viene a mi encuentro, pero conozco la situación demasiado bien como para relajarme mientras bajo por las escaleras. La adrenalina me ayuda a ocultar mi cojera.

—No llevo armas —grito cuando los guardias más cercanos levantan las M16. Deben ser nuevos porque no reconozco la cara de ninguno de ellos del tiempo en el que trabajé con Esguerra—. Decidle a vuestro jefe que estoy aquí para verle.

—¿Sí? —contesta Esguerra mientras se abre paso entre el grupo de guardias—. ¡Qué coincidencia! Porque juraría que tu avión acaba de estrellarse, como si os hubierais quedado sin combustible.

—Sí, bueno, esas cosas pasan. Un escape de combustible en el último momento y todo eso.

Chasquea la lengua con falsa empatía.

—Deberías despedir al del mantenimiento. Los escapes de combustible son peligrosos.

—Sí, ¿verdad? —Le dedico una sonrisa tan afilada como el cuchillo que llevo en la bota. A pesar de lo que he dicho, nunca voy desarmado por completo—. Pero bien está lo que bien acaba. Ahora estamos aquí, así que por qué no nos reservamos los interrogantes para más adelante y nos centramos en lo que importa: buscar a Henderson y resolver esta puta situación lo más rápido posible.

Los ojos de Esguerra se empequeñecen hasta convertirse en rendijas azules y, por un momento, estoy seguro de que me va a matar. Pero el sentido empresarial debe prevalecer porque solo dice con frialdad:

—Está bien. Tenéis dos semanas para arreglar este entuerto. Diego os mostrará a ti y a tu equipo vuestros alojamientos.

Se gira para marcharse y me permito soltar el aire que estaba conteniendo. Aún nos queda bastante para estar a salvo, pero acabamos de conseguir algo más de tiempo.

PARTE IV

Henderson

—MÁS RÁPIDO —LE GRITO A JIMMY CUANDO SACA LA maleta del coche con esa expresión de adolescente aburrido y caprichoso. Bonnie y Amber, mi hija de dieciocho años, ya están en el coche, esperándonos, tensas.

A diferencia de mi estúpido hijo, entienden la seriedad de la situación. Saben que, si Sokolov y sus cómplices nos encuentran, sufriremos un destino peor que la muerte. Siento la derrota como una punzada amarga en la lengua cuando entro en el coche y cierro de un portazo. Según mis fuentes, Sokolov está ahora en las instalaciones de Esguerra, lo que significa que mis enemigos no solo se han reagrupado, sino que han unido fuerzas. Tenemos que huir de nuevo. Debemos escondernos. Al menos hasta que encuentre otra manera de acabar con ellos.

292

ME DESPIERTO POR EL SONIDO ALARMANTE DE UN BEBÉ llorando, combinado con el sonido de voces de mujer que intentan calmarlo. Tras abrir los ojos, me siento y espero a que el cerebro comience a funcionar para entender dónde estoy. Y, al mirar la insulsa habitación, con las paredes blancas y la alfombra gris, me viene a la mente. Estamos en Colombia, en las instalaciones del traficante de armas. Para ser más específica, estamos en la casa a la que nos trajo ayer Diego, un guardia joven que, al parecer, Peter conoce de antes. Sospecho que nuestro anfitrión nos la cedió por mí porque Yan, Ilya y Anton se quedan con los guardias en los barracones, pero Esguerra debe haber pensado que era raro que una pareja casada durmiera con un puñado de tíos.

Lo aprecio porque me gusta la privacidad, por no mencionar que la propia casa parece agradable, limpia y moderna, aunque apenas amueblada. Incluso he descubierto ropa en el armario y parece de mi talla, lo que es de gran ayuda porque las únicas prendas que tengo ahora son unos vaqueros y la sudadera que traje.

—¿No era esta la residencia de Kent? ¿Dónde se aloja él? —preguntó Peter mientras Diego nos traía hasta aquí y este le explicó que Lucas y Yulia Kent estaban en la casa principal con los Esguerra por algo acerca de la seguridad extra y la conveniencia sobre reuniones de negocios.

El llanto parece provenir del exterior, por lo que me levanto y me visto con un bata que encontré ayer en el armario. Luego, me dirijo hacia la ventana del dormitorio para mirar fuera, a través de las cortinas cerradas. Hay dos mujeres jóvenes de pelo oscuro inclinadas sobre un bebé tumbado sobre una manta en la hierba verde, frente a la casa. Le están cambiando el pañal y el niño berrea como si fuera lo peor del mundo. ¿Quiénes son?

¿Y dónde está Peter? A juzgar por la luz radiante del sol en el exterior, ya debe ser por la mañana, lo que, dado que me acosté a las pocas horas de llegar ayer, significa que he dormido unas dieciséis horas. Necesitaba descansar después de todo el estrés.

De forma automática, me llevo la mano al vientre. Sigue plano, sin señales de vida creciendo en el interior, pero sé que está ahí. Lo siento. Mi propio bebé. En unos meses, yo también cambiaré pañales. Eso asumiendo que sigamos vivos, claro.

El pecho se me constriñe y me aparto de la ventana. Por un momento, casi había olvidado la naturaleza precaria de nuestras circunstancias y lo que nos ha traído hasta aquí.

«El rugido del helicóptero en mitad del tiroteo mientras le aprieto el pecho a papá en un intento inútil por hacer que le vuelva a funcionar el corazón, la cara de mamá sin una parte…».

Jadeante, me dejo caer sobre las rodillas con el corazón latiéndome a toda velocidad y el sudor frío me inunda el cuerpo. Durante un segundo, ha sido como si retrocediera en el tiempo, el recuerdo parecía tan vívido que he olido el hedor metálico de la sangre y he sentido las salpicaduras cálidas en la cara. Oh, Dios. No puedo hacer eso. No puedo entrar ahí.

Temblorosa, me pongo en pie y me tambaleo hasta el baño, donde enciendo la ducha a la máxima temperatura y entro en ella para dejar que el agua ardiente derrita el hielo de mi interior. Algún día seré capaz de pensar en mis padres, pero ahora no. Ni hasta dentro de mucho tiempo.

EL TIMBRE SUENA JUSTO CUANDO ESTOY ENTRANDO EN EL salón, vestida con unos vaqueros cortos y una camiseta que he encontrado en el armario. Me quedan muy bien.

Dado que Peter dijo que antes esta era la casa de Kent, asumo que todas las prendas de mujer son de Yulia. Con suerte, no le importará que las coja prestadas. El timbre vuelve a sonar.

—¿Peter? —grito, mirando a mi alrededor, pero no recibo respuesta. Debe haber salido.

Cojo aire y camino hacia la puerta principal antes de abrirla. Fuera están las dos mujeres jóvenes que he visto antes con el bebé, ahora dormido en el cochecito. Parecen rondar la veintena y llevan vestidos veraniegos y sandalias casuales. Una es pequeña y muy bonita, con una melena gruesa y brillante que le llega por la cintura y una figura delgada y atlética mientras que la otra tiene las mejillas redondas, una sonrisa radiante y el cuerpo curvilíneo. Para mi sorpresa, ambas me resultan familiares. ¿Dónde las he visto antes?

—Hola —dice la chica menuda mientras me estudia con una expresión peculiar. Tiene unas facciones delicadas y unos ojos grandes y oscuros—. Debes ser la mujer de Peter. Soy Nora Esguerra.

El nombre me resulta familiar, aparte del ahora conocido Esguerra.

—Y yo soy Rosa Martínez —comenta la otra chica con un ligero acento español. Como Nora, me mira como si fuera una especie de animal exótico y me doy cuenta de que ese nombre también me resulta familiar. Nos hemos conocido, seguro. Pero ¿dónde?

—Hola —contesto con lentitud mientras un recuerdo me aparece en el subconsciente. Hace algunos años, algo que tenía que ver con el hospital...—. Soy Sara Cobakis... digo, Sokolov. —O Garin o la identidad que Peter nos haga adoptar a partir de ahora.

—Eres doctora, ¿verdad? —Nora inclina la cabeza —. No sé si te acuerdas, pero...

—Fuiste paciente mía —exclamo cuando lo recuerdo. Dejo caer la mirada sobre Rosa y el asombro crece—. Ambas lo fuisteis. —Ahora caigo. Fue hace años, poco después del accidente de George. Me llamaron desde urgencias para que tratara a dos mujeres jóvenes a las que habían agredido en una discoteca. Habían violado a una de ellas, a Rosa, mientras que la otra, Nora, sufrió un aborto al intentar defender a su amiga. El marido de Nora también estaba allí, un hombre increíble y guapo que parecía a punto de matar a cualquiera que no fuera su esposa. ¿Sería Julian Esguerra? ¿Ya habré conocido al hombre del que tanto he oído hablar? Los labios de Nora se curvan en una sonrisa.

—¡Qué buena memoria! Seguro que has tenido a miles de pacientes durante todos estos años.

—Yo... sí, pero... —Me doy cuenta de que las he dejado fuera como si se tratara de vendedores ambulantes, por lo que me retiro y abro la puerta por completo—. Por favor, pasad. Debe hacer calor ahí.

—Gracias —contesta Nora antes de pasar y Rosa la sigue, empujando el carrito que tiene frente a ella.

—¿Es hijo tuyo? —le pregunto a Rosa, pero sonríe y niega con la cabeza.

—Es de Nora.

—Ah, sí, esta es Lizzie. —Echa hacia atrás la capota del cochecito y se inclina para coger al bebé dormido. Apretándolo con delicadeza contra el hombro, me sonríe—. Tiene cinco meses.

—Felicidades —respondo con suavidad. Recuerdo lo devastada que parecía en el hospital, lo preocupada que estaba por su amiga. Y Rosa... Es difícil creer que la chica maltratada que traté aquella noche sea la mujer de ojos brillantes que está frente a mí. Si no fuera por la presencia de Nora, quizás me habría costado más reconocerla. La última vez que la vi tenía la mitad de la cara hinchada y cubierta de sangre.

—Gracias. —La sonrisa de Nora se atenúa un poco antes de recuperar toda su fuerza—. Es nuestro mundo... Por eso le dije a Julian que os diera refugio sin importar lo enfadado que esté por la situación con Henderson.

Pestañeo.

—¿Qué?

Rosa, muy poco sutil, le da una patada a Nora y dice algo en español, a toda velocidad.

—Seguro que sabe lo de Henderson —contesta Nora con el ceño fruncido antes de mirarme de nuevo —. Lo sabes, ¿no?

—Sí, claro —contesto—. Pero no entiendo qué tiene que ver tu hija con darnos refugio.

—Oh, eso. —Nora parece aliviada—. ¿No te lo ha contado Peter? —Ante mi mirada perpleja, me explica —: Tu marido nos hizo un favor enorme hace pocos meses, uno que salvó a Lizzie de las garras de un hombre perverso.

—Y a ti —le recuerda Rosa y Nora asiente.

—Claro, y a mí. Y la vida de Julian también, aunque no quiera reconocerlo.

—Oh, ya veo. —Ese debe ser el favor que Peter mencionó, el que le ayudó a conseguir el trato de la amnistía. Quiero hacerle un millón de preguntas sobre eso y más, pero, primero, necesito dejar de ser tan mala anfitriona—. ¿Os gustaría tomar algo de beber o comer? —les ofrezco—. Creo que Peter llenó ayer la nevera…

—No, gracias —dice Nora antes de caminar hacia el sofá para sentarse.

—Un vaso de agua para mí, por favor —pide Rosa cuando la miro. Agradecida por tener algo que hacer, voy hasta la cocina y lleno dos vasos con el agua filtrada que hay en el frigorífico, uno para mí y otro para Rosa. Como el resto de la casa, la cocina está limpia y es moderna, incluso sofisticada. Puedo con facilidad imaginarme a Lucas Kent viviendo aquí. La estética minimalista parece gustarle.

—¿Cómo os conocisteis Peter y tú? —pregunta Nora cuando vuelvo al salón y le tiendo a Rosa uno de los vasos. Ahora está en el sofá junto a ella y Lizzie está de nuevo en el carrito, durmiendo, apacible. Debe estar agotada después de tanto llorar.

—Es una larga historia —digo como respuesta a la pregunta de Nora mientras me siento en una silla frente a ellas—. ¿Y tú y tu marido? ¿Qué os trajo a Chicago aquella vez? ¿Eres de la zona?

No estoy segura de querer hablar sobre los detalles del primer encuentro con Peter. Por muy amables que parezcan estas dos jóvenes, no puedo olvidarme que están del lado de nuestro anfitrión, un hombre que, quizás no sea su enemigo, pero está claro que no es su amigo.

—Mis padres viven en Oak Lawn —dice Nora—. Así que sí, soy originaria de Chicago. Y tú eres de Homer Glen, ¿verdad?

—Sí. ¡Vaya! ¡Qué coincidencia!

Oak Lawn está a menos de una hora en coche de Homer Glen. La mujer de Esguerra y yo éramos casi vecinas. Nora sonríe.

—Lo sé, ¿verdad? Una locura. En cuanto a cómo nos conocimos Julian y yo, fue en una discoteca de Chicago. Estaba en la zona haciendo negocios y yo había salido con una amiga para celebrar mi decimoctavo cumpleaños. Unas semanas después, me raptó y…

Estoy a punto de escupir el agua que había empezado a beber.

—¿Qué?

—No es tan malo como parece —comenta Nora con una sonrisa antes de negar con la cabeza—. Oh, ¿qué digo? Sí es tan malo como parece. Pero ahora somos felices, eso es lo que importa. ¿Y tú? ¿Cómo conociste a Peter?

—Sí, ¿cómo? —repite Rosa y siento que hay más que

curiosidad en esa atenta mirada. Se la devuelvo. Hay algo en mi subconsciente que intenta llamarme la atención, algo grande… Entonces, lo recuerdo. Por supuesto. ¿Cómo he podido olvidarlo? Me giro hacia Nora y digo con tranquilidad:

—Ya sabes cómo nos conocimos. O, al menos, deberías… porque fuiste tú quien le dio la lista a Peter.

Es increíble lo que una noche de sueño profundo puede hacer. Aún me duele el costado cuando me muevo y siento una molestia tenue en el brazo y la pantorrilla, pero me noto mucho más recuperado cuando me siento frente a Kent y Esguerra. Ilya, Yan y Anton se unen a mí y sonrío cuando una señora regordeta de media edad entra con una bandeja de fruta cortada y galletas. Esguerra ha mejorado la manera en la que enfoca las reuniones de negocios. En aquel entonces no había comida, según recuerdo.

—Gracias, Ana —comento cuando deja la carga en el centro de la mesa ovalada y la criada me sonríe, encantada de que la recuerde. No tuve mucho contacto con ella cuando trabajé para Esguerra, pero tengo buena memoria para los nombres.

—Bienvenido, señor Sokolov —dice con un claro acento español—. Me alegro de verle de nuevo.

—Lo mismo digo —contesto antes de que abandone la sala.

La sonrisa me desaparece cuando centro la atención en los dos hombres que están sentados frente a mí. Ninguno parece contento de estar aquí y tienen buenas razones para que sea así. Según nuestros piratas informáticos, anoche hubo una redada en las oficinas de Esguerra en Hong Kong. Ignorando la tensión de la sala, Ilya coge una galleta.

—Esta mierda está buena —comenta tras morderla y Anton sigue su ejemplo, coge una galleta y un puñado de uvas.

Esguerra los mira con frialdad antes de girarse hacia mí.

—Bueno, Henderson.

—Exacto. —Empujo en su dirección una gruesa carpeta que he dejado sobre la mesa—. Aquí está todo lo que sabemos de ese cabrón. Te mandaré los documentos por correo también, por si quieres que tu personal analice el patrón de datos.

—Entiendo que ya lo habréis hecho, ¿no? —pregunta Kent y asiento.

—Varias veces.

—¿Y? —me incita Kent.

Me encojo de hombros.

—Nada contundente por ahora, pero tengo algunas

ideas. —Y, mientras Esguerra se inclina hacia delante, ignoro los remanentes de conciencia y comienzo a hablar de lo que quiero hacer.

Si Henderson pensaba que en el pasado estábamos en guerra, se equivocaba. Esto es la guerra y, mucho antes de que terminemos, estará aovillado y suplicando misericordia.

Sara

ANTE MIS PALABRAS ACUSATORIAS, NORA SE ESTREMECE, pero no desvía la mirada.

—Entonces, sabes lo de la lista. Cuando leí tu nombre en los documentos, me pregunté si fue eso lo que os unió.

—¿Te refieres a si eres la razón por la que entró en casa y me torturó para sonsacarme la localización de mi ahora difunto primer marido? —pregunto con sorna y Nora vuelve a esbozar una mueca.

—¿Eso fue lo que ocurrió? Esperaba que Peter hubiera sido indulgente contigo o, al menos... —Deja caer la mirada—. No importa.

—Quiso contactar contigo, ¿sabes? —dice Rosa, inclinándose hacia delante—. Al principio, cuando nos dimos cuenta de quién eras, Nora quiso hablar contigo para advertirte sobre Peter.

Miro a la mujer de Esguerra.

—¿Sí? —No le hubiera sido de ayuda a George porque Peter lo habría localizado de cualquier manera, pero, quizás, si me hubiese avisado con anterioridad, no me habría pillado con la guardia baja en la cocina aquella noche.

Quizás habría aceptado ocultarme, como querían los federales, y Peter habría encontrado otro modo de acercarse a George. Quizás mi torturador y yo nunca nos hubiéramos conocidos. El pecho se me contrae ante el pensamiento y, para mi sorpresa, me doy cuenta de que no quiero algo así. Incluso después de todo lo que ha ocurrido, todo lo que he perdido, si tuviera una máquina del tiempo y pudiera reescribir por arte de magia la historia, no lo haría. Elegiría estar aquí y ahora con Peter más que cualquier otra vida en la que no lo tuviera.

—Sí, pero no lo hice. —Nora levanta la mirada, sombría—. Lo siento, Sara. Vi el nombre de tu marido en la lista mientras se la enviaba a Peter y, cuando estuvimos en el hospital, pensé que algo en tus credenciales me resultaba familiar. Sin embargo, no fue hasta más tarde cuando sumé dos más dos y, al hacerlo… —Inhala—. Bueno, ya no importa.

—Sí que importa —dice Rosa mientras le brillan los ojos marrones—. No lo hizo porque su marido la detuvo.

—Rosa… —comienza a decir Nora, pero su amiga le coloca una mano en la rodilla.

—Déjame terminar. —Me mira de frente—. Si vas a culpar a alguien, Sara, debería ser a mí. Le dije al señor Esguerra lo que Nora estaba planeando y se aseguró de que no continuará por ahí.

Pestañeo.

—¿Tú? ¿Por qué?

No les echo en cara que no me hayan avisado, ya que está claro que no tenían obligación de hacerme ningún favor, pero no entiendo por qué Rosa intervendría en algo así.

—Porque Peter Sokolov es un hombre peligroso. —Me mira con firmeza—. Quizás tanto como el propio señor Esguerra. Y, después de todo por lo que había pasado Nora, lo último que necesitaba era que tanto ella como el señor Esguerra se vieran perseguidos por haberse inmiscuido. Tu marido estaba obsesionado con esa lista; habría acabado con cualquiera que se hubiera interpuesto en su camino hacia la venganza.

—Sí, lo sé —digo con sequedad—. Estaba allí.

Ahora es Rosa la que desvía la mirada.

—Entonces, ¿por qué acabaste casándote con él? —pregunta Nora mientras me mira con solemnidad. Si no fuera por esos enormes ojos oscuros, podría hacerse pasar por una adolescente dada su estatura menuda y su piel suave como la de un bebé. Pero la mirada la delata. Es una mirada de mujer, una que ha conocido más sufrimiento del que merece.

Ha dicho que su marido la raptó con dieciocho

años. ¿Cómo viviría aquello? Yo tenía veintiocho años cuando Peter apareció en mi vida y tuve problemas para lidiar con la complejidad emocional de nuestra relación perversa. ¿Cómo habrá sido para un chica tan joven? ¿Cómo habrá podido sobrevivir con un hombre que, por lo que parece, es el demonio en persona?

—Supongo que por la misma razón por la que tú acabaste casándote con tu marido —contesto cuando continúa mirándome a la espera de una respuesta—. Al principio, lo odiaba, pero, con el tiempo... cambié. Después de sonsacarme la localización de George, Peter lo mató y despareció, pero, luego, volvió a por mí.

Podría contarle la historia completa, pero no la necesita. Me entiende, lo veo en sus ojos.

—Siento mucho, Sara, mi intervención en tus desdichas —responde con suavidad—. Espero que algún día puedas perdonarme. Y, por si sirve de algo, a veces necesitas sumergirte en la oscuridad para encontrar la luz más radiante. Eso es lo que tuve que hacer yo, al menos.

Le sonrío y estoy a punto de decirle que no hay nada que perdonar cuando el bebé comienza a lloriquear. Rosa se pone en pie y corre hacia el carrito, contenta de tener algo que hacer. Nora también se levanta.

—Deberíamos marcharnos para dejar que te acomodes —dice mientras Rosa coge a la bebé y acalla su llanto meciéndola hacia delante y hacia atrás—. Si necesitas cualquier cosa, lo que sea, solo estamos a unos pasos, en la casa principal.

—Gracias por tu generosidad —le agradezco de forma sincera. Entonces, me doy cuenta de que ha sido ella la que ha convencido a su marido para que nos ofrezca refugio. Lo ha dicho tan de pasada que ha estado a punto de escapárseme.

Quién sabe si Esguerra nos hubiera dejado aterrizar si no fuera por ella. Quizás le debamos la vida a esta jovencita.

—Me alegro de verte, Sara —comenta Rosa con una sonrisa radiante mientras tiende a Lizzie, ahora calmada, hacia Nora y le devuelvo el gesto, aunque mi mirada se centra en el bebé.

—¿Te gustaría cogerla? —pregunta Nora con suavidad y asiento.

Un cosquilleo casi eléctrico me recorre el cuerpo cuando me inclino a por su hija. Es suave y cálida, como un conjunto pequeño de almohadas calientes, y, cuando la apoyo en el hombro, igual que he visto a Nora hacer, gira la cabeza y me mira con unos enormes ojos azules.

—Es preciosa —susurro con vehemencia porque es verdad. Tiene una cabeza diminuta cubierta de pelo oscuro y suave como la seda, y la piel delicada y aterciopelada posee un bonito tono dorado pálido. Se supone que todos los bebés son hermosos, pero esta… Va a ser una rompecorazones, lo presiento. ¿Cómo será mi hijo o hija?¿Tendrá las facciones de Peter?

—Le gustas —dice Nora—. Mira cómo te observa. La has cautivado.

Despego la mirada de la pequeña criatura que tengo en brazos para centrarla en la madre.

—Tienes una hija maravillosa —le digo a Nora con sinceridad y sonríe.

—Eso pensamos Julian y yo, pero no somos objetivos.

—Yo también lo creo —dice Rosa con una sonrisa—. Pero quizás yo tampoco lo sea.

—¿Tienes hijos propios? —le pregunto y niega con la cabeza mientras le desaparece la sonrisa.

—No, por desgracia, no. —Se acerca para coger a la bebé—. Ven, Lizzie, cariño. Quieres venir con tita Rosa, ¿verdad?

No estoy preparada para soltar a la niña, pero no tengo otra opción. Lizzie se lanza a los brazos de Rosa con una carcajada alegre y, justo después, siento frío y vacío el lugar en el que la tenía presionada y, en el pecho, se me forma un agujero extraño y nuevo. Esto es lo que se debe sentir cuando quieres un hijo, cuando lo quieres de verdad. He cogido a bebés y disfrutado con ellos en el pasado, pero nunca he notado nada igual. Quizás sea porque estoy embarazada. La naturaleza me está preparando para ser madre, desprendiendo hormonas para asegurarse de que le doy la bienvenida al bebé cuando nazca.

Me llevo la mano a la barriga de manera automática mientras observo cómo Rosa coloca al bebé en el carrito y, cuando miro hacia arriba, Nora tiene los ojos fijos en mí, dilatados al haberlo comprendido.

—¿De cuánto estás? —pregunta con suavidad y Rosa exhala, dirigiendo la mirada hacia mí a toda velocidad.

—¿Estás embarazada?

Me muerdo el labio. Es demasiado pronto aún para contárselo a todo el mundo, pero no tiene sentido mentir.

—Sí —admito—. De seis semanas.

—Vaya, felicidades —exclama Rosa, observándome el vientre.

—Sí, felicidades —la imita Nora con una cálida sonrisa—. Me alegro mucho por ti y por Peter.

—Gracias —respondo, devolviéndole la sonrisa.

Mi vida anterior se ha esfumado, pero quizás este sea el comienzo de una nueva, repleta de nuevas amistades. Quizás, con el tiempo, recupere algo de lo que he perdido.

P*eter*

ME ACERCO A LA CASA JUSTO CUANDO LA PUERTA principal se abre y una mujer pequeña de pelo oscuro con un carrito sale, diciendo:

—… y, aunque el doctor Goldberg no es obstetra ni ginecólogo, tiene un ecógrafo. Julian lo pidió cuando estaba embarazada. Puede echar un vistazo para asegurarse de que tanto tú como el bebé estáis bien. —Se gira y se detiene de golpe—. Oh, hola, Peter.

—Hola, Nora —respondo. Después, veo a su amiga, a la joven criada de la casa, que está en el umbral junto a Sara—. Hola, Rosa —saludo a la sirvienta antes de centrar la atención en la única persona que me importa —. *Ptichka,* ¿estás bien?

Sara asiente.

—Perfectamente. Nora me estaba hablando del doctor que reside aquí, por si quiero hacerme una revisión después de todo lo ocurrido. Pero no creo que...

—Es una idea excelente —digo con firmeza—. Hazte la revisión hoy mismo. —Me acuerdo de Goldberg, de cuando estuve aquí, y, aunque preferiría que fuera un obstetra el que examinara a Sara, el traumatólogo de Esguerra es tan brillante como cualquier otro médico.

—Bien —contesta Sara—. Pero también debería examinarte a ti.

Me encojo de hombros.

—Si quieres. —Cuando llegamos ayer, me cambió las vendas y me volvió a coser la herida. Estoy seguro de que ha hecho un buen trabajo, pero, si cree que es mejor que me vea otro doctor, no me importa. Haré lo que sea para mantener a mi esposa embarazada tranquila y alegre.

Nora se aclara la garganta y me doy cuenta de que se me ha olvidado por completo que ella y Rosa están ahí.

—Perdonadme —digo antes de dar una zancada hacia atrás para dejarlas pasar. Cuando se aproximan con el carrito, le echo un vistazo a esa cara diminuta de ojos azules y brillantes. Lizzie Esguerra.

Se me encoge el pecho con un dolor repentino y fiero. Joder, ¡cómo echo de menos a Pasha! Después de todo este tiempo, me sigue afectando como una bola de demolición. Saber que no está, que el bebé con hoyuelos que debería haber crecido hasta convertirse en un niño inteligente nunca irá a la escuela, nunca se hará adulto y tendrá sus propios hijos. Nada consigue llenar el enorme vacío, pero, cuando miro a Sara, siento que la peor parte del dolor se atenúa, una calidez reconfortante reemplaza a la agonía hiriente de la pena.

Quizás nunca vuelva a abrazar a Pasha de nuevo, pero sujetaré en mis brazos al hijo que voy a tener con Sara. Ya me lo imagino. Si es una niña, será dulce y grácil, como una pequeña bailarina. Si es un niño… bueno, no será Pasha, pero lo querré tanto como a él.

—Gracias de nuevo —dice Sara mientras despide a Nora y Rosa con la mano cuando ellas se dirigen por el camino hacia la mansión de Esguerra. Le devuelven el saludo con una sonrisa y entro en casa antes de cerrar la puerta tras de mí.

H enderson

ME FROTO EL CUELLO MIENTRAS MIRO POR LA VENTANA el paisaje gélido. La cabaña está lo más aislada posible, lejos de las hordas de turistas que invaden Islandia con ganas de ver las auroras boreales.

Mis enemigos no nos encontrarán aquí, aunque sé que se esforzarán en intentarlo. Por ahora, mi familia y yo estamos a salvo, pero no me engaño: no podremos quedarnos aquí demasiado tiempo. Pronto, tendremos que huir de nuevo, escondernos. A menos que consiga derrotar a Sokolov y a sus aliados.

Mi nuevo plan es arriesgado, una locura, en realidad, pero no veo otro camino. No pararán de perseguirme y, al final, nos quedaremos sin lugar en el que escondernos.

La buena noticia es que ya tengo a las personas adecuadas para ejecutar la misión, el mismo equipo que usé para la explosión en el FBI. No tienen escrúpulos y gozan de buenas cualidades, rivales dignos de mis oponentes. Lo único que necesito ahora es conseguir los planos de las instalaciones colombianas de Esguerra. Luego, puedo enviarlos a la guerra.

ara

INTENTO QUE PETER DESCANSE, PERO INSISTE EN HACER el desayuno y estoy demasiado hambrienta como para discutir. Es evidente que hoy se siente mejor, vuelve a tener un aspecto normal y saludable y sus movimientos solo son ligeramente tensos. Si no supiera que ha recibido tres balazos hace menos de una semana, no lo creería.

Mientras devoramos las tortillas, le hablo sobre la visita de Nora y Rosa y de que las conocí una vez, mucho antes de que él entrara en escena.

—¿Nora tuvo un aborto? —pregunta con el ceño fruncido y me doy cuenta de que no lo sabía.

—Sí, supongo que ya habrías dejado el trabajo con Esguerra por aquel entonces, ¿no?

Asiente.

—Me marché justo después de rescatarlo del grupo terrorista que lo había capturado en Tayikistán. ¿Recuerdas que te dije que estaba enfadado conmigo por haber puesto a su mujer en peligro para salvarlo? Bueno, en ese momento, no estaba embarazada o, si era así, yo no lo sabía. No habría dejado que me convenciera para usarla como cebo si hubiese sido así.

Claro, porque la debilidad de Peter son los bebés. He visto la expresión en el rostro cuando ha mirado a Lizzie, la mezcla de agonía y tierna nostalgia. Me ha roto el corazón, aunque también me ha hecho quererlo más. Será un padre increíble, tan cariñoso como el mío.

«"No respira, Sara, no respira".

Ya estoy de rodillas, presionando el pecho de papá, antes de contar en voz baja. Después, me inclino para hacerle el boca a boca. El pecho se le expande por el aire que le he suministrado. Luego, baja y permanece inmóvil. Lucho contra el pánico creciente y comienzo a comprimirle el pecho de nuevo. Uno, dos, tres, cuatro…».

—¡Sara!

Con una exhalación, miro a Peter, confusa. La cara se le ha convertido en una máscara de preocupación mientras me sujeta por los brazos y ambos estamos de repente de pie, aunque hace un segundo estaba sentada y comiendo.

—¿Qué ha ocurrido? —pregunto con voz ronca mientras se sienta y tira de mí para que me coloque sobre el regazo. Me rodea el cuerpo tembloroso con brazos fuertes, lo que le agradezco porque no estoy segura de si podré permanecer en pie por mí misma. El corazón me va a cien por hora y un sudor gélido me recorre la espalda.

—Te has puesto pálida y has empezado a hiperventilar. —La voz se le ha impregnado de preocupación—. Y, cuando te he tocado, has comenzado a gritar.

—Yo… ¿qué? —Me doy cuenta de que me duele la garganta cuando, temblorosa, estiro la mano para tocarla.

—Quiero que veas a un psicólogo. —La mirada plateada desprende firmeza—. Lo antes posible.

Niego con la cabeza como una autómata.

—No, estoy b…

—No, no estás bien. —Aprieta los brazos a mi alrededor—. Has revivido el momento, ya no estabas aquí, te encontrabas en otro lugar. ¿Qué has visto? ¿A tus padres? ¿Los has visto morir?

Me estremezco y una punzada de dolor me atraviesa el corazón como una bala.

—No —miento, desesperada. No puedo hablar de eso ni pensarlo. Siento los recuerdos oscuros burbujear bajo la superficie, amenazando con ahogarme—. No es eso. Solo…

«Caigo sobre el costado, dolorida, y me golpeo la cabeza contra uno de los laterales del sofá cuando un nuevo disparo me riega la cara y el cuello con un cálido espray metálico.

"¡Peter!" Aterrada, me pongo de rodillas y me limpio la sangre de los ojos.

Entonces, la veo. Mamá está tendida en el suelo con la cara manchada de sangre. O, mejor dicho, lo que queda de ella porque le falta parte de la mejilla y el cráneo. En el lugar en el que debía haber un pómulo, ahora hay un agujero».

—¡Joder, Sara!

La cara de Peter parece una nube gris cuando me mira, con los ojos empequeñecidos y el enorme cuerpo en tensión. Debe haberme sacudido para intentar que saliera de los recuerdos porque siento la piel dolorida en el lugar en el que los dedos me aprietan los brazos con una fuerza excesiva.

—Lo siento —susurro con voz rota. Tengo el pulso por las nubes y la garganta en carne viva, como si me hubiera tragado espinas. No entiendo por qué me ocurre esto, por qué, tan de repente, mi mente me juega estas malas pasadas.

—No, no lo hagas. —Me suelta el brazo para acunarme la mejilla con la mano enorme, cálida sobre la piel fría—. No lo sientas, mi amor. No es culpa tuya. Nada de esto es culpa tuya.

Y, cuando me apoya la cara contra el hombro antes de mecerme, cierro los ojos e intento con todas mis fuerzas creerlo.

Peter

Tengo un nudo en el estómago mientras observo cómo Goldberg examina a Sara. El hombre calvo y bajo es traumatólogo de formación, pero parece que sabe lo que hace y sea de la especialidad que sea, siempre será mejor que no tener médico. Por supuesto, Sara es doctora, pero no puede llevar a cabo su propia revisión ginecológica.

—Bueno, por lo que veo, tanto el bebé como usted están en perfectas condiciones —anuncia cuando ha terminado y suelto un suspiro de alivio.

El paso siguiente es llevar a Sara a un psicólogo para lidiar con esos recuerdos horribles. Aún siento espinas gélidas en torno al pecho cuando pienso en cómo la cara se le volvió blanca e inexpresiva, como si el cuerpo se le hubiese quedado sin vida. Y, cuando empezó a hiperventilar y gritar... Joder, daría lo que fuera por no verla nunca más en ese estado. Sé lo que es el TEPT, se lo he vista padecer a muchos soldados, y ver que mi *ptichka* sufre de esa manera es más de lo que puedo soportar. Necesito que mejore, deshacer el dolor que he causado.

—Bueno, supongo que usted lo sabrá mejor que yo, pero debe evitar el estrés todo lo posible —le dice Goldberg a Sara y ella asiente, lo que le hace parecer una doctora calmada y competente.

Si no la hubiera visto desmoronarse sobre la mesa de la cocina dos veces hace menos de una hora, sería fácil creer que está bien, que los acontecimientos de la semana pasada han sido solo una mancha en su radar emocional. Pero no es así, no puede serlo. Por muy fuerte que sea mi *ptichka*, ha pasado por demasiadas cosas como para no sentirse impactada. Ha conseguido controlarse mientras estábamos en modo de supervivencia, pero ahora que estamos bastante a salvo, la mente y el cuerpo se están poniendo al día para intentar lidiar con el trauma extremo.

Por lo que sé, ni siquiera ha llorado por sus padres o hablado sobre el hombre al que mató. No soy psiquiatra, pero eso no puede ser saludable. Quizás por eso los recuerdos le están afectando tanto, porque está luchando contra sus sentimientos, negándose a interiorizar la pena.

Lo he visto también en el ejército. Los soldados más jóvenes, al querer parecer fuertes, intentan controlar sus sentimientos hasta perder el control por completo. Reprimir ese tipo de traumas nunca funciona: los hombres siempre acababan desmoronándose o utilizando el alcohol o las drogas para seguir adelante. Aparte de mis pesadillas tras Daryevo, nunca he tenido ese tipo de problemas, pero tengo suerte en ese sentido. He estado en modo superviviente casi toda mi vida.

—Gracias, doctor Golberg —dice Sara, bajándose de la mesa de un salto y, cuando se sitúa detrás de la cortina para ponerse la ropa, llevo al médico hacia un rincón.

—¿Está bien de verdad? —le pregunto en voz baja—. Porque acaba de perder a sus padres y, en general, los últimos días han sido… complicados.

El doctor suspira mientras se quita los guantes.

—No sé qué decirle. Físicamente está bien. Emocionalmente… bueno, ese no es mi campo. Quizás debería hablar con Julian y ver si puede traer a alguien a la mansión para que hable con ella. Sé que, hace un par de años, Nora tuvo un período duro y mandó traer a un psicólogo. A lo mejor pueda hacer lo mismo por su mujer.

Había pensado que Sara hablara con un psicólogo a distancia, pero en persona sería incluso mejor.

—Gracias, hablaré con él —le digo a Goldberg cuando Sara regresa y él asiente, sonriente.

—Buena suerte. Y recuerde: poco estrés, ¿vale?

—Gracias. Lo intentaremos —dice Sara antes de devolverle una sonrisa dulce y cálida.

Por un segundo, siento una fea punzada de celos, lo que es ilógico porque el doctor es gay al cien por cien, pero no puedo evitarlo. No he visto esa sonrisa desde hace días, desde que lo perdió todo por mi culpa.

Sara

Peter está callado y tiene una expresión ilegible cuando volvemos a casa. Sé que está preocupado, pero me gustaría que hablara conmigo, que me distrajera de mis pensamientos. En lugar de eso, me coge de la mano en silencio. Por muy reconfortante que sea su roce, no es suficiente para que mi mente deje de vagar… de ir a lugares a los que no debe.

—Entonces, ¿Esguerra te va a ayudar a atrapar a Henderson? —pregunto animada, en parte porque me pica la curiosidad, en parte para tener algo sobre lo que hablar—. Vas a por él, ¿verdad?

Peter me mira.

—Sí a las dos preguntas.

—Oh, bien. ¿Sabéis cómo encontrarlo?

—Tengo algunas ideas —dice distraído antes de sumirse de nuevo en el silencio.

Genial. Es probable que no quiera hablar de eso por temor a que tenga otro ataque. ¿Va a ser así a partir de ahora, Peter pensará que soy tan frágil que puedo desmoronarme a la mínima provocación?

Lo peor es que no sé si está del todo equivocado. Después de lo ocurrido en el desayuno, mi mente es como un campo de minas, llena de trampas y peligros escondidos. No sé qué va a afectarme y qué va a causar que esos horribles recuerdos tomen el control. Y Peter ni siquiera sabe lo del pequeño ataque que tuve esta mañana, antes de la visita de Rosa y Nora. Si lo supiera, estaría convencido de que soy un caso perdido.

—¿Qué tal te encuentras? —pregunto, decidida a centrarme en un tema más inocuo—. ¿Qué tal tienes el costado?

Me sonríe.

—Mucho mejor, gracias. En pocos días, estaré como nuevo.

—¿En serio? Te curas muy rápido.

La sonrisa le desaparece.

—Tengo la piel gruesa.

Mientras que yo no. Soy frágil como una puta flor que se deshoja con solo un «¡bu!» por su parte. No lo ha dicho, pero lo noto en sus palabras. Lo único que siento es su preocupación por mí.

Doy por perdida la conversación, por lo que me centro en los alrededores. Caminamos cerca de lo que parecen ser los barracones de los guardias. Veo a hombres recios con ametralladoras que entran y salen de un edificio que parece una residencia. En torno a nosotros, hay vegetación exótica y un toque de ozono de las nubes que se acumulan en el horizonte.

La mansión de Esguerra está a la derecha, a cierta distancia. El edificio blanco de dos pisos me recuerda a una plantación de la época de la Guerra Civil. Está rodeado de un paisaje precioso y campos de exuberante verdor, así como de construcciones más pequeñas.

Las torres de los guardias que observé desde el avión son visibles en la distancia, con agentes armados en lo alto. Estoy segura de que, además, hay una docena de medidas de seguridad menos obvias en este lugar. Hace un tiempo, ver a todos estos hombres armados y saber que estaba en las instalaciones de un criminal despiadado me habría desconcertado, por lo menos. Pero ahora me hace sentir segura. Ahora el enemigo son las personas a las que la mayoría de los ciudadanos se acercan en busca de protección: las autoridades, las fuerzas de seguridad. Bueno, y Henderson, que ha usado a estas últimas como herramienta de venganza.

CUANDO VOLVEMOS A CASA, PETER PREPARA LA COMIDA Y ambos almorzamos, esta vez sin ningún ataque por mi parte. Sin embargo, sigue callado con la mirada fija en mí con una preocupación evidente.

—Para —gruño cuando no puedo soportarlo más—.

Por favor, deja de mirarme así. Te prometo que no voy a perder los papeles.

—No puedes prometer algo así porque no puedes controlar los recuerdos, *ptichka* —dice con suavidad—. Y, cuanto más lo intentes, peores se volverán. Por eso voy a hablar con Esguerra para que traiga a un psicólogo.

—¿Qué? Oh, venga, no podemos esperar hasta…

—No. —Tiene una expresión firme con facciones implacables—. No después de lo que ocurrió esta mañana.

—Peter, por favor. No ha ocurrido nada en realidad. Estás haciendo una montaña de un grano de arena. No hay necesidad de avergonzarme delante de Esguerra al pedirle que haga eso. Además, ¿no le deberás otro favor? Una vez que te hayas enfrentado con Henderson, podemos hablar de terapia y todo lo demás. Hasta entonces…

—Hasta entonces verás a quien sea que podamos traer aquí.

«Uf». Echo el plato vacío hacia un lado y me levanto. Es imposible apartar a Peter de una idea cuando está centrado en ella. Eso me encanta y lo odio a la vez. En este caso, lo segundo. ¿Por qué no puede entender que no estoy preparada todavía para lidiar con las consecuencias emocionales de lo que ocurrió? ¿Que prefiero arriesgarme con esos recuerdos ocasionales a hundirme en la piscina tóxica de la culpa y el horror que chapotean en mi mente? Si solo pudiese borrar los recuerdos, lo haría. Como no puedo, no quiero pensar en ellos.

—*Ptichka…* —Me coge de la muñeca cuando estoy a punto de salir de la cocina. Su roce me quema y los dedos me atrapan como grilletes—. Escúchame, mi amor. Estás herida, dolorida… eso es tan evidente como si hubieses recibido un balazo. ¿Dejarías que se me infectaran las heridas? ¿O harías lo posible para conseguir que se curaran?

Aprieto los dientes.

—No es lo mismo.

—¿No? —Los ojos grises desprenden ternura cuando me pasa un mechón de pelo por detrás de la oreja con la mano libre—. ¿Qué diferencia hay?

«¡La hay!», quiero gritarle. Porque no importa lo que haga o los psicólogos con los que hable. Nada me devolverá a mis padres. Esto no es una herida de bala que se pueda curar con mimo. Aun así, mientras miro a Peter, se me ocurre que podría discutir con él durante semanas y no cambiaría nada. No puedo convencerle de que estoy bien. Al menos, no con palabras.

Con lentitud y de manera consciente, me humedezco los labios. Como era de prever, deja caer la mirada hacia la boca y el agarre en la muñeca se tensa cuando repito el movimiento antes de hundir los dientes en el labio inferior de manera seductora.

Mi objetivo es distraerle de la preocupación, pero mi propio pulso se acelera cuando la respiración se le vuelve más rápida y nuestras miradas coinciden. Tiene las pupilas dilatadas y la plata de los iris se le ha convertido en metal oscuro. Soy consciente del calor que emana de los dedos con los que me sujeta la muñeca. La proximidad de este cuerpo alto y fuerte hace que me quiera derretir contra él, rozar los pechos anhelantes contra el suyo, amplio y duro.

—*Ptichka...* —dice en voz baja y ronca—. Estás jugando con puto fuego.

Los pezones se me convierten en botones duros y firmes y un calor líquido me empapa los pantalones. Ostia puta, estoy cachonda. Ese tono, combinado con el toque violento de la sujeción demasiado apretada de los dedos en la muñeca, me pone más que horas de preliminares. Aparte de la mamada que le hice en el hospital, no hemos practicado sexo desde hace días y siento el cuerpo desesperado y anhelante por su posesión.

Doy un paso al frente, me pongo de puntillas y presiono los labios contra los suyos, pasándole el brazo que tengo libre en torno al cuello musculoso. Durante un momento, se queda tenso, sorprendido por mi iniciativa, pero, después, sus instintos toman el control y me encuentro con la espalda contra la nevera, con el cuerpo duro presionado contra el mío y esa boca devorándome como si no hubiera un mañana.

Siento el bulto de la erección cuando me coge de la otra muñeca y me coloca los brazos sobre la cabeza antes de presionarlos contra el metal frío del frigorífico. El calor me envuelve las entrañas y gimo contra su boca. Levanto una pierna y se la coloco detrás del culo para poder frotar el sexo hinchado y anhelante contra ese bulto. No me sentía a gusto utilizando la ropa interior de Yulia, además de sus prendas, por lo que noto los vaqueros cortos ásperos y rasposos contra los pliegues y la sensación es incómoda, pero excitante.

—Fóllame —susurro cuando levanta la cabeza para mirarme, con los ojos brillantes y la mandíbula apretada. Tras sujetarme ambas muñecas con una mano, se desabrocha los pantalones y libera la erección mientas le suplico—: Fóllame, ahora.

—Oh, lo voy a hacer. Créeme.

Respira con violencia, con la mirada fiera, cuando me suelta las muñecas y me baja la cremallera de los vaqueros antes de tirar de ellos con fuerza para que desciendan por mis piernas. Temblorosa por la necesidad, salgo de ellos y él me aprieta el culo y me eleva. Mientras le agarro por los hombros, me abre los muslos y me desliza por la polla gruesa, penetrándome con una embestida brusca. El aire me abandona los pulmones, a la vez que le rodeo la cadera con las piernas y le clavo las uñas en los músculos de los hombros. Joder, es enorme. Lo había olvidado. Mis tejidos internos se estiran de manera dolorosa y la excitación disminuye por la quemazón punzante de su entrada. Así hasta que comienza a moverse. Aun con los ojos fijos en los míos, entra y sale de mí. No hay espera ni juegos con sacudidas superficiales. Enseguida, aumenta el ritmo, volviéndose torrencial, tan despiadado como él. Y eso es justo lo que necesito.

La tensión y el calor crecientes atenúan la incomodidad, el cuerpo se me vuelve suave y blando, dándole la bienvenida a mis profundidades. Con cada sacudida, golpea el punto G y, cada vez que choca la pelvis contra la mía, me presiona el clítoris. El orgasmo es tan violento como repentino. Me destroza antes de que esté preparada mentalmente y el placer me desgarra y me despedaza. Con un jadeo, grito su nombre y presiono las piernas a su alrededor, pero no para. Me embiste hasta que me corro de nuevo.

Sigo soportando las consecuencias del orgasmo cuando una vena comienza a palpitarle en la frente sudorosa y la polla gruesa se le hincha aún más dentro de mí. Con un gruñido, me embiste a mayor profundidad y aprieto los músculos internos alrededor de su dureza cuando esta se tensa y se estremece, bañándome con su semen.

JADEANTE, ME SEPARO DEL COÑO PEQUEÑO Y MOJADO DE Sara a regañadientes y, con delicadeza, la dejo en el suelo. Parece tan abrumada como yo y siento una punzada aguda de remordimiento que aleja el cálido placer. He sido demasiado brusco con ella. Una vez más, la he follado con demasiada brusquedad. Sé que ahora le gusta así, pero está embarazada. Embarazada y traumatizada.

¿En qué coño estaba pensando para perder el control así? Necesita que la cuiden, descansar y relajarse, no metérsela hasta el fondo contra la nevera como un animal fuera de control.

Se balancea cuando la suelto y doy un paso atrás, por lo que la cojo del brazo para equilibrarla mientras ella alcanza el papel de cocina para deshacerse de la humedad entre las piernas.

—*Ptichka*… ¿estás bien?

Sonríe y tira la bola de papel a la basura.

—Nunca he estado mejor. ¿Y tú?

Frunzo el ceño antes de recordar las heridas. Ahora que estoy prestándoles atención, me duele un poco el costado, pero nada que no pueda soportar.

—Perfectamente —contesto cuando le aparece una expresión preocupada en la cara y me agarra el dobladillo de la camiseta, sin duda con deseos de levantarla para inspeccionar las vendas. Con delicadeza, le separo las manos de mí y salgo de su alcance—. En serio, estoy bien.

No me creo que esté tan preocupada por mí cuando acabo de abordarla de esa manera. Sé que le he hecho daño, he sentido la tensión extrema de su cuerpo cuando la he embestido. ¿Y si le he hecho daño también al bebé? ¿Y si tiene un aborto, como Nora?

Mientras permanezco paralizado, procesando ese pensamiento horrible, se inclina para coger los pantalones cortos del suelo. Con el movimiento, me muestra el pequeño culo curvilíneo y, a pesar de que el semen me sigue cubriendo la polla, siento cómo se retuerce, interesada. Joder, soy un animal.

—Sara… —digo con voz cargada de preocupación cuando me mira—. ¿Estás bien de verdad?

Pestañea.

—Ya te lo he dicho, mejor que nunca. Vamos a limpiarnos.

Y, tras cogerme de la mano, me guía hasta el baño.

Nos duchamos juntos. Bueno, Sara se ducha y yo uso el cabezal movible para lavarme con cuidado en torno a las vendas. Luego, se echa una siesta, poniendo como excusa el aturdimiento por la comida y el sexo. Me tumbo con ella y la abrazo hasta que se queda dormida. Luego, me levanto con delicadeza y me marcho de la casa. Sé por qué está cansada y no tiene nada que ver con la comida y el sexo.

Al cuerpo le está afectando la adrenalina interminable de la semana pasada y las necesidades del bebé en crecimiento no ayudan. Siento la culpa como un alambre de espinas en el estómago. Es culpa mía. Yo soy el responsable de sus desgracias.

Si no hubiese sido tan egoísta y obsesivo con ella, si la hubiera dejado en paz, seguiría en casa con sus padres, viviendo una vida tranquila y pacífica. Si me hubiese marchado después de nuestro primer encuentro, quizás se habría casado con otra persona… con alguien que se cerciorara de que pasara el embarazo de manera segura y cómoda. En lugar de eso, está junto a mí, huyendo, sufriendo por los recuerdos y el agotamiento del TEPT.

—Hola, Peter —me saluda Diego cuando paso junto a él por el camino y asiento con brusquedad, ya que no tengo ganas de charla.

Ahora mismo solo tengo un objetivo: hablar con

Esguerra. Necesito que el psicólogo venga enseguida. Poco después, llamo a la puerta de la mansión.

—¿Está aquí? —le pregunto a Ana cuando me abre la puerta y la sirvienta asiente.

—Sí, por favor, pase. ¿Le gustaría comer o beber algo mientras voy a buscarle?

—No, gracias, estoy bien —sigo a Ana hasta el vestíbulo y me apoyo contra la pared, demasiado nervioso como para sentarme.

Sube por las enormes escaleras curvas y Esguerra aparece unos minutos después, abrochándose la camisa, mientras camina. Tiene el pelo revuelto y el ceño fruncido y enfadado le arruga el rostro. O bien le he despertado de la siesta, o bien he interrumpido algo que tuviera que ver con Nora. Juraría que lo segundo.

—¿Qué pasa? —gruñe—. ¿Henderson…?

—No, nada de eso. —Cojo aire cuando el ceño fruncido se le intensifica—. Es algo personal. Necesito un favor.

Se detiene frente a mí mientras una diversión fría reemplaza la preocupación en su mirada.

—¿En serio? ¿La comida y el refugio no son suficientes?

—¿Conoces a algún psicólogo? —pregunto, negándome a picar el anzuelo—. A poder ser, alguien especializado en la terapia contra el TEPT.

Parece sorprendido.

—¿Para ti?

Al recordar las palabras de Sara, asiento con frialdad.

—Para mí.

No quiero que mi *ptichka* se sienta avergonzada, aunque no debería. Necesitar ayuda para procesar un trauma extremo no te convierte en débil, solo en normal. Esguerra me estudia con una expresión ilegible antes de asentir.

—Quizás conozca a alguien. ¿Para cuándo lo necesitas?

—Hoy, a ser posible. O mañana o pasado.

—Bien. Haré lo que pueda para traerla hasta aquí mañana.

—Gracias —digo y me giro para marcharme. Sé que le debo una por esto y se la cobrará, pero, si ayuda a Sara, habrá valido la pena. Haré lo que sea para que se recupere.

—Peter —grita Esguerra cuando estoy a punto de salir de la sala. Tras girarme para mirarlo, dice con tranquilidad—: ¿Por qué no vienes con tu esposa a cenar con nosotros esta noche? A Nora le encantaría conocer a Sara mejor.

—Claro —contesto, ocultando mi sorpresa—. Aquí estaremos.

—A las siete —dice antes de girarse y desaparecer escaleras arriba.

Henderson

ME DUELE LA ESPALDA DESPUÉS DE PASARME TODO EL DÍA quitando nieve. Jimmy tiene un cabreo de mil demonios por haberle obligado a ayudarme, pero había que hacerlo. Necesitamos tener despejado el camino de entrada por si debemos escapar a toda velocidad.

A mi plan para conseguir alcanzar a Sokolov y al resto (Operación Desde el Aire, como la llamo) sigue faltándole un componente esencial: el plano de las instalaciones de Esguerra y sus detalles de seguridad. Una vez que tengamos eso, seremos capaces de dar el golpe. Mientras tanto, haré todo lo que esté en mi poder para mantener a salvo a mi mujer e hijos. Tengo que salvarlos de los monstruos que nos persiguen.

Sara

SÉ QUE ES UNA TONTERÍA PONERME NERVIOSA POR LA cena después de todo lo ocurrido, pero no puedo evitarlo. En primer lugar, las únicas prendas que he encontrado en el armario son pantalones cortos y camisetas y, aunque Peter me ha asegurado que no tenemos que arreglarnos, me sentiría mucho mejor si pudiera ponerme algo parecido a un bonito vestido veraniego. Además, tras la siesta, las náuseas del embarazado han decidido atacar. Al parecer, es por el cambio horario.

Ya he vomitado una vez, pero me sigo sintiendo indispuesta cuando Peter me guía hacia la casa principal. Recordar su insistencia por conseguirme un psicólogo tampoco ayuda. ¿De verdad le ha hablado de eso a nuestro anfitrión? Espero que no, pero, conociendo a mi marido, es muy probable que sí. No está muy familiarizado con la procrastinación.

En cualquier caso, me arde el estómago cuando Peter llama a la puerta. Unos instantes después, se abre y, ante nosotros, aparece una mujer hispana de mediana edad.

—Señor Sokolov —dice con una sonrisa—. Bienvenido. Y esta debe ser su preciosa esposa.

Le sonrío y extiendo la mano.

—Hola, soy Sara.

—Oh, hola. —Me la aprieta con vehemencia—. Soy Ana, la criada del señor Esguerra. Por favor, pasen.

La seguimos dentro de la casa. El interior de la mansión de Esguerra es una mezcla sorprendente de decoración tradicional y moderna, con unos pesados muebles barrocos, complementados con suelos brillantes de madera dura y arte abstracto en las paredes. Reconozco un par de cuadros de la clase de arte que di en la universidad. Si son originales, y sospecho que es así, solo las paredes del vestíbulo valen millones de dólares.

Ana nos guía hasta un comedor formal, en el que hay una mesa ovalada con cubertería de plata brillante y platos esmaltados. Ni Nora ni su marido están aún allí, pero reconozco a la pareja sentada a un lado de la mesa. Lucas y Yulia Kent.

Las cabezas rubias están inclinadas hacia delante, muy juntas, con las manos entrelazadas sobre la mesa mientras ríen por algo. Sin embargo, al entrar nosotros, levantan la mirada y la sonrisa les desaparece del rostro. Una tensión asfixiante se extiende por la habitación cuando Ana desaparece y nos deja a solas. Peter es el primero en romper el silencio.

—Lucas. —Le hace un gesto frío con la cabeza al hombre de mandíbula firme. Luego, se gira hacia la esposa supermodelo de Kent—. Yulia, me alegro de verte.

—Lo mismo digo. —Deja caer los ojos azules sobre mí con expresión reservada—. Y a ti, Sara.

Las náuseas se intensifican. Oh, mierda. Entrando en pánico, busco un baño a mi alrededor, pero no veo ninguno.

—*Ptichka…* —Peter me coge del brazo—. ¿Qué pasa?

Si trato de hablar, vomitaré. Me presiono la boca con la mano, me deshago de su sujeción y corro fuera de la habitación, hacia la entrada. Apenas llego al exterior. En cuanto me inclino sobre la barandilla del porche, expulso todo el contenido del estómago. Como era de esperar, Peter me sigue y presencia el espectáculo, igual que Yulia, por lo que observo por el rabillo del ojo. Avergonzada, termino de vomitar mientras mi marido me sujeta el pelo y, cuando levanto la mirada, ella ha desaparecido. Sin embargo, poco después, vuelve con papel de cocina húmedo.

—Aquí tienes —murmura, tendiéndomelo, y, agradecida, lo acepto para limpiarme la boca.

Ana aparece a continuación porque Yulia debe haberle avisado de lo ocurrido. Me escolta hasta un baño, donde me tiende un cepillo nuevo y un tubo de pasta de dientes. Cuando he terminado de lavarme la cara y los dientes a conciencia, siento el estómago mucho más asentado.

—¿Estás bien, mi amor? —me pregunta Peter cuando salgo del baño y asiento, desviando la mirada.

—Lo siento.

—Nada por lo que disculparse —dice mientras me coge de la mano—. Considéralo un anuncio oficial del embarazo.

Y, tras darme un beso en la frente, entrelaza los dedos con los míos y me guía de vuelta al comedor.

LOS ESGUERRA YA ESTÁN ALLÍ, SENTADOS FRENTE A LOS Kent, cuando regresamos. Al instante, reconozco a nuestro anfitrión: es el hombre guapo que conocí en el hospital. Tiene el pelo negro más largo que entonces, pero las facciones sorprendentes y sensuales siguen ahí. A diferencia de aquella vez, sin embargo, no irradia pena ni ira. Está calmado, bajo control, como un rey sentado en su trono. Un rey cruel y tiránico, por lo que sé de ese hombre.

Por vez primera, se me ocurre pensar qué les pasaría a los hombres que atacaron a Nora y a su amiga. ¿Los mataría su marido? Olvidadlo. Claro que sí. La única pregunta es cuánto los hizo sufrir antes.

—Aquí estás —dice Nora mirándome—. Ven, siéntate aquí. —Le da un golpecito a la silla que está junto a ella y camino hacia allí.

—Julian, esta es Sara —dice cuando me detengo a su lado—. Quizás la recuerdes del hospital de Chicago.

—Claro. Me alegra verte de nuevo. —Me mira con una mirada azul penetrante y, por primera vez, me doy cuenta de que hay algo raro en su ojo izquierdo, así como una cicatriz pequeña que le recorre la mejilla izquierda hasta la ceja. ¿Alguien le ha cortado el ojo con un cuchillo y, si es así, cómo lo ha conservado? A menos… ¿Es un ojo artificial?

—Gracias, lo mismo digo. Y gracias por su hospitalidad —respondo, reprimiendo la curiosidad. No sería apropiado mirar embobada a nuestro anfitrión despiadado. Me dedica un asentimiento frío cuando me coloco junto a Nora y Peter, frente a mí, al lado de Yulia—. Gracias por el papel de cocina —le digo a Yulia y ella asiente, indiferente, antes de desviar la mirada. Al igual que su marido, debe seguir enfadada por lo ocurrido en Chipre. A posteriori, me siento fatal por haberla engañado acerca de mi relación con Peter para escapar. No debería haberla involucrado en mi último esfuerzo desesperado por evitar enamorarme de mi torturador. Necesito estar a solas con ella esta noche para disculparme como es debido.

—¿Qué tal te encuentras? —pregunta Nora con suavidad, inclinándose hacia delante, y sonrío, ya que gran parte de la vergüenza se desvanece al ver la preocupación en su rostro.

—Mucho mejor ahora, gracias.

—Tenía unas náuseas horribles con Lizzie —me confiesa con una sonrisa triste—. Vomitaba en cualquier sitio, hasta el punto de que Julian tuvo que llevar una de esas bolsas de los aviones a cada lugar al que íbamos.

—Creo que voy a necesitar algo así —digo y se echa a reír mientras Peter nos mira con una expresión ilegible. ¿No aprueba esta amistad incipiente con la mujer de Esguerra? Y, si es así, ¿por qué? Mientras reflexiono sobre eso, Ana entra con un carrito lleno de platos de sopa.

—He pedido que te prepararan un caldo especial, más ligero —dice Nora cuando Ana me coloca una sopa más diluida frente a mí, en lugar de la versión cremosa que tiene el resto—. Supuse que te sentaría mejor en el estómago. Dímelo si prefieres la crema de champiñones. La comida rica era la más me afectaba durante el primer trimestre, por lo que me imaginé que a ti también te pasaría.

—Es perfecto, gracias —digo, conmovida por su consideración—. Aún no he visto cómo me sientan los distintos tipos de comida, pero estoy deseosa de tomar algo más ligero después de… ya sabes.

—Sí, lo suponía. —Me sonríe—. Y hazme saber si hay algún olor en la mesa que te moleste. Ana se lo llevará. Los olores eran otra de las cosas que más me afectaban con Lizzie.

—Gracias, eres muy amable. —Hundo la cuchara en la sopa y me la llevo a los labios para probarla con cautela. Para mi alivio, es tan ligera como Nora me ha prometido, con un toque a champiñón y miso—. ¿Está tu hija durmiendo? —le pregunto tras sorber la sopa.

—Lo estaba cuando la he dejado con Rosa hace unos minutos —contesta Nora. Con un suspiro, lanza una mirada hacia la entrada del comedor—. ¿Es raro que ya la eche de menos?

Sonrío.

—Para nada. Parece un bebé muy dulce.

Nora pone los ojos en blanco.

—Ojalá. Es un pequeño horror, eso es lo que es. No te dejes engañar por ese exterior tan mono. Es hija de su padre, está claro.

Esguerra elige ese momento para mirarnos.

—¿Qué pasa, mi gatita?

—Nada. —Nora le dedica una apacible sonrisa—. Solo le decía a Sara que nuestra hija es un ángel.

Alza las cejas, escéptico, y Nora le lanza una mirada exagerada de inocencia, moviendo a toda velocidad las largas pestañas. Empequeñece los párpados, la boca se le curva en una sonrisa sensual y la mirada que se intercambian es tan íntima y encendida que se me calientan las entrañas. Al sentirme como una pervertida, desvío la mirada para encontrarme con los ojos color tormenta de mi marido al otro lado de la mesa.

—No estás comiendo —observa en voz baja y me doy cuenta de que no es mi potencial amistad con Nora lo que le preocupa. Soy yo. Me observa como si pudiera vomitar o perder los nervios en cualquier momento. Se me ensombrece el ánimo, sobre todo tras intentar tranquilizarle con nuestra sesión de sexo de antes.

Después de hundir la cuchara en la sopa, me centro

en terminar el bol entero para que pueda tranquilizarle en ese aspecto al menos. Me observa durante unos segundos, antes de continuar con su propia sopa, al parecer calmado porque no vaya a morirme de hambre.

Todos acaban la sopa con rapidez. Luego, los hombres se sumergen en una discusión sobre las medidas de seguridad de las instalaciones. Solo escucho a medias porque Nora no para de hablarme sobre discotecas y restaurantes de Chicago. Parece que las dos hemos visitado los mismos sitios durante años.

Para el segundo plato, Ana trae una ensalada de lechuga y una deliciosa paella de marisco. Nora se ofrece a darme arroz con pollo, pero lo rechazo antes de agradecerle su atención. El estómago se está comportando y estoy deseando comer paella.

A medida que la cena avanza, me doy cuenta de que se cumple un extraño patrón en la mesa. Aunque Nora y Yulia están sentadas enfrente, no se miran ni hablan. De hecho, aparte de darle una vez las gracias a Ana y alabar su cocina, Yulia solo ha hablado con su marido o ha permanecido en silencio. ¿A los Esguerra no les gusta por alguna razón? Ahora que lo pienso, cuando visitamos Chipre, Peter comentó que Esguerra «tenía algo contra ella». Luego, le preguntaré a mi marido qué ocurrió.

También hay cierta tensión entre Peter y Lucas, pero no es tan evidente. Quizás la ayuda de Kent en nuestro rescate anule su culpabilidad por mi huida a ojos de Peter y los dos hombres se encuentren en paz.

Estamos a mitad del postre, un delicioso tiramisú

casero, cuando la conversación se centra en el tema que nos trajo hasta aquí. Henderson.

—Parece que esta noche va a hacerse factible —le dice Esguerra a Peter—. Lo sabré seguro dentro de una hora. Tu contacto en Carolina del Norte está siendo muy escurridizo.

Mi marido frunce el ceño.

—Ofrezcámosle más dinero.

—Lo hice —dice Kent—. Además, le dije que si no cooperaba, lo añadiríamos a nuestra lista, por lo que supongo que acabará cediendo.

—¿Qué va a pasar esta noche? —pregunto, mirando a los hombres de la mesa—. ¿Ya habéis localizado a Henderson?

Esguerra y Kent miran a Peter, quien niega levemente con la cabeza, impidiéndoles informarme. Mi marido se centra en mí.

—No te tienes que preocupar por nada, *ptichka* —dice con suavidad, estirando la mano sobre la mesa para cubrir la mía—. No lo hemos encontrado aún, pero lo haremos. Esta noche daremos un paso en esa dirección.

Aprieto los dientes y aparto la mano. Ahí está de nuevo, la suposición de que no podré soportar la más mínima inquietud. Antes de poder decir nada, oigo el llanto penetrante de un bebé. Parece que se está acercando a la sala. Un momento después, una Rosa exhausta entra con Lizzie berreando entre sus brazos.

—Siento mucho interrumpir, pero no deja de llorar

—dice—. Le he dado de comer y la he cambiado, no sé cuál es el problema.

Para mi sorpresa, es Esguerra el que se levanta, en lugar de Nora.

—Yo me encargo —dice con calma y camina hasta Rosa antes de coger al bebé con un dulzura exquisita y una destreza sorprendente.

Se le suavizan las facciones al mirar la pequeña cara arrugada. De manera increíble, la bebé se calla cuando la mece con suavidad y le susurra algo sin sentido con voz grave. No parece importarle que le estemos observando en ese momento tan tierno, está totalmente centrado en la criatura pequeña que tiene entre los brazos.

—¿Ves a lo que me refiero? Una niña de papá —me susurra Nora y cierro la boca cuando me doy cuenta de que estoy mirando embobada a su marido como si le hubieran salido cuernos. No me esperaba ver al poderoso traficante de armas lidiar con un bebé—. Es el único que puede ocuparse cuando se pone así —continúa Nora con suavidad y, cuando la miro, veo que observa a su marido y a la niña con una adoración evidente. Está claro que está enamorada de él, del hombre que la raptó cuando apenas había acabado el instituto.

Supongo que no debería sorprenderme, dada mi relación con Peter, pero sigue siendo estremecedor observarlos. Una parte de mí quiere pedirle que vaya a ver a un psicólogo por su síndrome de Estocolmo, mientras que otra parte más dominante está feliz con su historia de amor tan poco convencional.

Si han podido continuar durante tanto tiempo, quizás Peter y yo también podamos. A lo mejor en unos años, estaremos sentados de nuevo en una mesa, pero el bebé será mío y estará en los brazos de Peter. El más pequeño, claro, porque, para ese entonces, el mayor estará corriendo por ahí.

Estoy tan centrada en mis fantasías que casi me pierdo el momento con Yulia. Ya se ha disculpado y está saliendo del comedor cuando me doy cuenta de que por fin se dirige al baño.

—Perdonad, ahora vuelvo —les digo a Nora y a Peter y, sin esperar respuesta, me levanto y me apresuro a seguir a Yulia.

S*ara*

ALCANZO A YULIA EN EL PASILLO, CERCA DEL BAÑO.

—Aguarda, por favor —le suplico cuando está a punto de entrar. Entonces, me doy cuenta de lo que estoy diciendo y me corrijo a toda velocidad—. Bueno, pasa si tienes que ir. Estaré aquí fuera, esperándote hasta que termines.

Se aleja de la puerta del baño.

—No, por favor, pasa primero. Iré a otro. Hay muchos baños en esta planta.

—¿Qué? Oh, no, estoy bien. —Me río al percatarme de que piensa que debo ir con urgencia al baño—. Solo quería hablar contigo un segundo para disculparme por lo de Chipre.

La cara preciosa se le tensa.

—No hay necesidad. Es parte del pasado.

—No, no lo es. Creé una trifulca entre Peter y tu marido. Lo siento mucho. Perdón también por haberte dado una impresión equivocada sobre mi relación con Peter. Necesitaba tu ayuda para escapar, pero debería haber sido más honesta. Peter sí que mató a mi primer marido y me torturó como te dije, pero eso fue al principio, antes de que las cosas se complicaran entre los dos. Quiero decir, era su cautiva en tu casa, por eso estaba intentando huir, pero también estaba enamorada de él en aquel momento y...

Yulia me sitúa una mano esbelta en el brazo.

—No pasa nada, Sara. —Se le suaviza la mirada azul —. No necesitas entrar en detalles. Lo entiendo.

—¿Sí?

Asiente.

—No soy idiota. Sé que las cosas cambian y que lo que al principio es horrible puede llevar a algo bonito con el paso del tiempo. En cuanto a haberme utilizado para escapar, estoy segura de que habría hecho lo mismo si hubiese sido tú. De hecho... —Se detiene—. No importa. Me alegro de que Peter y tú estéis bien ahora. Bueno... lo estáis, ¿no? —Deja caer la mirada hacia el vientre antes de levantar la cabeza con una pregunta silenciosa.

—Oh, sí, claro. —Me estremezco internamente al recordar que le dije que Peter pretendía forzarme a tener un hijo con él. Tras cubrirme la barriga con la mano, digo con firmeza—: Es bienvenido.

Sonríe.

—Bien, me alegro. Ahora, si me disculpas... —Lanza una mirada hacia el baño.

Con una sonrisa, retrocedo al percatarme de que llevo todo este tiempo reteniéndola.

—Gracias —digo cuando entra—. Por tu ayuda aquella vez y por todo.

—El placer es mío —contesta y, cuando cierra la puerta, vuelvo al comedor, sintiéndome mucho más aliviada.

Cuando regreso, todos están de pie, paseándose en torno a la mesa con las bebidas digestivas y, poco después, nos despedimos.

—Gracias, todo estaba increíble —le digo a Nora con sinceridad y ella sonríe.

—No puedo atribuirme ningún mérito. Ha sido cosa de Ana —contesta y, en ese momento, su marido la llama desde el piso superior.

—¡Voy! —grita y da un paso al frente para darme un rápido abrazo.

—Pásate por aquí cuando quieras, ¿vale? —dice, y prometo hacerlo. Desaparece escaleras arriba y me giro hacia Yulia. Lucas y ella se quedan en la casa principal, por lo que está de pie en el recibidor, junto a su marido, observando cómo nos marchamos. De manera impulsiva, me acerco a ella y le doy un abrazo.

—Gracias de nuevo —le digo cuando nos separamos y me sonríe con calidez.

—Buena suerte, Sara. Espero que nos veamos por aquí.

—Oh, sí —le contesto—. Adiós, Lucas. —Me despido con la mano, sonriente, pero me devuelve una mirada fría. Vale, parece que de momento solo uno de los Kent me ha perdonado.

—¿Preparada? —pregunta Peter antes de pasarme el brazo en torno a la cintura. Asiento y me inclino contra él mientras me guía de vuelta a nuestro hogar temporal.

—BUENO, ¿QUÉ PASA CON YULIA Y LOS ESGUERRA? —pregunta Sara a la mañana siguiente durante el desayuno—. En la cena, parecía haber cierta tensión entre ellos y recuerdo que mencionaste algo acerca de eso en Chipre.

—Oh, ¿eso? —Le sirvo un cucharón de avena con arándanos. He empezado a buscar cuál es la dieta óptima para las mujeres embarazadas y planeo cambiar la de Sara para que tome comidas más saludables—. Sí, hay una enorme tensión… pero por una buena razón.

Deja la cuchara.

—¿Oh?

Me debato entre azucarar o no la peor parte de la historia, pero no ha vuelto a tener más episodios ni anoche ni esta mañana. Además, no tiene nada que ver con sus padres o con los acontecimientos traumáticos por los que ha pasado, así que decido contárselo, sobre todo después de que anoche se mostrara amistosa con la mujer rubia de Kent.

—¿Recuerdas que te dije que Esguerra tuvo un desacuerdo con un grupo terrorista y tuve que rescatarle? —le pregunto. Tras el asentimiento de Sara, continúo—: Bueno, hay una razón para que lo capturaran. Derribaron su avión en Uzbekistán por culpa de una información que Yulia le proporcionó al gobierno ucraniano.

—¿Qué? —Sara abre mucho los ojos—. ¿Por qué iba a hacer eso? ¿Estaba con Lucas en aquel momento?

—Por lo que me han contado, tuvieron un rollo de una noche en Moscú justo antes del accidente. En cuanto al porqué, ese era su trabajo en aquel momento. Colaboraba como espía para el gobierno ucraniano en Moscú.

—Oh, vaya, eso es… —Sara parece sorprendida, se ha quedado sin palabras.

Le sonrío.

—Sí, lo sé. Kent también estaba en el avión, por cierto, junto a casi cincuenta de los hombres de Esguerra. La mayoría falleció y, por eso, Esguerra acabó en un hospital de Taskent, herido y sin protección.

—Oh, joder —murmura Sara—. ¿Cómo sigue viva y casada con Lucas?

Vuelvo a sonreír. Mi pequeña civil está empezando

a pensar igual que yo.

—Para serte sincero, no estoy seguro —contesto—. Dejé la finca justo antes de que se produjera el embrollo. Pero supongo que está viva porque están casados. Una vez le ayudé a sacarla de Moscú para que pudiera castigarla personalmente, pero no sé mucho más, aparte de que acabaron juntos de alguna manera y, por lo que parece, son bastante felices.

Sara niega con la cabeza.

—Vaya, yo… no tengo palabras. —Se sumerge en la avena y yo acabo con la mía a toda velocidad antes de levantarme para quitar la mesa.

Lleno el lavavajillas y la observo a escondidas. Parece perdida en sus pensamientos mientras sorbe el té, pero no hay rastro de la expresión vacía, los ataques de pánico ni la hiperventilación, conectados con los recuerdos. Anoche se despertó con una pesadilla, pero le hice el amor y se volvió a dormir.

Quizás ayer fue un día anómalo y, después de todo, mi *ptichka* esté bien. En cualquier caso, la psicóloga llegará en avión esta mañana y podrá verla a primera hora de la tarde. Otra buena noticia es que la operación de anoche ha salido a las mil maravillas. Con los recursos de Esguerra y los archivos detallados que tenía yo sobre Henderson, capturamos a todo el que quisimos, lo que significa que estamos un paso más cerca de resolver esta situación. Si hay una pizca de empatía en Henderson, cederá. Si no, lo encontraremos de todas formas y morirá con esas muertes en su conciencia.

Miro la pantalla del ordenador con los pelos de punta por el horror. Esperaba que Sokolov y los demás utilizaran todos sus recursos para buscarme, pero no algo así. Los mensajes que me llenan la bandeja de entrada son surrealistas. Mi tío, mis primos, la familia de Bonnie, todos nuestros amigos... desaparecidos, secuestrados en sus casas, colegios, de camino al trabajo o a la iglesia. Con dedos temblorosos, clico sobre la CNN y abro el vídeo de la web en el que se está hablando del tema.

—Se cree que la serie de secuestros que tuvieron lugar anoche en Asheville, Charleston y el área de Washington D. C. quizás estén conectados —informa el presentador al cámara con un entusiasmo apenas reprimido—. Hasta ahora, no se ha hecho ninguna petición, pero la policía espera saber algo sobre los secuestradores en cualquier momento. En total, se ha denunciado la desaparición de diecinueve ciudadanos y uno de los secuestros se ha grabado en una cámara de seguridad.

El vídeo se transforma en una grabación granulosa en la que dos figuras enmascaradas cogen al tío Ian mientras está llenando el depósito del coche en una gasolinera. Los movimientos de los secuestradores son suaves y coordinados, está claro que son profesionales que saben lo que hacen.

—Otra vuelta de tuerca de la historia es que, al parecer, parte de estos ciudadanos ya sufrieron agresiones y raptos en el pasado —continúa el presentador y la cámara enfoca a una pelirroja llorosa, Sandra, la mujer de mi amigo Jimmy. Por Dios, que la dejen en paz. Ya es bastante malo que mi mejor amigo, cuyo nombre le pusimos a nuestro hijo, esté entre esas garras despiadas.

—¿Por qué sigue ocurriéndonos esto? —solloza Sandra mientras la máscara de pestañas se le extiende por la cara pecosa—. La última vez le dieron una paliza y le dispararon, por lo que tuvo que retirarse del Cuerpo. ¿Y ahora esto? ¿Por qué? ¿Qué quieren de nosotros?

«A mí. Me quieren a mí». La bilis ácida me arde en la garganta. La policía no sabrá nada de los secuestradores porque la petición me la han enviado directamente a mí. O, mejor dicho, a la CIA, donde aún tengo contactos, como bien saben.

Podría haberlo previsto y tomado algunas medidas para prevenirlo, pero asumí que cualquiera a quien Sokolov hubiera interrogado en el pasado estaría a salvo porque no sabían nada la primera vez.

Me he estado centrando en la Operación Desde el Aire y he subestimado lo psicópatas que son mis oponentes. Me da un espasmo en el cuello y el dolor siempre presente se convierte en agonía cuando pauso el vídeo y hago clic sobre la bandeja de entrada, donde vuelvo a leer el último correo.

«Diecinueve horas, diecinueve vidas», dice el mensaje que ha recibido la CIA. «El reloj comienza a correr a partir del mediodía, hora oficial del este. Entrégate, Wally, o verás cómo mueren todos, uno a uno».

Después del desayuno, Peter sale para ponerse al día con unos negocios, junto a Esguerra y el equipo ruso, por lo que decido visitar a Nora en la casa principal. Por primera vez en una semana, no me siento tensa ni ansiosa. Tengo el estómago totalmente asentado y el corazón me palpita a un ritmo normal.

Voy tarareando mientras camino, disfrutando del aire cálido y húmedo que me roza la piel. Me siento bien, casi tanto como antes de que todo ocurriera, antes de que mis padres...

«La mente se me bloquea y una oleada de entumecimiento me sobreviene cuando se oye un tercer disparo. Miro a mi marido, tumbado de espaldas y ensangrentado. Luego, observo al agente que está en el umbral con la cara desencajada por el odio mientras le apunta a la cabeza. La pistola que Peter ha dejado caer mientras se peleaba con el otro agente capta mi atención. Está a menos de un metro. Estiro la mano y la cojo. La noto fría y pesada bajo los dedos, lo que se añade al aturdimiento gélido que siento en el corazón. Mis padres están muertos y están a punto de asesinar a Peter.

Encañono al agente y presiono el gatillo una milésima de segundo antes que él. Mi disparo falla, pero le sorprende, por lo que el suyo se desvía. Se gira hacia mí y disparo de nuevo. Le golpea en el chaleco, haciéndole retroceder. Sin dudarlo, camino hacia él y levanto el arma de nuevo.

"No...", jadea, buscando aliento, y presiono el gatillo.

La cara le explota en mil pedazos de sangre y hueso. Es como un videojuego superrealista, al que se le ha añadido olor, gusto y...»

—¡Joder, Sara! ¿Qué te pasa? ¿Qué ocurre?

Vuelvo a la realidad, jadeando en busca de aire. Estoy en el suelo, hecha un ovillo fetal, y Lucas Kent está inclinado sobre mí, con las facciones duras y tensas por la preocupación y los ojos claros examinándome de la cabeza a los pies. Tras no encontrar ninguna herida evidente, me coge de los hombros y me pone en pie. Siento las rodillas débiles y estoy temblando, con la camiseta empapada en sudor y pegada al cuerpo. También siento tanto frío que me estremezco a pesar del calor del sol que se me pega a la piel.

—¿Estás bien? —pregunta Kent, sujetándome por los hombros. Cuando asiento de forma automática, me suelta y pregunta—. ¿Qué ha sucedido? ¿Te has asustado o te has hecho daño?

Niego con la cabeza y respiro de manera tan acelerada que no consigo hablar.

—Vale. ¡Diego! —Hace un gesto con la mano a un guardia que pasa por allí y me doy cuenta, aturdida, de que es el mismo que nos guio hasta la casa—. Quédate con ella —le ordena Kent cuando el joven se apresura hacia nosotros—. Voy a llamar a Peter.

Y, antes de que pueda quejarme, se aleja corriendo.

73

*P*eter

—¿Dónde está Kent? —pregunta Esguerra cuando entro en el edificio pequeño y moderno que hace las veces de despacho. Prefiere conducir los negocios lejos de casa y de la familia, aunque Nora sea especialista en los pormenores de su imperio ilegal.

—¿Por qué iba a saberlo yo? —contesto mientras me siento junto a Yan, que está mirando el móvil. Ilya y Anton ya están allí también, el primero está masticando, alegre, una galleta de la bandeja que Ana nos ha vuelto a traer—. ¿No se hospeda en tu casa?

Esguerra frunce el ceño.

—Estaba haciendo la ronda con los guardias esta mañana. —Lanza una mirada a uno de los muchos monitores de televisión alineados en las paredes antes de mirarnos—. Parece que tendremos que informarle después. Espero una llamada. —Desvía la mirada hacia mí—. ¿Sabemos algo de Henderson?

—No, y no creo que se ponga en contacto hasta dentro de algún tiempo. Aún queda una hora para que comience el plazo —digo tras mirar al reloj de uno de los monitores—. Supongo que tendremos que poner en práctica nuestra amenaza con varios rehenes antes de que se dé cuenta de que vamos en serio.

Esguerra asiente.

—Bien, ya les he dado instrucciones a nuestros hombres sobre cuáles matar primero. ¿Tienes algo de los piratas informáticos?

—En realidad, sí —dice Yan antes de levantar la mirada del teléfono—. Acaban de localizar al francotirador, el que disparó al agente durante el arresto de Peter.

La mano se me tensa sobre la mesa.

—¿Quién es?

—Al parecer, es una mujer —dice Yan con los ojos fijos en el móvil de nuevo—. Se la conoce por el nombre de Mink y es de la República Checa. Espera, se está cargando la foto.

—¿Y los dobles? —pregunta Anton—. ¿Se sabe algo de esos cabrones?

Yan no responde y, cuando lo miro, veo que una vena le palpita en la sien mientras mira la pantalla del teléfono.

—¿Qué ocurre? —pregunta Ilya con el ceño

fruncido mientras su gemelo, sin palabras, le tiende el móvil.

La enorme cara de Ilya se convierte en piedra.

—¿Ella? —Observa a su hermano—. ¿Esta es Mink?

¿Qué cojones? Le quito el teléfono de las manos a Ilya y examino la imagen de la pantalla. La cara de la mujer, captada de perfil por la cámara, es joven y bastante bonita, con las facciones delicadas enfatizadas por el pelo rubio, corto y de punta en torno a la piel pálida. En uno de los lados del cuello hay un pequeño tatuaje indistinguible y lleva la pequeña oreja agujereada con varios *piercings*.

—¿Quién es? —pregunto tras mirar a los gemelos—. ¿De qué la conocéis?

La cara de Yan se tensa.

—No importa. —Me coge el móvil—. Voy a enviar a los hombres para que la capturen, debe saber dónde está Henderson.

—Sí que importa —dice Esguerra mientras los pulgares de Yan recorren la pantalla a un ritmo frenético—. ¿Quién coño es?

—La conocimos en Budapest —responde Ilya cuando Yan ignora la pregunta—. Trabaja como camarera en un bar.

¿Una camarera de Budapest? ¿Por qué me resulta familiar?

—¿Es con la que te acostaste mientras estábamos en Japón? —suelta Anton, mirando a Yan—. ¿Era por ella por la que estaba enfadado Ilya?

La enorme mandíbula de Ilya se contrae.

—No estaba enfadado, pero sí, se la folló —dice señalando a su hermano con el pulgar.

Yan golpea el teléfono contra la mesa.

—Cállate la puta boca.

Observo la escena, divertido. El frío y sereno Yan está más cerca de perder el control que nunca. La cara de Ilya se vuelve roja y se levanta de golpe, derribando la silla. Me pongo en pie también al darme cuenta de que está a punto de empezar una pelea y, en ese momento, Kent irrumpe en la sala.

—Es Sara —dice, jadeando como si hubiera corrido un kilómetro y medio en cuatro minutos—. Peter, tienes que venir conmigo enseguida.

74

Ignorando el molesto dolor en el costado, llevo a Sara a casa. Es capaz de caminar, lo sé porque me lo ha dicho con voz temblorosa, pero me importa una mierda. Está tan pálida y tiene un aspecto tan frágil que tengo que abrazarla, sentir su cuerpo esbelto contra el mío para saber que no está herida físicamente, para poder fingir que tanto ella como el bebé están bien.

La sangre se me ha helado al ver aparecer a Kent y aún no me he recuperado del todo. No ayuda que, cuando me he acercado corriendo, mi *ptichka* estuviera más pálida que ahora… más débil.

—Hemos llegado —digo con suavidad al aproximarnos a la casa—. Te darás una ducha enseguida, ¿vale? —Lleva la ropa manchada de hierba y barro, igual que las manos, las rodillas y parte de la cara.

No se opone ni a la ducha ni a que le ayude a quitarse la ropa, lo que me indica lo mal que se siente. Ayer, se hubiera esforzado en convencerme de que estaba bien. Cuando está desnuda, abro el grifo y espero a que la temperatura se ajuste. Luego, la meto dentro y me quito la ropa para unirme a ella bajo el chorro. El agua me moja los vendajes enseguida, pero no me importa. Estoy seguro de que se me despegarán, pero estaré bien.

—¿Qué has visto, mi amor? —pregunto con delicadeza cuando me echo el gel sobre la mano. A pesar de que estoy preocupado por ella, la polla se me endurece, atraída por la piel sedosa y los botones rosados de los pechos. Sin compasión, reprimo las ganas de hacer algo con ella que no sea lavarla. El sexo no lo arreglará, por mucho que lo desee. Mi *ptichka* necesita enfrentarse a sus demonios. Necesita dejarme entrar, dejarse entrar a sí misma. Aprieta los ojos con fuerza y niega con la cabeza.

—No puedo hablar de eso. Lo siento.

¡Joder! Noto que podría atravesar la pared de cristal del cubículo con el puño, pero, en lugar de eso, comienzo a lavarla y me centro en ser lo más delicado posible. No necesita más violencia. Ha visto demasiada.

~

LA PREOCUPACIÓN, MEZCLADA CON UNA DOSIS saludable de culpa, me sigue devorando las entrañas cuando hago la comida para Sara. No tenía que haberla dejado sola durante esos treinta minutos, debería haber estado aquí y haber hecho algo para prevenirlo. ¡Por Dios, debí haberla protegido del trauma desde el principio!

Para alivio mío, parece mucho más recuperada después de la ducha, hasta el punto de volver a fingir que está bien, que Kent no la ha encontrado hecha un ovillo como un niño herido sobre la hierba.

—¿Por qué no dejamos que la psicóloga descanse después del vuelo? —dice cuando le informo de que la voy a llevar a ver a la doctora en cuanto comamos—. No pasa nada si empezamos mañana con las sesiones.

—Descansará tras hablar contigo. —No voy a posponerlo, no después de lo que he visto. Esguerra me escribió porque quería que pasara por el despacho después del almuerzo, pero no voy a dejarla sola de nuevo. Henderson y toda esa mierda pueden esperar.

Sara suspira y pincha con el tenedor un trozo de ensalada de col rizada antes de mirar hacia arriba.

—Sabes que no me voy a curar mágicamente si hablo con esa doctora, ¿verdad? —Tiene los ojos color avellana llenos de preocupación—. La terapia no siempre ayuda en situaciones como esta.

Al menos reconoce que hay una «situación». Me levanto y camino en torno a la mesa hasta su silla.

—Lo sé, mi amor —respondo con suavidad, mirándole el rostro girado hacia arriba. Tras colocarle las manos en los hombros, se los masajeo, sintiendo la tensión en los músculos delicados—. No hará magia, pero será un comienzo.

Y, tras postrarme de rodillas junto a la silla, la rodeo con los brazos y la aprieto contra mí porque necesito sentir su latido contra el mío, convencerme de que puedo deshacer el daño que he hecho.

75

Sara

La doctora es una mujer alta que ronda los cincuenta años. Si Sandra Bullok hubiese interpretado el papel de villana y jefa estilosa en *El diablo viste de Prada,* se habría parecido a esta psicóloga, empezando por las elegantes gafas de diseño.

—Hola —dice antes de tenderme la mano delgada con una manicura perfecta—. Soy la doctora Wessex.

—Hola. —Le doy la mano—. Soy Sara.

Estamos en una casa similar a la que tenemos Peter y yo, en una consulta pequeña con una ventana que da al camino. Veo a Peter caminar de un lado a otro en el exterior. La doctora Wessex se ha mostrado inflexible: no podía estar presente en las sesiones de terapia.

—Encantada de conocerte, Sara. —Se sienta detrás

de una mesa brillante y hago lo mismo en el sillón reclinado del otro lado—. Tu marido me ha contado qué te trae por aquí hoy, pero me encantaría escucharlo con tus propias palabras.

Me remuevo en el asiento.

—Preferiría no hablar del tema.

Inclina la cabeza.

—¿Por qué? ¿Te duele?

Cojo aire cuando el pecho se me constriñe.

—No. Quiero decir, sí, claro. Solo que... no quiero pensar en eso.

—¿Porque mataron a tus padres? —Me estremezco y miro a otro lado—. ¿O porque ocurrió algo más? —me presiona la doctora—. ¿Quizás algo que te resulte difícil de asimilar?

La respiración se me acelera, aprieto las manos hasta clavarme las uñas en las palmas y el ligero dolor me ayuda a centrarme en el presente. No puedo entrar ahí, no voy a hacerlo. Cuando permanezco en silencio y me niego a mirarla, la doctora Wessex suspira y dice:

—¿Has oído hablar alguna vez de la Desensibilización y reprocesamiento por movimientos oculares o de sus siglas en inglés EMDR?

Le dedico una mirada inexpresiva y niego con la cabeza.

—Es una terapia bastante nueva y poco convencional con la que he tenido resultados satisfactorios en el último año. La idea es que superes la experiencia negativa al centrarte en un estímulo externo. Para ser más específica, voy a pedirte que sigas el movimiento de mi mano con los ojos mientras narras un recuerdo doloroso concreto.

Pestañeo.

—¿Qué?

Sonríe.

—Voy a hacer esto. —Mueve la mano de forma rítmica de un lado a otro, como si estuviera comprobando mi visión—. Y debes seguir el movimiento con los ojos. Venga, practiquemos.

Continúa el movimiento de un lado a otro mientras sigo el dedo con la mirada como un gato persiguiendo la luz de un láser. No sé si va a servir de algo, pero lo intentaré.

—Perfecto, vale —dice cuando lo hago bien—. Ahora, centrémonos en un recuerdo angustioso… por ejemplo, tu ataque más reciente. ¿Qué has visto? ¿Qué acontecimiento has revivido? O, si no quieres centrarte en eso, elige otro… o podemos empezar por el principio.

Aún sigo los movimientos de su mano con los ojos y, por alguna razón, me resulta más fácil alejarme de la presión volcánica del pecho. Siento un peso enorme en él, pero es como si le estuviese ocurriendo a otra persona. Muevo los ojos de un lado a otro, siguiendo los dedos, mientras comienzo a hablar. Con lentitud, titubeante, repaso los acontecimientos de ese día, desde el equipo de los SWAT presentándose ante nosotros hasta el momento en el que presioné el gatillo por primera vez.

Ahí es donde me detengo, incapaz de decir una

palabra más porque estoy temblando con demasiada violencia. Para alivio mío, la doctora Wessex no lo fuerza. En lugar de eso, me dice que me centre en cómo reacciona mi cuerpo y en los pensamientos que tengo en este instante. Y, durante todo el tiempo, mueve la mano de un lado a otro para mantenerme centrada, distraída del dolor y la pena sofocantes.

Cuando Peter entra para recogerme, estoy tan destrozada emocional y físicamente que volvemos a casa enseguida para que pueda acostarme. Me despierto hora y media después por el sonido amortiguado de voces masculinas. Tras ponerme un vestido, me arrastro hasta la ventana y oteo a través de las cortinas cerradas. Son Kent, Esguerra, Peter y Yan. Están fuera, hablando de algo. Contengo la respiración para intentar entender qué están diciendo.

—Todavía nada —dice Kent con expresión indignada—. ¿Estamos seguros de que le ha llegado el mensaje?

—Oh, sí, le llegó —dice Peter, sombrío—. Pero el cabrón es demasiado gallina como para hacer algo al respecto.

Esguerra mira a Yan.

—¿Qué tal tu ligue? ¿Cuándo se supone que llega?

La mandíbula de Yan se tensa visiblemente, pero parece controlarse.

—Pronto —dice sin mostrar ninguna emoción—. Muy pronto.

—Bien. —Una sonrisa terrorífica le curva los labios a Esguerra—. Cuando la tengamos, no importará si Henderson hace algo noble o no. Encontraremos a ese hijo de puta esquivo.

Los hombres se separan y yo me alejo de la ventana, confusa, pero esperanzada. Sigo sin saber con exactitud lo que están haciendo, pero parece que la situación con Henderson está progresando y, por muy malo que suene, no puedo esperar a que el antiguo general pague.

76

Henderson

—ERES UN PUTO PSICÓPATA, ¿ME OYES? ¡UN PSICÓPATA! —grita Bonnie mientras las lágrimas y los mocos le recorren el rostro—. Han muerto cinco personas a las que queríamos y no te importa una mierda.

Me agacho cuando me lanza un vaso y este se rompe contra la pared detrás de mí, destrozándose por el impacto. Cada palabra que me dirige es tan letal como sus proyectiles y la rabia resultante se combina con una migraña que me nubla la visión con puntos rojos. No debería haberme olvidado de renovarle la medicación. Tendría que estar drogada en la cama, en vez de leyendo mis mensajes y viendo las putas noticias. Un plato me roza la oreja y pierdo el control.

—¡Sí que me importa, cojones! —rujo antes de

rodear la mesa para sujetarla por los hombros huesudos—. Mi primo Lyle es uno de esos muertos. ¿Y qué? Los matarán de todas formas, igual que a ti, a Amber y a Jimmy. ¿Crees que debería presentarme ante esos asesinos en bandeja de plata? ¿Eso es lo que debería hacer, joder?

La estoy sacudiendo con tanta fuerza que le castañean los dientes en ese cráneo vacío, pero se niega a retroceder.

—Hostias, pues a lo mejor es lo que deberías hacer —grita mientras me rocía la cara de saliva—. Estaríamos todos mucho mejor si estuvieras muerto.

Iracundo, la empujo y choca con la nevera justo cuando nuestra hija entra en la cocina.

—¿Mamá? ¿Papá? —Pasea los enormes ojos azules entre Bonnie y yo—. ¿Qué ocurre?

¡Joder! Amber no debería haber visto esto. De mis dos hijos, ella es la que se pone siempre de mi lado.

—Nada, cariño —consigo decir con calma—. Mamá necesita sus medicinas, eso es todo.

Y, tras dejar a Bonnie sollozando en el suelo, llevo a mi hija de vuelta a la habitación. No puedo salvar a todas las personas que me importan, pero protegeré a mi familia, incluso aunque los putos integrantes lo hagan muy difícil.

Por fin he conseguido ponerle las manos encima al plano de las instalaciones colombianas de Esguerra y estoy estudiándolo para la Operación Desde el Aire cuando percibo que la casa está silenciosa, muy silenciosa.

No hay explosiones de un videojuego en el salón ni golpeteo de platos en la cocina a pesar de que es la hora de cenar. La tensión se me pone por las nubes mientras voy de habitación en habitación. Nada. No hay nadie. La cabaña de Islandia está tan fría y vacía como las carreteras cubiertas de nieve del exterior.

Corro al garaje y, cómo no, el Jeep ha desaparecido. Bonnie debe habérselo llevado al pueblo con los niños. Esa zorra estúpida. Golpeo la palma contra la pared. Le he dicho un millón de veces que no saque ni un pelo de este lugar. ¿Cómo ha podido correr ese riesgo con lo que está ocurriendo con nuestros amigos y familiares? ¿No se da cuenta de que mis enemigos la despellejarán costilla a costilla? A menos… El pecho se me contrae y el aire se me esfuma de los pulmones. No lo haría. No podría. Joder, no se atrevería.

Sin embargo, vuelvo como un autómata al interior de la casa, a su habitación. Solo he mirado brevemente en el interior, solo lo justo para ver que no estaba allí. Entonces, entro y observo a mi alrededor mientras la rabia me hierve vivo. En su mesilla de noche, debajo del mando del televisor, hay un fragmento pequeño de papel con su caligrafía.

«Nos vamos», dice. «Preferimos arriesgarnos a estar "a salvo" aquí contigo».

Peter

Entro en el cobertizo de los interrogatorios donde hay una mujer joven atada a una silla. Tiene la pequeña cara decorada con moratones y el labio inferior partido, lo que le da un aspecto triste. Sin embargo, la mirada es clara y desafiante. Esta francotiradora preciosa no es ninguna pusilánime. Me pregunto si habrá sido Yan el que le ha hecho esos moratones durante el interrogatorio o si serán por la pelea que se produjo ayer durante su captura. Escucho pasos y, al girarme, me encuentro con Yan e Ilya que entran en la sala.

—Acabamos de obtener los archivos de los nombres que nos ha dado —dice Ilya con el teléfono en alto—. Nuestros dobles tienen un buen historial. Los cuatros son antiguos Delta del ejército, de la misma unidad. Ellos y varios de sus compañeros pasaron por un juicio militar hace quince años por violar en grupo a una chica de dieciséis años en Pakistán. A seis de ellos se les arrestó, pero los demás se escaparon y continuaron como fugitivos. Desde entonces, han hecho trabajos aleatorios aquí y allí, desde pequeños asesinatos hasta poner bombas para organizaciones terroristas.

Mientras habla, me muevo por las fotos de la pantalla. Está claro que usaron buenos disfraces para hacerse pasar por nosotros. No nos parecemos, como mucho, uno de ellos me recuerda vagamente a mí, pero incluso este tiene el pelo rubio oscuro. Se me ocurre una idea.

—¿Quién hizo el maquillaje y los disfraces? —le pregunto a la francotiradora tras acercarme a la silla—. Parece alguien muy diestro.

Jura que no sabe dónde se encuentra Henderson y ese *ublyudok* gallina no ha cedido, ha dejado que mueran amigos y familiares en su lugar, por lo que necesitaremos encontrar otra manera de llegar hasta él… quizás a través del equipo que usó para colocar el explosivo. Permanece en silencio durante unos instantes antes de decir con aspereza:

—Yo, fui yo.

Levanto las cejas, escéptico.

—¿En serio?

Abre los agujeros de la nariz.

—¿Por qué iba a mentir? Ya os he dado los nombres. ¿Qué más da una cosa así entre todo lo demás? —Su acento es tan puro como el de cualquier americano. Me pregunto cuándo y cómo aprende una chica checa a hablarlo tan bien.

—Será fácil confirmarlo —dice Yan, dando un paso hacia delante para colocarse a mi lado—. Me mostrará sus habilidades esta noche.

—Y a mí. —Las manos de Ilya se tensan junto a los costados mientras mira a su hermano.

Genial, siguen como el perro y el gato por ver quién se la folla. Dejo a un lado el enfado y le hago a la chica varias preguntas que responde a regañadientes. Como es una contratista privada sin nadie a quien ser leal, ha decidido, de manera inteligente, cooperar con nosotros a cambio de su vida y de la libertad. De todas maneras, planeo matarla, ya que los padres de Sara están muertos por su culpa, pero, por ahora, dejaré que crea que va a poder marcharse. En cualquier caso, no es tan útil como esperaba. Dice que solo ha visto a Henderson en persona una vez y que no tiene ni idea de dónde se oculta. Tampoco sabe dónde están nuestros dobles, aunque ha trabajado con ellos con frecuencia en el pasado. Otro cabo suelto, pero no pierdo la esperanza.

Ahora tenemos más nombres que buscar y alguno de ellos nos llevará a nuestro objetivo.

AL LLEGAR A CASA, ME SIENTO ALIVIADO PORQUE SARA siga durmiendo, como ha ocurrido las dos tardes anteriores. Aunque no quiera admitirlo, el embarazo y las náuseas que lo acompañan la están afectando. Por no mencionar las sesiones de terapia con la doctora Wessex. Sea lo que sea por lo que le hace pasar la psicóloga, parece agotar a mi *ptichka* hasta el punto de caer rendida en cuanto entramos en casa.

—¿Qué tipo de terapia está usando? —le pregunté a Sara anoche y me explicó que era algo acerca del movimiento de los ojos y de cómo se supone que eso entrena al cerebro para procesar los recuerdos traumáticos de forma diferente. No estoy seguro de haberlo entendido por completo, pero solo ha tenido un pequeño ataque desde que empezó con las sesiones, al menos hasta donde yo sé.

Es muy posible que esté escondiéndomelos. Aún no ha llorado ni hablado sobre lo ocurrido, por lo que debe estar guardándoselo dentro, toda la pena y el dolor están llenando el vacío que dejó la muerte de sus padres.

Lo más extraño es que yo también los siento, no solo el eco de su dolor, sino mi propia pérdida. Durante los cuatro meses siguientes a la boda, conseguí conocer a Chuck y Lorna, llegaron a gustarme y los respetaba. Eran buenas personas, padres preocupados y, aunque tenían todos los motivos para odiarme, poco a poco empezaron a abrirse, a dejarme ser parte de sus vidas y de su familia, una familia que una vez más no fui capaz de proteger. Con calma, salgo del dormitorio con el pecho dolorido y tenso. No sé si me perdonaré alguna vez lo ocurrido, haber fallado a la hora de prever que el enemigo al que había perseguido de manera tan diligente no iba a contentarse con salir de las sombras y seguir su vida, por no haber anticipado la forma traicionera que tomaría su venganza.

Sigo de mal humor cuando entro en el salón y abro el portátil para comprobar el correo encriptado que he usado para comunicarme con el contacto de Henderson en la CIA. Los diecinueve prisioneros están ya muertos, por lo que no espero ver nada, aunque lo reviso por costumbre.

Por eso, el mensaje de un remitente desconocido me pilla por sorpresa. Tras abrir el correo, lo leo, una y otra vez, incapaz de creérmelo.

«Si quiere a Wally, venga a verme a la cafetería Marison en Londres a las 9 de la mañana del miércoles. Venga solo.

-Bonnie Henderson».

—... ESTÁ CLARO QUE ES UNA TRAMPA —OIGO QUE DICE Ilya cuando salgo de la habitación, dando un bostezo después de la siesta—. Está intentando atraerte, eso es todo.

—Por supuesto, pero, aun así, debemos seguir la pista —comenta Kent mientras me sitúo donde no me puedan ver y oteo el salón. Peter, Esguerra, Kent y los tres miembros rusos del equipo de mi marido están agazapados en torno a un ordenador sobre la mesa de café, llenando el lugar con tanta testosterona que casi puedo saborearla. «Masculinidad letal» son las palabras que me vienen a la mente al ver los cuerpos altos y musculosos y los rostros duros. Masculinidad letal que destroza bragas.

Por supuesto, Peter es mucho más atractivo que los demás, decido mientras continúan hablando, ignorantes de mi presencia. El aspecto rubio de Kent recuerda a un vikingo saqueador y siento que hay algo muy cruel en Esguerra, igual que, hasta cierto punto, en Yan y Anton. Ilya es el único que parece tener una pizca de humanidad, pero no es mi tipo, aunque entiendo que a muchas mujeres les pongan cachondas esos músculos enormes y los tatuajes en la cabeza.

—¿Estamos seguros de que es Peter el que debe ir solo? —dice Esguerra, agazapado frente a la pantalla del portátil—. El correo no va dirigido a nadie en concreto.

El aire se me escapa del pecho y todos los pensamientos acerca de la apariencia de los hombres desaparecen de mi mente. ¿Alguien quiere que Peter vaya a algún sitio solo?

—Los piratas informáticos están rastreando el correo —comenta Yan con la mirada fija en el móvil—. Pronto sabremos la dirección IP desde la que se envió.

Peter hace un gesto despectivo.

—No será un dirección IP real. Henderson sabe cubrir sus huellas.

—Pero ¿y si no es Henderson? —Esguerra se levanta—. ¿Y si, de verdad, es su mujer?

Ilya resopla.

—Sí, claro. Si creemos eso, tiene un puente por el que puede...

—No, Julian tiene razón —interrumpe Peter—. Hay algo en esto que no se parece en nada a lo que haría

Henderson. Si quisiera atraerme, utilizaría una pista más creíble, haciéndose pasar, por ejemplo, por su contacto de la CIA o algo así. Al firmar el correo con el nombre de su mujer, nos estaría diciendo directamente que es una trampa. No hay que trabajar en la agencia para saber que es la táctica más ligada al fracaso.

—Quizás por eso la esté utilizando —contesta Kent—. Porque es absurda y poco creíble.

—O porque no es él el que ha escrito el correo. —Esguerra cruza los brazos sobre el pecho—. Os lo estoy diciendo, podría ser su esposa.

—¿Por qué contactaría su mujer con Peter? —pregunta Anton, rascándose la barba—. Acabamos de matar a diecinueve amigos y familiares y dejado los cuerpos para que la policía los descubra. ¿Acaso tiene tendencias suicidas?

—Quizás —dice Yan mientras me llevo la mano a la boca para reprimir un jadeo por el horror. ¿Diecinueve personas? ¿Han matado a diecinueve inocentes para encontrar a Henderson?—. Piénsalo —continúa Yan sin saber del ritmo vertiginoso de los latidos de mi corazón—. Llevamos detrás de su marido años. Pensad en todo el estrés por el que ha tenido que pasar la familia. ¿No es esto lo que creíamos que iba a pasar cuando puteamos a esas personas la primera vez? ¿No esperábamos que la familia de Henderson, la mujer, la hija o el hijo, metiera la pata por la presión y acabara cometiendo este tipo de fallos?

—Esto es más que un fallo —dice Kent—. No la hemos encontrado porque haya contactado con sus amigos, preocupada. Se ha comunicado con nosotros a través de un correo que solo Henderson y el contacto de la CIA conocen.

—A menos que haya accedido al correo de su marido y haya visto el mensaje que le había enviado la CIA —contesta Esguerra—. Entonces, ella también lo conocería.

Sigo tapándome la boca con la mano mientras retrocedo, con cuidado de no hacer ruido. Entiendo ahora por qué Peter no quería contarme los detalles de su plan. No es por mi estado mental, es porque han cometido una masacre.

eter

Estamos ideando la mejor manera de abordar la situación cuando Sara entra en el salón.

—Aquí estás —digo con una sonrisa—. ¿Qué tal la siesta?

Hace coincidir los ojos con los míos brevemente antes de desviarlos.

—Muy bien. Hola a todos. —Saluda a los hombres sin una sonrisa.

—Reunámonos de nuevo más tarde —dice Esguerra mientras se levanta del sofá—. A las ocho en mi oficina. —Miro a Sara, que se desliza entre nosotros hasta la cocina y se sirve un vaso de agua. No quiero dejarla sola, por eso pedí que vinieran hasta aquí. Al entender mi dilema, Esguerra añade—: Sara, Nora se preguntaba si podrías ayudarla con Lizzie esta noche. Rosa tiene la tarde libre.

Sara le mira de manera inexpresiva.

—Claro, me encantaría. —Esguerra asiente, satisfecho, y se marchan a toda velocidad, así que nos quedamos a solas. Me alegro porque no me gusta su extraño cambio de humor. ¿Ha ocurrido algo mientras dormía?

—*Ptichka…* —Entro en la cocina y me detengo frente a ella—. ¿Has tenido otro ataque esta tarde?

Pestañea.

—¿Qué? No.

Le dedico una mirada dubitativa.

—¿Estás segura?

Se le tensa la mandíbula delicada.

—Sí, estoy bien. —Deja el vaso de agua en la encimera y se gira.

Pero no la voy a dejar escapar después de una mentira tan obvia. La agarro del brazo y le doy la vuelta para que me mire.

—Entonces, ¿qué ocurre? —le pregunto—. ¿Qué ha sucedido?

Me mira y veo una inexpresividad peculiar en esos ojos de suave color avellana.

—Nada, no ha ocurrido nada.

—Sara… no te encierres en ti misma.

La mirada le desprende angustia antes de ocultarse tras la inexpresividad.

—Te lo he dicho, no es nada.

—Algo será si te niegas a hablar conmigo. *Ptichka…*

—Le suelto el brazo para colocarle un mechón ondulado detrás de la oreja—. Por favor, mi amor, dime qué ocurre.

La cara se le tensa.

—Nada, déjalo.

«Déjame». Bajo la mano mientras escucho las palabras con tanta claridad como si me las estuviera gritando. El correo me había distraído temporalmente del mal humor, pero ahora ha vuelto, saber que he causado todo esto me presiona, me asfixia con un peso nauseabundo. Se lo he hecho a Sara. Sus padres están muertos por culpa mía. Su antigua vida ha desaparecido por mi culpa. Porque no la dejé, porque nunca he podido dejarla en paz.

—¿Me odias? —pregunto con calma—. No te culparía si lo hicieses.

Me mira y las pupilas se le oscurecen mientras se le acelera la respiración. No lo niega, ¿por qué iba a hacerlo? Si no fuera por mi obsesión por ella, sus padres seguirían vivos.

—Debería —contesta con voz tensa—. Una persona normal lo haría.

La presión en el pecho se intensifica y el dolor se vuelve más agudo. Por supuesto, todo esto es culpa mía.

—Lo siento. —Esas palabras tan inusuales en mí se me escapan de la garganta, dejándomela en carne viva—. Lo siento mucho, todo. No pude protegerlos… no pude protegerte. Debería haber supuesto que haría algo así, pero… —Me detengo porque no tengo ninguna excusa real.

Con todos los guardaespaldas y las medidas de seguridad que tenía preparados, estaba listo para que mis enemigos atacasen, pero no de esa manera. Los ojos de Sara se dilatan a medida que hablo y, antes de que haya acabado, empieza a negar con la cabeza.

—¿De qué estás hablando? —exclama cuando me quedo en silencio—. Eso no es lo que... ¿Crees que te culpo por la muerte de mis padres?

Frunzo el ceño, confuso.

—¿No?

—Por supuesto que no. Como mucho, soy yo... —Le toca a ella desmoronarse y los ojos le brillan con una luminosidad dolorosa. Antes de que pueda decir nada, continúa—: La cuestión es que la culpa es de Henderson, no tuya. Fue él quien colocó los explosivos para matar a esos inocentes y culparte por su muerte. Fue él quien envió el equipo de los SWAT a casa de mis padres.

—Lo sé, pero era mi enemigo.

—Sí, y tú eres mi marido. —Las lágrimas le inundan los ojos—. Me enamoré de ti. Yo te metí en sus vidas. Te presioné para tener una supuesta vida normal en la periferia de la ciudad. Si hubiese aceptado antes lo que sentía, habríamos sido felices en Japón y nada de eso habría ocurrido. Mis padres seguirían...

—¿En serio estás intentando convencerme de que eres tú la culpable de todo esto? —la interrumpo, incrédulo. Le cojo las manos y las aprieto con suavidad—. Sara, *ptichka*, ¿crees que, de alguna manera, eres responsable de lo sucedido?

¿Acaso no recuerda por qué acabó en Japón? ¿Cómo la obligué a tenerme en su vida y cómo la rapté? Las lágrimas hacen que le brillen aún más los ojos e intenta desviar la mirada de nuevo, pero no se lo permito. Vamos a llegar al fondo del asunto. Ahora mismo. Hoy. No importa lo complicado que sea. Porque, por fin, mi *ptichka* se está abriendo, hablando de lo ocurrido.

—Sara... —Le suelto las manos y le acaricio la mandíbula delicada—. Mi amor, no es culpa tuya, de ninguna forma. Yo soy el culpable de todo. Desde el primer momento en que te conocí, te deseé y no permití que nada se interpusiera en mi camino... ni siquiera tus propios sentimientos. Fui un cabrón y lo sigo siendo porque, incluso después de todo lo que ocurrió, no consigo hacer lo correcto.

Traga saliva.

—¿Lo correcto?

—Irme, dejarte en paz. —Tuerzo la boca mientras bajo la mano—. Eso es lo que haría un buen hombre, uno que quisiera resarcirse de sus pecados. Pero ese no soy yo. No puedo hacerlo. Los nueve meses que pasamos separados estuvieron a punto de destruirme y preferiría quemarme en el infierno una eternidad a pasar una vida sin ti.

Se estremece y veo cierta tortura en su mirada antes de tornarse, con cautela, inexpresiva una vez más.

—No tienes por qué hacerlo —dice con voz entrecortada—. No te estoy pidiendo que te marches. No quiero que me dejes. Eso es lo último que deseo y,

definitivamente, no te culpo por lo que ocurrió con mis padres.
—Entonces, ¿a qué te referías cuando has dicho que deberías odiarme? ¿Que una persona normal lo haría?
La respiración se le acelera de nuevo y retrocede, a la vez que niega con la cabeza y la humedad le inunda los ojos.
—Olvídalo. —Le tiembla la voz—. Olvídalo y punto.
La miro y una nueva idea se me ocurre.
—¿Cuándo te has despertado? —pregunto, siguiendo la corazonada.
Un escalofrío visible le pone los pelos de punta y sé que mi suposición es correcta. Nos ha escuchado. Trato de recordar lo que hemos dicho con exactitud y me encojo internamente. Es evidente que hemos hablado de los diecinueve muertos. Doy un paso al frente y la agarro por los hombros estilizados.
—Siento que hayas escuchado eso —digo con delicadeza—. Por si vale de algo, esperaba que Henderson se entregara a cambio de algunos de ellos.
Traga saliva.
—Sí, claro.
—¿Hubieras preferido que no hiciera nada, que siguiera en libertad después de lo que hizo?
Se le agita el pecho.
—Debería. —La voz se le agrava cuando me mira—. No que quedara libre, pero que lo arrestaran, que pagara por sus crímenes de una manera normal.
—¿Eso es lo que quieres? —pregunto con suavidad —. Si tuvieras una varita mágica y pudieras meterlo en

prisión por sus crímenes, ¿estarías satisfecha? ¿Te bastaría después de lo que nos ha hecho? A nosotros, a Pasha y a Tamila… a tus padres. —La respiración se le acelera aún más con cada palabra que pronuncio y veo que comienza a temblar. Se aleja de mi sujeción y camina fuera de mi alcance, pero le agarro la muñeca y la giro para que me mire—. Dime, Sara. —Sin piedad, la atraigo. Quiero que lo suelte todo, llegar al fondo de lo que le preocupe—. ¿Es eso lo que quieres para él? ¿La justicia normal de los civiles? ¿ O prefieres que sufra, que sepa lo que es el dolor real y la pérdida?

Las lágrimas le corren por la cara y le humedecen las mejillas.

—Déjalo —dice con voz ahogada, retorciendo la muñeca—. No… Yo no…

—¿No te gusta? —Me niego a dejarla escapar—. ¿Estás segura, mi amor? ¿No hay una parte de ti que se alegra un poco porque el padrastro de la paciente recibiera lo que merecía? ¿Porque presionaras el gatillo para disparar al agente que mató a tu madre? ¿Porque, aunque Henderson siga ahí fuera, ya esté pagando sus crímenes en carne y hueso? —Se le derraman más lágrimas y el temblor aumenta cuando digo con suavidad—: Se lo merece, Sara. Sabes que es así. Es una pena que otros deban morir por su culpa, pero es así como funciona el mundo. No es justo, no lo es. Lo sé porque, si hubiese justicia en esta vida, mi hijo seguiría aquí con nosotros. En lugar de morir con un coche de juguete en la mano, habría crecido hasta conducir uno de verdad. Habría ido al colegio y habría tenido citas. Y, un día, en el futuro, habría conocido a alguien a quien quisiera tanto como yo te quiero a ti, alguien que le hiciera olvidar las lecciones brutales de la vida.

Ahora está llorando, a la vez que me golpea el pecho y solloza, por lo que la rodeo con los brazos y la estrecho contra mí hasta que por fin el dique se rompe y deja ir la pena, hasta que se enfrenta al dolor y la pérdida.

80

Sara

LLORO DURANTE LO QUE PARECEN HORAS, TAN encerrada en el dolor que apenas siento cómo Peter me coge y me lleva hasta el sofá del salón. Mientras me abraza sobre el regazo y me mece hacia delante y hacia atrás, lloro por mis padres y por el hombre al que maté, por las víctimas de Peter y por Pasha y Tamila, pero, sobre todo, lloro por la mujer que fui, por la que no podía imaginar que acabaría con una vida... o que querría a un hombre capaz de asesinar.

Siento oleadas de dolor, culpa y rabia. Por Dios, siento tanta rabia. No sabía que la tuviera dentro. Si Henderson estuviese aquí, lo mataría con mis propias manos. Lo vería morir y disfrutaría de cada momento macabro. A pesar de todo, Peter y yo habíamos construido juntos una vida de ensueño, antes de perderla en unos minutos devastadores. ¿Eso es lo que le ocurrió a Peter cuando Pasha y Tamila murieron? ¿Sintió esto, que de repente el mundo había dejado de girar?

Mientras lloro, revivo todos los recuerdos contra los que he luchado con tanta fuerza. Escucho los disparos y el ruido del helicóptero, el olor a sangre y el pánico en el aire. Veo morir a mis padres y siento el peso gélido del arma entre las manos cuando presiono el gatillo… una, dos y tres veces.

Recuerdo lo que sentí al ver la cara del agente estallar y saber que estaba acabando con una vida humana, que, en el fondo, era capaz de hacer lo mismo que Peter. Lloro por eso y porque mi hijo nunca sabrá lo que es una verdadera vida apacible, porque crecerá en un mundo lleno de sombras y oscuridad. Lloro por papá, que nunca llegará a ser abuelo, y por mamá, cuyos últimos minutos pasó agazapada sobre el cuerpo sin vida de su marido. Lloro por ellos y odio al destino. En todo momento, Peter está ahí, abrazándome, prestándome su fuerza para que pueda caer sin romperme.

Peter

ESPERO A QUE LOS SOLLOZOS DE SARA SE ACALLEN ANTES de ceder al calor oscuro que me recorre las venas. Durante una hora larga, la he sujetado sobre el regazo mientras sentía su cuerpo ágil temblar y convulsionarse, retorcía sus glúteos perfectos contra mi ingle y frotaba los pechos suaves contra el mío.

Está mal que la desee de esta manera cuando acabo de presenciar la intensidad de su sufrimiento, pero no puedo evitarlo. La agonía me ha dejado en carne viva y se ha llevado la capa fina de civilización que ocultaba mis necesidades más primitivas. Soy una bestia desatada y ella es mi presa.

De manera salvaje, la beso y saboreo la sal de las lágrimas que se le secan sobre los labios mientras le desgarro la ropa, dejando al descubierto esa piel suave. Al principio, se muestra pasiva, agotada por la tormenta emocional por la que ha pasado, pero, poco después, me envuelve con los brazos delgados y me devuelve el beso, además de arrancarme la ropa con una ferocidad similar.

Mi camiseta cae en el suelo y se une al montón de prendas suyas. Luego, se pelea con la cremallera de mis vaqueros mientras se sienta a horcajadas, desnuda, sobre el regazo.

—Déjame a mí —le ordeno con brusquedad cuando parece que va a tardar una eternidad, pero ya lo ha conseguido y la polla se me libera, hinchada y anhelante, desesperada por hundirse en ese calor húmedo y estrecho.

—Te quiero —jadea cuando la penetro y siento los músculos internos apretarse en torno a mí, presionarme, darme la bienvenida a pesar del dolor que le debo haber causado, de la misma manera que me ha aceptado a pesar del sufrimiento que he traído a su vida.

No merezco su amor ni su perdón, pero le deslizo los dedos por el pelo, sujetándola para que se quede quieta mientras la devoro a besos al saber que la tengo, que es mía de verdad, para lo bueno y para lo malo.

—¿SEGURO QUE ESTARÁS BIEN? —ME PREGUNTA PETER por décima vez cuando nos acercamos a la mansión de Esguerra después de cenar y asiento, observando su inquietud.

—No te preocupes. No me pasará nada.

Por primera vez en semana y media, no es mentira. Siento los ojos como si me hubiese frotado papel de lija contra ellos y tengo un punzante dolor de cabeza por haber llorado, sin mencionar la molestia por haber practicado sexo en el salón, pero todas esas cosas son minucias. La parte peor del dolor, la pena y la culpa a las que no he sido capaz de enfrentarme en todos estos días, ha disminuido, aunque quizás no se vaya nunca por completo. Por supuesto, aún está el problema de los diecinueve rehenes muertos, pero intento no pensar en eso porque ¿de qué valdría? Tal vez mi marido sea un monstruo, pero no puedo vivir sin él, al igual que él no puede hacerlo sin mí.

—No tengo por qué ir —repite Peter—. Podemos dar media vuelta y volver a casa.

—¿Te refieres a la casa en la que Esguerra nos deja hospedarnos? ¿El mismo Esguerra cuya hospitalidad se basa en que le ayudes a coger a Henderson cuanto antes?

Peter encoge los hombros anchos sin mostrar preocupación.

—Lo entenderá si no puedo ir a la reunión.

Le sonrío y el pecho se me inunda de una calidez luminosa. El caballero oscuro siempre está dispuesto a batirse en duelo por mí.

—Quizás, pero no hay necesidad. Estaré bien. Para serte sincera, me apetece mucho pasar tiempo con Nora y Lizzie.

—De acuerdo, mi amor. Si estás segura… —dice cuando nos detenemos frente a la puerta principal de la mansión—. Llámame si necesitas cualquier cosa, ¿vale? No estaré lejos. —Señala a un pequeño edificio cercano que debe ser el despacho al que se refería Esguerra.

—Me parece bien. Nos vemos pronto. —Le coloco las manos en los hombros anchos, me pongo de puntillas y presiono los labios contra los suyos. Quería que fuera un pico de despedida, pero me pasa el brazo alrededor de la cintura y desliza la mano por el pelo, sujetándome mientras intensifica el beso, invadiéndome la boca como si no hubiéramos practicado sexo en meses, en vez de en horas. Se me acelera el corazón y la calidez se me enrosca en las entrañas cuando la polla se le endurece contra mi vientre. Por un momento, estoy tentada a aceptar su propuesta silenciosa, dejar a un lado los compromisos de esta noche para que podamos volver a la casa y pasemos las dos horas siguientes en la cama.

Solo cuando Peter interrumpe el beso para tomar aire, la cabeza se me despeja lo suficiente como para darme cuenta de que nos estamos liando en el porche frontal de Esguerra y que la cortina de la ventana más cercana se ha movido, como si alguien estuviera asomado.

—Espera. —Con la respiración acelerada, me separo y doy un paso atrás—. No podemos... No deberíamos hacerlo aquí.

Me mira con el poderoso pecho agitado y sé que, si no estuviéramos en público, ya se habría colocado sobre mí.

—Está bien —dice con voz gutural y las manos enormes se le flexionan a ambos lados de los costados—. Pero no te quedes mucho tiempo aquí... Recuerda, ante todo, eres mía.

Y, con esa afirmación cavernícola, se gira y se marcha con grandes zancadas.

~

Si Nora se ha percatado de los ojos rojos e hinchados, ha tenido el suficiente tacto como para no decirme nada mientras la acompaño a la habitación de Lizzie. En lugar de eso, me entretiene con una historia sobre un guacamayo escarlata que ha visto esta mañana mientras corría y otros encuentros interesantes con la vida salvaje de la zona.

—Parece que te encanta vivir aquí —comento con una sonrisa mientras se inclina sobre la cuna para coger a su hija. El bebé hace un sonido de disgusto antes de acomodarse en los brazos de su madre con la cabeza diminuta apoyada sobre el hombro delgado de Nora.

—Me encanta. —Sonríe tras sentarse en una mecedora y darle pequeños toquecitos a Lizzie en la espalda—. Desde el principio.

Me muerdo el labio inferior, a la vez que tomo asiento en un sofá pequeño junto a la silla. Una curiosidad oscura me atrapa, pero no sé si debería entrar en detalles tan personales con esta joven.

—¿Te gusta todo? —me aventuro al final.

No estoy hablando del tiempo ni de la naturaleza local y veo que Nora lo entiende. Aun así, la pregunta es lo bastante vaga como para contestarla, si quiere, en ese sentido. No deseo incomodarla.

Me estudia a través de unos ojos oscuros y reflexivos.

—No —dice con calma—. Todo no, pero lo quiero a él.

Por supuesto que sí. Lo vi en la cena. Y él la ama a

ella… aunque algunos digan que es un hombre incapaz de disfrutar de un sentimiento tan profundo. Antes de conocer a Peter, hubiese estado de acuerdo con ellos, pero, como todo en la vida, también ha cambiado y evolucionado mi visión sobre ese tema en los últimos dos años. Ahora sé que los asesinos despiadados aman y que al corazón le falta una brújula moral.

—¿Sabes algo acerca de la operación más reciente? —pregunto con suavidad cuando Nora permanece en silencio—. ¿La que tiene que ver con todos esos rehenes?

Es probable que no deba hablar de eso, pero, aun así, no consigo sacarme a las diecinueve personas muertas de la cabeza. Nora asiente.

—Sí y supongo que tú también, ¿no?

—Peter no quería contármelo, pero, esta tarde, los he escuchado. —Trago saliva—. Así que sí, ahora lo sé.

—Ah, me preguntaba… —Hace un gesto en dirección a mis ojos y sonríe con tristeza—. No importa.

Inclino la cabeza, sorprendida por lo calmada que parece, lo impávida que se muestra ante todo.

—¿No te inquieta? —le pregunto, incapaz de contenerme—. ¿No crees que ese tipo de cosas son… terroríficas?

Suspira y se cambia de hombro al bebé.

—Sí, por supuesto. No soy como Julian, no nací para esta clase de vida.

—Entonces, ¿cómo lo haces? ¿Cómo lo dejas pasar?

—Para serte sincera —contesta con suavidad—, no

lo sé. Lo único que tengo claro es que lo quiero… que lo necesito igual que la selva necesita al sol. Mi mundo es más oscuro por tenerlo a él, pero también es más luminoso y rico en muchos sentidos.

Me muerdo el interior de la mejilla. La entiendo con tanta facilidad que me asusta.

—¿Nunca te has preguntado si… si algo en tu interior está mal o roto? —pregunto cuando el bebé empieza a lloriquear—. Si las mujeres normales no… ya sabes.

Suspira de nuevo y vuelve a cambiarse a Lizzie de hombro.

—Es posible. Sé que Julian y yo… Bueno, la manera en la que estamos juntos no es para todos, eso es evidente. —Está a punto de decir algo más, pero el llanto de Lizzie se hace más fuerte y Nora se pone en pie para mecer a la niña y calmarla.

Yo también me levanto.

—¿Puedo cogerla?

Nora sonríe cuando el llanto del bebé se convierte en gritos.

—¿Ahora? ¿Estás segura?

—Necesito practicar —digo, sarcástica—. Y tu marido dijo que te vendría bien algo de ayuda.

—En ese caso, aquí la tienes. Este saquito de alegría es tuyo. —Me tiende al bebé con un entusiasmo desmesurado. Para sorpresa mía, Lizzie deja de llorar al instante y me mira con unos enormes ojos azules.

—Bueno, pequeña traidora —le dice Nora a su hija

con una rabia irónica—. Ya veremos si te doy el pecho esta noche.

Me río, meciendo al bebé en los brazos y, mientras balbucea y me agarra del pelo con ese puño diminuto, siento que otra parte de la presión se suaviza y que los nubarrones se distancian lo suficiente para dejarme ver un rayo de luz.

Henderson

«Ilocalizables».

La palabra me taladra el cerebro dominado por la migraña y las letras se enroscan en la pantalla como serpientes. Todos mis contactos aseguran que mi mujer e hijos no están en ninguna parte, como si se hubieran desvanecido.

Siento un espasmo de dolor en el cuello y la agonía me recorre el brazo izquierdo. Quiero aullar como un animal y tragarme una caja de pastillas, pero no puedo. Necesito tener todos los sentidos alerta.

Hay muchas probabilidades de que Sokolov ya los haya raptado. ¿Qué si no explicaría su desaparición? No hay señales de que haya abandonado Islandia ni nadie que corresponda con su descripción ha comprado billetes de avión. Deben haberlos capturado y raptado.

Pronto, me llegará una petición para que me entregue, junto con algunas partes del cuerpo de mis hijos. Sokolov no tendrá compasión con ellos, no después de lo que ha hecho con el resto de nuestros amigos y familiares, no después de lo que le ocurrió a su hijo en ese pequeño pueblo de mierda. Solo hay una cosa que puedo hacer, un último plan desesperado. Cojo el teléfono y marco el número que hay sobre el escritorio.

—La Operación Desde el Aire está en proceso —digo cuando el hombre al otro lado de la línea contesta —. Prepara al equipo. El golpe será el sábado que viene, dentro de una semana.

REPASO EL PLAN A CON KENT, ESGUERRA Y EL EQUIPO. Luego, examinamos los planes B, C, D y E. En esta misión vamos más o menos a ciegas, al contrario que en un asesinato. La trampa podría encontrarse en cualquier lugar, tener cualquier forma que la mente de Henderson, entrenada por la CIA, pueda idear. Desde francotiradores hasta MI5 o la Interpol, podrían tendernos una emboscada de cien maneras distintas, por lo que tenemos que estar preparados para todas. Además, debemos estar listos para la posibilidad remota de que no sea una trampa y Bonnie Henderson sea la que en realidad se ha puesto en contacto.

Por eso, a pesar de mis reticencias extremas por alejarme de Sara tanto tiempo, voy a ir a Londres con el equipo pasado mañana, este martes. No creo que mi *ptichka* reaccione bien ante esto, pero no tengo otra opción. Esguerra y Kent también irán para proporcionarnos ayuda con sus propios equipos. Tenemos que encontrar a Henderson y terminar con esto. No hay otra opción.

—¿Qué crees que dirá Nora porque vayas en persona? —le pregunto a Esguerra cuando estamos recogiendo.

Se encoge de hombros, a pesar de que se le tensa la expresión.

—No le gustará, pero sabe que es importante. No puedo dejar algo tan grande en manos de otra persona, volverse blando es arriesgado en nuestro negocio. Además, seréis vosotros cuatro los que estaréis en mayor peligro. Kent y yo solo nos involucraremos si todo lo demás falla… y, a diferencia de las vuestras, nuestras caras no están en todos los medios de comunicación.

Peter

LA NOCHE DEL LUNES PREPARO LA COMIDA FAVORITA DE Sara y abro una botella de zumo de uvas espumoso para cenar. Aunque han pasado un par de días desde el último ataque de Sara, odio tener que dejarla sola durante tanto tiempo, incluso a pesar de quedarse en casa de los Esguerra, con Nora y Yulia a un grito de distancia. Estaré preocupado todo el tiempo que pase lejos.

—¿Por qué te tienes que ir? —pregunta de nuevo con la cara en forma de corazón marcada por el estrés. En el plato, hay un montón enorme de su pasta favorita, pero no la ha tocado, igual que la copa de champán con zumo espumoso. No ha comido en todo el día, desde que se enteró de que me marchaba a

Londres—. Sabes que es muy probable que sea una trampa —continúa mientras reflexiono sobre cómo hacer que consuma algunas calorías—. Te está atrayendo, utilizando el correo de su esposa como cebo.

—Lo sé y estamos preparados para eso —le recuerdo, paciente, mientras empujo un bol con pan recién horneado hacia ella—. Aún hay posibilidades de conseguir una pista. Es difícil organizar una trampa sin dejar huellas. En algún lugar, de alguna manera, la cagará.

—Pero ¿y si no? —Aleja el bol—. ¿Y si tiene éxito con la trampa?

—*Ptichka...* —suspiro—. Sabes que va a seguir yendo a por nosotros. Intenté alejarme una vez y mira lo que ocurrió. Si no hubiese aceptado el trato y no hubiera dejado de perseguirlo...

—No. —Los ojos de Sara se iluminan con un brillo doloroso—. No se te ocurra pensar en eso. Ya te lo he dicho, no es culpa tuya. Sé lo duro que fue para ti hacer ese pacto y da igual el resultado, siempre te estaré agradecida por haberlo intentado... por haber hecho ese sacrificio por mí.

—Entonces, come, por favor. —Empujo el bol de pan hacia ella de nuevo—. Si no es por ti, hazlo por el bebé y por mí.

Pestañea, como si se acabara de dar cuenta de que no ha pegado ni un muerdo a nada de lo que he cocinado. Coge un trozo de pan y, obediente, toma un pedazo antes de llevarse algo de pasta a la boca. Veo una pizca de salsa que le mancha el labio superior y, como si me estuviese leyendo la mente, se pasa la lengua por él, haciendo que se me tense el cuerpo.

Joder, quiero mordisquear esos labios suaves y voluminosos, sentirlos contra mis huevos mientras usa la lengua conmigo. La punzada de lujuria es tan fuerte que me pilla con la guardia baja. El corazón se me acelera y paso de estar medio cachondo a tener una erección enorme en un segundo. Lo único que me detiene para no tumbarla sobre la mesa es que, por fin, está comiendo. A regañadientes, con una falta obvia de apetito, pero comiendo.

Controlando el deseo, me termino la comida mientras la observo con atención en todo momento. Cuando llega a la mitad del plato, se rinde y asegura que está llena. La convenzo para que tome algo del postre, un bol de frutos del bosque con nata montada de coco. Luego, finalmente, satisfago mi propia hambre. Dejando los platos en la mesa, la levanto y la llevo a nuestra habitación.

86

Sara

PETER SE MUESTRA MUY CUIDADOSO ESTA NOCHE, delicado de una forma poco habitual, y, por una vez, ternura es justo lo que necesito. Desde que me dijo esta mañana que se marchaba a Londres, me he sentido paralizada por el miedo, tan aterrada por él que apenas consigo respirar.

Aún no está recuperado del todo, aunque actúa como si no le importaran las heridas. Durante los últimos dos días, ha vuelto a entrenar con Anton y los gemelos y ha logrado hazañas en cuanto a fuerza y resistencia que pocos atletas ilesos conseguirían igualar. A pesar de eso, soy muy consciente de que no es un superhéroe, que puede sangrar y morir por una bala, igual que los demás.

Hablé con Nora después de comer mientras Peter ultimaba los detalles con su marido y los demás. Se mostró muy calmada, pero pude entrever preocupación y una ansiedad que le consumía las entrañas. Me contó algunos de los detalles del plan, como que Kent y Esguerra se marcharían con equipos de apoyo o que más de setenta guardias bien entrenados formarían parte de la operación, así como que los hombres habían examinado cincuenta simulaciones distintas, preparándose para todo lo que podía ocurrir.

Debería haberme tranquilizado, pero el agujero succionador del estómago ha empeorado. Como mucho, la conversación me ha impresionado por lo peligrosa que es toda la situación, sobre todo para Peter y sus compañeros de equipo. Al ser los fugitivos más buscados, van directos a las garras del león.

Cierro los ojos y trato de no pensarlo, centrarme solo en los labios de Peter, que forman un camino sensual por mi espalda. Estoy boca abajo y él me besa cada vértebra de la columna y desliza las manos ásperas por la piel con una dureza deliciosa, masajeándome y acariciándome. Con cada roce de esos labios esculpidos, siento una calidez cosquilleante recorriéndome el cuerpo, con cada caricia de esas manos grandes me relajo y me excito a la vez.

—Eres muy dulce —murmura con vehemencia antes de regalarme besos en el hueco de la cadera, la curva del culo y la parte sensible bajo los glúteos—. Tan bonita. —La voz profunda con un ligero acento me parece terciopelo para los oídos y se añade al calor que me crece en las venas y a la tensión palpitante que me nace en el interior.

Me pasa los dedos entre las piernas y encuentra la apertura resbaladiza. Gimo cuando me penetra con dos de ellos, abriéndome, llenándome hasta que estoy temblando por la necesidad. Ya estoy cachonda, a punto de correrme, cuando curva los dedos dentro de mí para presionarme el punto G. Siento espasmos en el cuerpo y la liberación me recorre la piel como una oleada cálida.

Aún sigo cayendo desde lo alto cuando me gira y me cubre con el cuerpo duro y musculoso.

—Te quiero —murmura, mirándome, mientras se apoya sobre un codo. Con la mano libre me acuna la mandíbula y me acaricia con suavidad la mejilla con el pulgar. La ternura en esa mirada metalizada se funde en mi interior hasta los huesos.

—Yo también te quiero —susurro con dolor en el pecho—. Siempre lo haré, cariño… sin importar lo que nos depare el futuro.

Las pupilas se le dilatan, se le oscurecen los ojos y, cuando se inclina para devorarme la boca, hay una nueva fiereza en esos labios, una lujuria más perversa y caliente. Aleja la mano de la cara y la desliza entre los cuerpos. Siento la polla presionándose contra mi entrada cuando me abre las rodillas para separarme las piernas. Tras levantar la cabeza, hace coincidir nuestras miradas y me embiste, penetrándome de una vez, con suavidad. Tomo aire ante la invasión repentina mientras siento la presión y el calor en lo más profundo.

—Dilo de nuevo —me ordena con brusquedad—. Quiero escuchártelo decir mientras te follo.

—Te quiero —jadeo cuando se retira y se vuelve a hundir—. Te quiero mucho. —Se desliza a mayor profundidad—. Siempre te querré. —La respiración se me vuelve más irregular a medida que aumenta el ritmo de los movimientos—. Te querré siempre y para siempre, mientras los dos estemos vivos.

87

Peter

Tengo los sentidos alerta cuando me acerco a la cafetería en la que se supone que me voy a reunir con Bonnie Henderson. Puesto que los gemelos aún no han matado a la francotiradora, he decidido usar sus habilidades para camuflarme y no me parezco en nada a mí mismo. Tengo la barriga que parece un tonel y no solo llevo el pelo rubio rojizo y pecas, sino que también tengo entradas y papada. Si tuviera madre, ni siquiera ella sería capaz de reconocerme.

Los treinta y seis hombres de Esguerra están posicionados alrededor del restaurante, controlando un radio de diez manzanas contra francotiradores y oficiales de las fuerzas de seguridad. Por ahora, no parece que haya ninguna actividad inusual, pero no quiere decir nada. Por eso, Kent y Esguerra han acampado en las cercanías, cada uno con un equipo de refuerzo por si Henderson nos la juega. Y estoy esperando que así sea.

Lo que complica la situación es que se ha visto a una mujer que coincide con la descripción de Bonnie Henderson entrando en el restaurante quince minutos antes de la hora. Dudo mucho que sea ella porque Henderson no utilizaría así a su propia mujer por nada del mundo, pero eso significa que tengo que acercarme a la doble de Bonnie para descartar la posibilidad de que esto sea real.

Cuando estoy al otro lado de la calle, frente a la cafetería, me detengo y me aseguro de que las armas que llevo escondidas sean fáciles de alcanzar. Por el auricular diminuto que llevo en la oreja, mis compañeros de equipo me informan de que aún no ha ocurrido nada sospechoso, por lo que cojo aire y cruzo la carretera.

La veo en cuanto entro en la cafetería. Está en una mesa pequeña al fondo, de cara a la puerta. El disfraz funciona porque desliza la mirada más allá de donde estoy mientras le informo con un acento británico nasal al recepcionista de que tengo una reserva. La tienen lista, ya que Yan se ha asegurado de eso, por lo que lo sigo hasta la mesa, a unos tres metros y medio de donde está nuestro objetivo.

Me coloco frente a ella. Tras abrir el carta de desayunos, la estudio de reojo, buscando alguna pista sobre su identidad real. Lo peor es que es igual que la esposa de Henderson en los vídeos y las fotos que he estudiado durante años. Coincide hasta el mínimo detalle, incluso en que parece más vieja que en esas imágenes, con la cara delgada envejecida y cansada. Aún sigue siendo atractiva, entiendo por qué Henderson se casó con ella hace tantos años, pero pasarse la vida huyendo ha hecho mella en ella. O quizás eso es lo que quería Henderson que pensara cuando contrató al agente de la CIA o a quien sea para que hiciera de su esposa.

El camarero se acerca a la mesa y pido unas tortitas y una tortilla mientras continúo estudiando a mi objetivo. Aún quedan diez minutos para la hora a la que debemos reunirnos, pero la mujer parece estar poniéndose nerviosa por la manera en la que mira a la puerta y al restaurante, cada vez más inquieta. La mirada me roza una vez, pero no sospecha nada.

El camarero me trae primero las tortitas y finjo que las devoro con ganas, aunque apenas las saboreo. Si esta «Bonnie» o quien sea que Henderson haya traído al restaurante está buscando un comportamiento anormal, no lo encontrará en esta mesa.

A las nueve y cinco, comienza a ponerse muy nerviosa. Se levanta, como si fuera a marcharse, pero se sienta de nuevo. Un comportamiento poco profesional para una agente de la CIA.

Me llega la tortilla y, cuando pincho el primer trozo y me lo llevo a la boca, se levanta con el cuerpo estilizado lleno de ansiedad. Se muerde el labio, mira a su alrededor y se dirige hacia la salida. Bueno, ¡qué interesante! Por instinto, la agarro de la muñeca cuando pasa junto a la mesa.

—¿Bonnie Henderson? —digo aún con acento británico y se pone en tensión mientras el miedo le desencaja la cara.

—Déjame —sisea en un tono bajo y aterrado—. No voy a volver con ese cabrón. Déjame en paz o grito.

Más interesante incluso.

—Soy Peter Sokolov —digo con mi acento normal antes de soltarle la muñeca fina como el papel—. Querías reunirte conmigo, ¿no?

Se queda paralizada, observándome.

—Pero...

—Es un disfraz —digo con calma—. Por favor, siéntate.

Se dirige con torpeza hacia la silla que hay frente a la mía antes de echarla hacia atrás con manos temblorosas. Si fuese un caballero, me levantaría y la ayudaría, pero no estoy aquí por eso. Si esta es de verdad la mujer de Henderson y empiezo a pensar que es así, va a conducirme hasta su marido de una u otra manera.

El camarero se acerca, curioso por la repentina incorporación a mi mesa y pido dos tazas de café para que se marche. Parece que le ocurre algo extraño a Bonnie o quién sea. Ahora que está sentada frente a mí, parece más calmada y recompuesta, si ignoramos el temblor leve en las manos.

—Me escribiste —digo en cuanto el camarero se marcha—. ¿Por qué?

Respira hondo.

—Porque tenía que hacerlo. Esta locura tiene que terminar.

—Estoy de acuerdo. —Sonrío con frialdad—. ¡Qué amable eres al entregarte de esta manera!

—No lo entiende. —Aprieta las manos en un puño tenso sobre la mesa para esconder las convulsiones—. No me estoy entregando. Le estoy dando lo que quiere: a mi marido.

Inclino la cabeza.

—¿A cambio de qué?

Levanta la barbilla.

—De dejarnos en paz a mis hijos y a mí.

Ah, empezaba a sospechar que sería algo así. Sin embargo, sigue sin tener sentido. ¿Por qué iba a traicionar a su marido y exponerse a tal peligro?

—¿Por qué iba a aceptar el trato cuando ya te tengo? —pregunto—. A menos que pienses que estás a salvo por habernos reunido en público.

Traga saliva.

—No soy idiota. Sé de lo que es capaz.

—Y, aun así, aquí estás. Interesante.

El camarero reaparece en ese momento y ambos nos quedamos callados mientras esperamos a que nos sirva café y se marche. Tan pronto como lo hace, Bonnie coge la taza y le da un sorbo al líquido ardiendo.

—No se entregará por mí. —Le tiembla la voz cuando baja la taza—. Así que olvídese de usarme como moneda de cambio. Funcionará igual de mal que con los rehenes.

Entonces, lo sabe. Esto se está volviendo más intrigante con cada segundo que pasa.

—¿Qué propones? Si prometo no mataros a tus hijos y a ti, ¿me llevarás hasta el escondite de tu marido?

—Sí, bueno, no exactamente. —Coge aire—. No le puedo llevar enseguida hasta él porque no sé dónde está. Habrá huido del último refugio en cuanto se haya enterado de que me he marchado con los niños, por si nos encontraba, ¿sabe?

—Entonces, ¿qué me ofreces? ¿Y por qué has huido?

Duda antes de preguntar con calma:

—¿Sabe cómo nos conocimos Wally y yo?

Intento recordar si he encontrado algo de información sobre eso en el enorme archivo que tengo sobre Henderson.

—No —admito tras unos instantes—. No lo sé.

Aprieta los labios.

—Eso pensaba. Nadie lo sabe. A Wally le gusta decir que nos conocimos en un bar, pero no es cierto. Quiero decir, estuvimos juntos en un bar, pero nos conocimos antes, cuando era una novata en la agencia y él, su operativo estrella… y mi profesor. —Oculto la sorpresa. Al principio pensé que era una agente haciéndose pasar por la esposa de Henderson, pero no me esperaba que su mujer real fuera de la CIA. Parece una mujer nerviosa de la alta sociedad demasiado convincente—. No se preocupe, no soy agente —aclara a toda velocidad, como si temiera que fuera a dispararle ante tal revelación—. Me salí del programa de entrenamiento después de que Wally me dejara embarazada. Terminé perdiendo al niño, pero nunca volví. Verá, Wally y yo nos casamos y él dejó la agencia poco después porque quería seguir su carrera en el ejército para que pudiéramos tener una vida familiar más estable, lo que significaba que yo me tenía que quedar en casa con los niños.

Cojo la taza de café.

—¿Por qué me estás contando todo esto?

—Porque quiero que entienda por qué estoy aquí. — Me lanza una mirada penetrante cuando le doy un sorbo al líquido caliente y amargo—. Me uní a la agencia porque soy patriota, señor Sokolov. Porque quería proteger a mi país de las amenazas internas y externas… de los terroristas que explotan edificios porque sí.

Las piezas del puzle por fin coinciden. Por supuesto. Eso es lo que la llevó al límite.

—¿Cuándo lo supiste? —pregunto, dejando el café en la mesa.

—¿Que Wally estaba detrás de la explosión del FBI en Chicago? Hace unos días, en el mismo momento en el que me enteré de que había dejado morir a nuestros amigos y familiares en lugar de sucumbir a su petición. —Parece casi calmada mientras dice esto, pero puedo ver lo duro que es para ella. Sea como sea cómo descubrió esa información, debió ser una conmoción dolorosa.

—¿Por qué has acudido a mí? —pregunto, analizándola con atención—. Estoy seguro de que me odias por lo que os hecho a tu familia y a ti. ¿Por qué no entregas a tu marido ante las autoridades? Supongo que las pruebas que tienes son condenatorias.

Asiente.

—Lo son… y esa es la otra cosa que le ofrezco. Si mantiene su palabra, haré lo que esté en mi mano para limpiar su nombre… de ese crimen en particular, al menos. En cuanto a por qué estoy aquí, hablando con usted, es muy simple. —Coge aire—. Estoy cansada, señor Sokolov. Estoy agotada de temerle y odiarle, igual que mis hijos. Entregar a Wally no acabaría con esta pesadilla porque el juicio llevaría años y, en todo momento, intentaría acceder a él a través de nosotros. Esta es la mejor manera, la única, de que se acabe. Nunca le perdonaré lo que le ha hecho a mi familia, pero haré este trato con usted. —Se le quiebra la voz—. Todo lo que quiero es que se acabe… para que mis hijos puedan tener una vida normal.

Es convincente, eso se lo tengo que conceder, tan convincente que estoy tentado a creerla. Pero hay algo que necesito saber.

—Cuando hablé contigo al principio, pensaste que era alguien que había mandado tu marido. Supongo que eso significa que te está buscando. ¿Cómo es posible que no te haya encontrado aún, con todos sus contactos?

La cara se le tensa de nuevo.

—Yo también tengo contactos, señor Sokolov. Mi

marido nunca lo ha entendido. Piensa que el éxito solo se ha debido a su astucia, pero yo he estado ahí en todo momento, aplanándole el camino y haciendo los amigos correctos, codeándome con sus esposas en todos los... —Se detiene al darse cuenta de lo inútiles que son sus amargos recuerdos—. En cualquier caso —continúa—, he estado preparándome durante dos años por si acababa viuda con usted pisándonos los talones. Tenía documentos para mí y para mis hijos, dinero y todo lo que necesitábamos para escondernos por nuestra cuenta. Pero, entonces, ocurrió eso.

—Y utilizaste la reserva de emergencia para huir de tu marido.

Aprieta los labios.

—Exacto. Así que dígame, señor Sokolov, ¿hay trato? Si le entrego a mi marido, ¿nos dejará en paz?

Cojo de nuevo el café.

—Me has dicho que no sabes dónde está.

—No... pero sé qué es lo que más quiere en este mundo.

—¿Qué?

Me dedica una mirada seria.

—A nuestra hija, Amber, la única persona a la que quiere aparte de a sí mismo.

Debo ocultar la sorpresa de nuevo. ¿De verdad está pensando esta mujer dejarnos a su hija como rehén? ¿Acaso está como una puta cabra?

—Bien —digo, dejando la taza en la mesa. Si no se está tomando las medicinas, seguiré el dicho de «a caballo regalado no le mires el diente»—. Me parece un buen plan y sí, si conseguimos atraerle con tu hija, os dejaré en paz. —Y lo digo en serio. Por mucho que me gustaría ver sufrir a Henderson al saber que su familia está muerta, nunca he tenido nada en contra de la mujer y los hijos. Es su cabeza la que quiero.

—En ese caso, aquí tiene. —Saca un móvil y lo empuja sobre la mesa, hacia mí—. Esto es lo único que debería necesitar de momento, pero hay más… siempre y cuando deje que me marche de aquí.

Presiono el *play* del vídeo que hay en la pantalla y, un minuto después, me doy cuenta de que la mujer de Henderson no está loca y que, aunque abandonó la agencia, la agencia nunca la ha abandonado a ella.

ara

PASEO POR EL COMEDOR DE LOS ESGUERRA MIENTRAS LA ansiedad me taladra el pecho. Nora y Yulia también están aquí, igual que Diego, el guardia joven. Es él el que recibe las actualizaciones en tiempo real sobre la operación en marcha a través de los auriculares, por lo que sé que Peter acaba de entrar en el restaurante, desafiando la posible trampa.

—Está hablando con ella —dice Diego tras levantar la mirada de la pantalla del ordenador, pasados veinte minutos angustiosos. Me apresuro para ver la imagen borrosa de un hombre que no se parece en nada a Peter sentado frente a una mujer delgada—. Es de una cámara de largo alcance —me explica—. No queremos asustarlos al acercarnos demasiado.

—Pero ¿sigue todo tranquilo? —pregunta Yulia, inclinándose junto a su hombro, y él asiente.

—O los esbirros de Henderson son extraordinarios o no hay ninguno por la zona.

Miro a Nora. A diferencia de Yulia y yo, está sentada, tranquila, sin hacer preguntas. Si no fuera por la fuerza con la que agarra el cochecito de Lizzie, pensaría que se lo está tomando con calma. Al volver la atención a la pantalla, veo que el Peter disfrazado y la mujer siguen hablando.

—No te preocupes —me dice Yulia en voz baja—. Si alguien en el restaurante hiciera el más mínimo movimiento, nuestros francotiradores acabarían con él.

—Sí, lo sé. —Esbozo una sonrisa seca—. Es increíble lo tranquilizador que es tener francotiradores.

Me devuelve el gesto y compartimos un bonito momento. Sin embargo, Nora no nos mira a ninguna de las dos. Claro, con todo esto, se me había olvidado que está enfadada con Yulia. Me pregunto si le molestará que yo no.

—Está saliendo del restaurante —dice Diego de repente y centro la mirada en la pantalla.

Peter ya está en la calle. Diego permanece en silencio, escuchando con atención la información que le llega del equipo de Londres y veo cómo una sonrisa enorme le recorre el rostro, haciendo que me tiemblen las rodillas de alivio. El correo sí que era de la mujer de Henderson. Peter y el resto están a salvo.

Henderson

ESTOY REPASANDO LOS DETALLES DE LA OPERACIÓN DEL sábado cuando me salta una notificación en la pantalla. Es un correo de mi contacto de la CIA. «Perdón», dice el asunto. Las entrañas se me convierten en hielo cuando veo el mensaje y el vídeo adjunto. Sintiendo que estoy a punto de vomitar, le doy al «play».

La cara de mi hija, sucia y llena de lágrimas, ocupa la pantalla. «Papá», solloza cuando la cámara se aleja para mostrarla atada a una silla en una habitación insulsa con las paredes blancas. «Papá, por favor, ayúdame. Dicen que nos van a matar. ¡Papá, por favor, ayuda!».

El vídeo se acaba y me deja sin aliento. Sokolov la ha capturado. Los tiene a todos. Ahora es real.

Tembloroso, leo el mensaje: «Sabes lo que quiero. Plaza de Bolívar, Bogotá, jueves a las tres de la tarde. Reúnete con nosotros o verás cómo muere».

Me esperaba algo así, sabía que estaba al caer, pero, de todos modos, me sienta como un puñetazo en el estómago. Amber, mi hija dulce y leal. Ese monstruo la va a matar. No tendrá piedad con ella, incluso si hago lo que me dice. Ya no hay tiempo para planear detalles, no hay oportunidad de solucionar los errores. La Operación Desde el Aire no puede esperar al sábado. Debe llevarse a cabo esta noche.

Sara

—¿CREES AÚN QUE PUEDE SER UNA TRAMPA? —LE pregunto a Nora mientras nadamos en la piscina olímpica una hora después. Pasada la crisis inmediata, Yulia se ha ido a su habitación, aliviando a Nora de su presencia, por lo que ahora estamos solas en la preciosa terraza cubierta junto a la mansión. Bueno, también están Rosa y Lizzie, pero ambas están echándose una siesta a la sombra.

—Cualquier cosa es posible, pero Julian no lo cree —contesta, flotando sobre la espalda. El biquini le enfatiza el cuerpo brillante y atlético, por lo que es difícil creer que haya tenido un niño hace solo unos meses.

Yo también llevo un biquini, uno que le he pedido

prestado a Yulia, puesto que tenemos casi la misma talla a pesar de la diferencia de estatura. De hecho, los pantalones cortos y las camisetas que me he puesto estos días eran de ella. Se los olvidó en casa de Kent cuando se mudaron a Chipre y está encantada con que los esté usando.

—Dímelo si necesitas algo más —me comenta cuando hemos hablado de la ropa esta mañana—. Lucas siempre tiene una maleta llena con mis cosas en el avión, por si acaso, así que estoy totalmente equipada

Vuelvo a centrar la atención en Nora y le pregunto:

—¿Y sobre lo de mañana? ¿Cree Julian que de verdad Henderson se va a presentar en Bogotá?

—Eso espera —contesta mientras se gira para nadar con brazadas fuertes de estilo libre. Soy una nadadora decente, pero tengo que esforzarme para seguirle el ritmo a medida que avanza por el agua hasta llegar al otro extremo en nada de tiempo. Está claro que no quiere hablar del tema, pero no consigo dejar de pensar en él.

—¿Y si no? —pregunto cuando reduce la velocidad —. No se ofreció por ninguno de los rehenes.

Se detiene y se pone en pie antes de echarse el pelo húmedo hacia atrás con ambas manos.

—No eran su hija —dice, entrecerrando los ojos por el sol para mirarme—. En cualquier caso, si las cosas no salen según lo planeado, Julian, Lucas y Peter improvisarán algo. Eso es lo que hacen y se les da bien.

Aunque Nora no parece saber más que yo sobre lo que ocurrirá, parte de la presión en el pecho se me reduce ante el recuerdo de las habilidades de Peter. Mi marido es bueno en esto, aterradoramente bueno.

Nadamos durante otra hora mientras hablamos de cosas más agradables, como la inminente exhibición de arte de Nora en Berlín. Al parecer, es pintora profesional. Cuando Lizzie se despierta y pide comida, volvemos al interior de la casa. Con suerte, todo esto se habrá acabado mañana.

91

—VAMOS A ATERRIZAR AQUÍ —DIGO, LEVANTANDO LA voz por encima del rugido de los motores mientras señalo hacia una zona con árboles en la foto del satélite —. Luego, nos dirigiremos hacia allí. —Muevo el dedo hacia un edificio blanco en el centro.

—Entendido. —Danser se echa hacia atrás el pelo rubio oscuro. De perfil, se parece de manera asombrosa a Sokolov—. ¿Tienes fotos de los objetivos?

—Toma. —Le tiendo la foto de la mujer de Esguerra —. Queremos capturar o a la mujer o al bebé o incluso a los dos. Serán nuestro billete para salir de las instalaciones.

Barrett mira la imagen por encima del hombro de Danser.

—Parece pequeña. Será fácil.

—También funcionará con esta, pero no sé si se quedará en la casa principal. —Saco una fotografía de Sara Sokolov y se la tiendo a Danser y al equipo—. Y esta… —Les muestro una imagen de cuerpo entero de la esposa de Kent—. Sería un extra increíble, aunque quizás esté en otro lugar de las instalaciones.

—Oh, joder, mira ese pelo rubio y esas piernas. —Kilton me arrebata la fotografía de las manos—. Me la tiraría.

—Yo a todas, menos al bebé —comenta Russ, rascándose la barba de manera lasciva—. Quizás a las tres a la vez.

Tengo que hacer uso de mis habilidades de interpretación para ocultar una mueca instintiva de desdén. No puedo permitirme ponerme en contra a estos cuatro cabrones o a cualquiera del equipo. ¿Y qué si son tan idiotas como para pensar con la polla? Hicieron un buen trabajo colocando el explosivo en el edificio del FBI y tienen experiencia con el salto en paracaídas. Los necesito para esto. Es mi única oportunidad para salvar a Amber.

Me masajeo las contracturas dolorosas del cuello antes de mirar a los otros seis hombres del avión militar.

—¿Sabéis lo que debéis hacer?

—Sí —dice Danser antes de que ninguno pueda contestar—. El equipo Alfa mantendrá ocupados a los guardias de la frontera norte a las 00:58 y el equipo

Beta te estará esperando con el helicóptero en el punto de extracción de la frontera sur.

—¿Y si Esguerra no abandona la casa para controlar los disturbios de la zona norte? —pregunta Barrett—. ¿Matamos a ese cabrón?

—No, solo lo herís —contesto—. Lo queremos vivo para que pueda obligar a Sokolov a negociar y recupere a mi familia. Si el traficante de armas está muerto, a nadie le importará que tengamos a su mujer y a su hija. Por supuesto, si tenemos suerte y nos topamos con la mujer de Sokolov, eso sería incluso mejor.

—Solo para estar seguro —dice Kilton—. Queremos a la mujer de Esguerra o al bebé como rehenes para salir vivos de las instalaciones y también para negociar por tu familiar. Pero, si nos topamos con la mujer de Sokolov o la rubia sexi, las raptamos también.

—Exacto —respondo—. La esposa de Sokolov es prioridad sobre las otras dos. Si la tenemos, no importa si Esguerra muere. Sokolov hará el trato sí o sí.

—¿Y Kent? —pregunta Russ—. ¿Qué hacemos si está allí?

—Si no tenemos a su esposa, matadlo. Pero, si la capturamos como rehén, entonces no.

Cuanta más influencia tengamos sobre los enemigos, mejor. Cuando empecé a planear la misión, el objetivo era utilizar a los rehenes para atraer a Sokolov y a los demás hacia una trampa y matarlos, pero la captura de mi familia ha subido las apuestas. La prioridad ahora es salvar a Amber.

—¿No crees que quizás Kent esté con Sokolov en Bogotá? —pregunta Danser, devolviéndome las fotos.

—No sé si el propio Sokolov estará en Bogotá —contesto mientras me las meto en el bolsillo—. Solo porque me haya dicho que vaya a la plaza mañana no significa que él esté allí. En cualquier caso, estad preparados para todo. Dado lo impenetrable que es el perímetro, la lógica me dice que la propia casa no estará protegida, pero, por supuesto, no hay garantías de que sea así.

—Bueno, joder. —Russ sonríe—. Será divertido. ¿Estás seguro de que quieres hacer esto con nosotros, viejo?

Ignoro la indirecta del idiota y cojo la bombona de oxígeno antes de empezar a vestirme para saltar. Antes de que me llegara ese vídeo a la bandeja de entrada, no iba a unirme a ellos en esta locura de misión arriesgada, pero ahora no tengo otra opción.

No solo es la única oportunidad de ganar ventaja sobre mis enemigos, sino que Amber en persona podría estar en las instalaciones. No lo sé seguro, por supuesto, quizás la tengan retenida en Bogotá o en cualquier parte del mundo. Pero dado que el sitio de reunión está en Colombia, en territorio de Esguerra, hay una remota posibilidad de que la tengan oculta en la finca del traficante de armas. Si tenemos suerte, no solo nos llevaremos a los rehenes, sino que también rescataremos a mi hija.

92

*S*ara

DESPUÉS DE ALIMENTAR A LIZZIE, NORA ME HACE UNA visita guiada por la casa. Es tan grande como parece desde el exterior, con más de una docena de habitaciones que incluyen una biblioteca completa, un cine casero con una pantalla enorme, un gimnasio con todo tipo de equipamiento y un taller iluminado por el sol que hace las veces de estudio de arte.

Los cuadros a medio acabar que hay en el interior son una mezcla increíble entre surrealismo y expresionismo moderno, con formas y objetos familiares, como árboles, convertidos en algo siniestro. La paleta de colores se basa especialmente en rojos y negros, como si todo estuviera consumido por el fuego.

—Tienes un talento increíble —comento, sincera, y

Nora sonríe antes de darme las gracias. Seguimos con la visita mientras me explica que comenzó a pintar para no volverse loca en la isla privada en la que Julian la mantuvo cautiva al principio.

Quiero hacerle miles de preguntas sobre eso, pero ya hemos llegado a la habitación en la que me quedaré mientras Peter esté fuera, un cuarto decorado a la perfección, a unos metros del dormitorio principal y junto a la habitación de Yulia. Nora se disculpa porque tiene que atender unos negocios y yo decido echarme una siesta rápida porque estoy cansada. El embarazo se parece mucho a estar en la guardería.

Al despertarme, es la hora de cenar y me reúno con Nora de nuevo en el comedor. Yulia está ausente y, cuando le pregunto a Nora por ella, me informa de que la mujer de Kent ya ha comido.

—Sigue teniendo el horario de Chipre —explica con una sonrisa tensa mientras Ana trae la comida.

Decido no presionarla más, ya que debe ser raro tener a la mujer que casi mata a tu marido como invitada bajo el mismo techo. En lugar de eso, mientras comemos, le pregunto por su familia y por cómo se tomaron el matrimonio con Julian.

—Oh, siguen esperando a que reaccione y me divorcie —dice, a la vez que corta el salmón, antes de entretenerme con las interacciones tensas entre su padre y su marido. Recuerdo lo agradable que fue Peter con mis padres, la manera en la que se esforzó por aliviar sus preocupaciones sobre él, lo lejos que fue para asegurarse de que continuaban formando parte de mi vida.

El pecho se me constriñe de nuevo y los ojos me escuecen por las lágrimas, pero esta vez no rechazo el dolor. La agonía de la pérdida sigue muy reciente, la herida está en carne viva, pero ahora puedo pensar en ellos, llorar sin perderme en el horror de su muerte. Solo me doy cuenta de que estoy derramando lágrimas cuando Nora me tiende un pañuelo.

—Lo siento, Sara —dice, sombría—. Eso ha sido muy desconsiderado por mi parte.

—No, yo… —Intento mostrarle una sonrisa acuosa—. Estoy bien, en serio. Es solo que…

—Acabas de perderlos, lo sé. —Los ojos oscuros desprenden una comprensión triste. ¿Habrá perdido a alguien también? Antes de que pueda preguntárselo, Rosa entra en el comedor con Lizzie en brazos y me giro para limpiarme la humedad de las mejillas a escondidas. No quiero que la amiga y niñera de Nora me vea así. Ya es bastante malo que ella haya presenciado el llanto.

Nora se disculpa para ir a alimentar al bebé de nuevo porque, si no, Lizzie se volverá un monstruo chillón, me explica a modo de excusa, por lo que me termino la comida y me marcho a mi habitación. Cuando paso por la puerta de Yulia, la escucho hablar por teléfono en ruso. Tiene una voz cálida y tierna, como si estuviera hablando con un niño o con su amante y, por un segundo, me pilla desprevenida. Entonces, recuerdo las fotos del adolescente en su casa, el que supuse que sería su hermano porque se parecía mucho a ella. ¿Será con él con el que está hablando?

Me atrae mucho su historia, todo ese lío sobre el espionaje y eso, pero no quiero molestarla mientras está al teléfono, por lo que entro en mi habitación, cierro la puerta y camino hasta la ventana para ver el sol ponerse tras los árboles.

Echo de menos a Peter. Por Dios, ¡cuánto! Justo ahora, él y el resto estarán en el aire de camino a la reunión en Bogotá. Si todo va bien, mañana a esta hora, estará conmigo. Su camino hacia la venganza habrá terminado.

Me dirijo a la estantería y cojo una novela de misterio cualquiera antes de hacerme un ovillo en el sillón para leerla. Aunque me desperté de la siesta hace solo un par de horas, estoy cansada de nuevo y, antes de que pueda leer mucho, me encuentro cerrando los ojos.

Con un bostezo, me doy una ducha rápida y me meto en la cama. Entonces, como era de prever, no consigo dormir. Me levanto, leo un poco más y garabateo la letra para la melodía que llevo escuchando en mi subconsciente todo el día. Es oscura y hosca, alejada de mi música habitual, pero algo en todo eso parece estar bien, puro, honesto y sanador. Al sentirme cansada de nuevo, regreso a la cama y, esta vez, floto a la deriva hasta un duermevela intranquilo.

93

Henderson

El aire gélido me silva en los oídos, ahogando el rugido aterrado del corazón, mientras caigo en picado en el cielo oscuro desde diez mil metros de altura. La noche está de nuestra parte porque las nubes cubren hasta el más mínimo brillo de la luna.

Llevo las gafas de visión nocturna sobre la máscara de oxígeno y veo a otras cuatro figuras junto a mí. Caemos durante lo que parece una eternidad antes de sentir una sacudida violenta cuando los paracaídas se activan.

—Allí —dice Danser por el intercomunicador cuando la silueta de las copas de los árboles aparece ante nosotros—. Esa es nuestra zona de aterrizaje.

Se trata de una zona tupida dentro de las

instalaciones de Esguerra, alejada de las torres de los guardias en la periferia. El peligro principal son los drones que patrullan el aire, pero, gracias al dispositivo de última tecnología de la CIA, tengo una solución para eso.

Cuando estamos sobre el horizonte arbolado, el aparato detecta los drones que se aproximan y se sincroniza con ellos de forma automática, permitiéndole a mi contacto de la CIA controlar las cámaras mientras estamos en su radio. Los operadores de los drones no verán nada inusual, aparte del escenario habitual, mientras flotamos en paracaídas.

Puesto que hace dos décadas que no saltaba desde tanta altitud, vuelo junto a Danser y son sus pies los primeros que tocan el suelo, sufriendo la peor parte del impacto. Aun así, las rodillas están a punto de fallarme cuando tocamos tierra tras evitar, por los pelos, quedarnos empalados en la rama de un árbol. Me inclino para coger aire mientras Danser nos desata el paracaídas y lo esconde entre los arbustos. El resto del equipo hace lo mismo y, cuando han terminado, estoy casi recuperado.

—¿Preparados? —pregunta Danser a través del pinganillo y asiento, ignorando la debilidad restante en las extremidades. Hasta ahora, todo ha ido según lo planeado, así que no voy a ser la razón por la que fallemos.

Con lentitud, nos arrastramos por la oscuridad, utilizando los árboles para escondernos. Lo más difícil será el área abierta en torno a la casa, pero para eso sirve la distracción en la periferia. Nos detenemos en el borde de la zona forestal y esperamos la señal del equipo Alfa. Los minutos pasan con una lentitud tortuosa y siento cómo el sudor me hace cosquillas en la espalda mientras observo el edificio blanco que tenemos enfrente. Puta humedad de la jungla. Es peor que el calor seco de Iraq.

Como suponíamos, la residencia de Esguerra no parece tener mucha vigilancia. ¿Por qué iba a tenerla? Entre los drones y toda la seguridad en la periferia, la mansión parece estar situada en el interior de un fuerte.

Solo hay dos guardias caminando en círculos en torno a la casa y, cuando pasamos junto a ellos, Russ y Kilton les disparan con un silenciador y aciertan justo en la frente. Primer obstáculo eliminado.

—Comenzamos —dice el jefe del equipo Alfa a través del pinganillo y escucho disparos al fondo.

—Démosles quince minutos para ver si alguien sale —comenta Danser, por lo que esperamos, mirando hacia la casa, llenos de tensión.

Dentro, no parece haber movimiento ni luces encendiéndose. Los guardias de la periferia no deben haber informado a su jefe de lo que está ocurriendo o quizás este piense que no es necesaria su presencia. O, si tenemos suerte, ni siquiera esté en casa.

Solo para asegurarnos, esperamos otros veinte minutos y, luego, Danser nos indica que nos movamos. Agazapados, caminamos por la parcela extensa, utilizando los arbustos cuidados de los bordes como escondite mientras nos aproximamos a la zona de la piscina trasera. Todo está en silencio.

—Vamos —me susurra Danser cuando nos detenemos junto a la puerta de atrás—. Haz la puta magia.

Con un asentimiento, saco el aparato de la CIA de nuevo. Se conecta a la red wifi de la casa y se sincroniza con las cámaras y el sistema de seguridad, lo que le da a mi contacto acceso para desactivarlo todo. Mientras lo hace, acciono el codificador de llamada por si alguien intenta pedir ayuda.

—Hecho —digo con suavidad cuando recibo la confirmación de mi contacto—. Que empiece el espectáculo.

Sara

Duermo intranquila y me despierto cada media hora. Cada vez que me sumerjo en el duermevela, tengo sueños angustiosos sobre Peter, combinados con fragmentos de pesadillas sobre la muerte de mis padres que hacen que me sobresalte. La quinta vez que me despierto, me dirijo a tientas hacia el baño con ojos adormilados y decido leer un rato para distraer a mi cerebro hiperactivo.

Tras enfundarme el camisón de seda que me ha prestado Nora, enciendo la lampara de la mesilla, cojo un libro y me hago un ovillo sobre el sillón mientras bostezo. Con suerte, no tardaré mucho en dormirme. Estoy en mitad de otro capítulo cuando lo oigo: un sonido chirriante en la puerta. Asustada, levanto la mirada y veo cómo la puerta se abre.

Una figura alta con ropas negras se queda de pie en el umbral. Es un hombre barbudo al que no he visto nunca. Abre los ojos cuando me ve y levanta el rifle de asalto para apuntarme. Reacciono por instinto. Con un grito penetrante, me bajo del sillón, pero un cuerpo enorme cae sobre mí, haciendo que el aire se me salga de los pulmones antes de que pueda alejarme.

—Cállate, zorra —me gruñe el hombre en la oreja antes de taparme la boca con una mano enguantada. El olor penetrante a sudor masculino y a cigarrillos rancios me inunda las fosas nasales.

Entonces, me tira del pelo y con la mano en la boca acalla mi grito de dolor. Aterrada, le araño la mano enguantada, peleándome con todas mis fuerzas, pero, igual que la vez que Peter entró en la cocina, no puedo hacer nada más que dejarme guiar fuera de la habitación mientras me agarra del pelo, casi arrancándomelo de raíz. Lágrimas de dolor me recorren la cara mientras me arrastra por el pasillo. Con la mano, silencia mis gritos de pánico.

Me doy cuenta horrorizada de que se dirige al cuarto principal donde están Nora y el bebé. Cuando llegamos, tras dar con la bota un golpe a la puerta para que se abra, me empuja dentro.

—Tengo a la putita de Sokolov —anuncia triunfal y veo a otros dos hombres armados dentro. Uno está sujetando un cuchillo contra la garganta de Nora y el otro tiene las manos sobre la cuna para coger al bebé dormido.

eter

ESTAMOS A PUNTO DE EMPEZAR EL DESCENSO EN BOGOTÁ cuando le llega la noticia a Julian.

—¡Qué raro! —Frunce el ceño con la mirada fija en el teléfono—. Diego me acaba de escribir para decirme que ha habido un tiroteo con unos intrusos desconocidos en la frontera norte de la finca. Nadie ha salido herido y los intrusos han desaparecido en la jungla antes de que pudieran capturarlos. Ha mandado a un equipo para buscarlos, pero, por ahora, no ha habido suerte.

Me levanto con el pulso acelerado y el instinto alerta.

—¿Quién intentaría invadir las instalaciones así? ¿Y qué van a hacer en la jungla por la noche?

—Exacto. —La expresión se le oscurece cuando se levanta y se dirige hacia la cabina del piloto con el teléfono contra la oreja—. Voy a llamar a Nora. —Le sigo mientras cubre la distancia con grandes zancadas, ignorando la mirada interrogante en las caras de mis compañeros de equipo—. Me lleva directamente al buzón de voz —dice con voz tensa cuando entramos en la cabina del piloto, donde Lucas nos mira—. Ha habido un tiroteo en la frontera norte y no consigo contactar con Nora —le informa con sequedad—. Voy a revisar los vídeos de las cámaras de la mansión. ¿Puedes llamar a Yulia?

Kent asiente, apretando la mandíbula, mientras coge el teléfono.

—Estoy en ello.

¡Joder! Le di a Sara un teléfono de prepago antes de marcharnos, aunque no iba a llamarla. Es más de medianoche y quiero que duerma bien, pero la sensación de peligro es más aguda con cada segundo que pasa.

El teléfono de Sara también me envía al buzón de voz y, cuando miro a Kent, veo en su expresión que lo mismo ocurre con el de Yulia.

—Las cámaras están apagadas. Voy a mandar a algunos guardias hacia allí —dice Esguerra, tenso, y percibo el miedo atroz que estoy sintiendo reflejado en sus ojos.

Algo va mal en la finca. Muy muy mal.

—Rumbo a las instalaciones —dice Kent, sombrío, y

el avión se inclina bajo nosotros mientras los motores se aceleran con un rugido.

452

Sara

—HE ENCONTRADO A ESTA —DICE UN CUARTO HOMBRE mientras arrastra a Rosa, vestida con un camisón, que se resiste. También le tiene la boca cubierta con una mano para silenciar sus gritos de pánico—. Parece que tenemos suerte. El resto de la casa está vacío. No hay rastro de Esguerra, Kent ni Sokolov. —Igual que sus tres compañeros, está armado hasta los dientes, con un rifle de asalto colgado del hombro y dos pistolas en el cinturón.

Sean quienes sean estos hombres, hablan en serio y me doy cuenta con una punzada de terror de que estamos totalmente solas. Los guardias no están cerca de la casa y, con Peter y los demás lejos, nadie va a venir a salvarnos. El hombre que estaba inclinado sobre la cuna de Lizzie se incorpora con el bebé aún dormido frente a él.

—¿Y la rubia? —dice con una decepción evidente.

—No, lo siento —responde el captor de Rosa, girándola para colocarla frente a él. Esta abre la boca para gritar, pero, antes de que pueda emitir ningún sonido, le suelta un gancho contra la mandíbula y cae inconsciente en el suelo.

Me quedo paralizada, mirando con una incredulidad aterradora cómo la sangre le cae de una de las comisuras de la boca. Le ha golpeado de manera casual, como si no fuera una persona, como si no le importara si vive o muere.

—Tendremos que apañárnoslas con estas dos —continúa con un movimiento de cabeza hacia mí y hacia Nora, que tiene la cara muy pálida porque su captor la tiene retenida con una mano sobre la boca y presionándole el cuchillo contra la garganta con la otra. Como yo, lleva un camisón de seda, pero, a diferencia del mío, el suyo está abierto en la parte superior, revelando las curvas internas del pecho.

El asaltante de Rosa se humedece los labios mientras mira esa V de piel dorada y el estómago se me revuelve por un miedo nauseabundo. ¿Planean violarnos? ¿Matarnos?

—¿Dónde está el viejo? —pregunta el captor de Nora cuando comienzo a resistirme de nuevo y me percato de que algo en su apariencia me resulta familiar, como si nos hubiéramos conocido antes.

—Ha ido a examinar el edificio pequeño que hay

cerca. Ha dicho algo sobre que quiere buscar a su familia —dice mi asaltante, inmovilizándome—. Venga, tráeme la cinta adhesiva. Esta se está poniendo peleona —añade después de gruñir cuando le clavo el codo en las costillas.

—Deja sin sentido a esa zorrita —le aconseja el cabrón que ha pegado a Rosa, pero de todas maneras trae la cinta adhesiva. Solo consigo soltar un pequeño grito antes de que me metan un trapo en la boca y me peguen la cinta sobre él.

—Mucho mejor —murmura mi captor antes de agarrarme por los brazos—. Ahora haz lo mismo con las muñecas.

El otro hombre está a punto de obedecer cuando Lizzie se despierta gritando.

—Mierda, haz que se calle —ordena el captor de Nora cuando el bebé, inquieto porque un hombre desconocido lo coja en brazos, comienza a llorar a todo volumen. La cara de Nora empalidece aún más y los ojos se le vuelven ascuas cuando el asaltante de Rosa se dirige hacia la niña y le pega cinta adhesiva en la boca diminuta, acallando los gritos de enfado. Si las miradas matasen, habría caído aniquilado en el acto—. Ve a buscar a Henderson —le dice el captor de Nora al asaltante de Rosa—. Nos reuniremos abajo.

El hombre obedece y sale de la habitación mientras proceso la información. ¿Henderson? Por supuesto, esto tiene que ver con él. Como una rata acorralada, el enemigo de Peter ha pasado al ataque. Sigo digiriendo las implicaciones cuando un mechón de pelo rubio en el umbral capta mi atención. El corazón me da un vuelco. Me había olvidado de Yulia. No la han encontrado, pero estaba en la habitación junto a la mía. Tengo solo un milisegundo para procesar su aparición medio desnuda y la pistola que lleva en la mano porque, al siguiente, se desata un infierno.

Con suavidad, sin titubeos, Yulia dispara al captor de Nora y le alcanza en la cara. Luego, apunta con la pistola al mío. El tiempo parece pasar muy lento y el momento se dilata una eternidad. Veo una concentración feroz en los ojos azules y siento la repentina tensión en las manos que me agarran los brazos por detrás. Entonces, recuerdo lo poco que me enseñó Peter sobre autodefensa.

Levanto las piernas del suelo y me convierto en un peso muerto entre las manos de mi captor, haciendo que mi cabeza descienda unos treinta centímetros y, después de que la pistola de Yulia dispare la bala, siento el espray cálido de la sangre cuando la cabeza de la otra persona explota sobre la mía. Me golpeo el culo contra el suelo y la rabadilla me grita de dolor ante el impacto cuando el cuerpo del captor cae sobre mí. Yulia ya está en movimiento y apunta al hombre que tiene a Lizzie entre los brazos, pero no hay necesidad. Ya está desplomado sobre el suelo con el cuchillo del atacante de Nora enterrado en la garganta y el bebé a salvo en manos de su madre. ¿Le ha arrancado a su hija de las manos mientras lo mataba? Hostia puta, es rápida.

Alejando la conmoción, me pongo de pie y me arranco la cinta adhesiva de la boca.

—El cuarto hombre… —jadeo—. Ha…

—Está muerto o inconsciente —dice Yulia mientras baja el arma—. Le he volado los sesos en el pasillo. —Su compostura es sorprendente, hasta que recuerdo que era una espía. Estoy a punto de hablar de Henderson cuando detecto otro movimiento en el umbral.

—¡Yulia! —grito, echándome hacia delante, pero es demasiado tarde. Un brazo enfundado en ropa negra le rodea el cuello a la velocidad del rayo y le presiona una pistola contra la sien.

—No tan rápido —dice el hombre mayor con suavidad, usando a Yulia como escudo mientras entra en la habitación—. Como muevas un músculo, la mato.

Peter

—¿Por qué cojones son tan lentos tus guardias? —le grito a Esguerra mientras teclea frenético en el ordenador, supongo que dando órdenes a los mencionados guardias—. Ya han pasado dos minutos. ¿Sabes lo que puede haber pasado en dos minutos? Están en casa, solas, sin protección…

—¡Lo sé! —ruge Esguerra mientras una vena le palpita en la frente y cierra el portátil de un golpe antes de levantarse—. Joder, ¿crees que no lo sé? Están de camino y van tan rápido como pueden. Los dos guardias de la casa no responden. Quien sea se ha metido en las cámaras y deben haber reducido la cobertura.

Mierda. Quiero golpear la pared con el puño, pero

es demasiado peligroso con todos los controles de la cabina del piloto.

—¿Estás seguro de que siguen en casa?

—Sé que Nora sí porque le implanté un chip, ¿recuerdas? —contesta Esguerra con brusquedad—. Hace dos segundos, estaba viva y en nuestra habitación.

Hostia, tiene razón, se me había olvidado el chip. Si Nora está viva, con suerte, Sara también, lo que hace que sea más imperativo que los guardias se apresuren hasta allí.

—Tiene que ser Henderson —dice Kent con dureza. Tiene los nudillos blancos sobre los controles—. Esa puta zorra nos atrajo para que pudiera atacarnos.

—No lo sabemos con seguridad —comenta Yan y me doy cuenta de que se ha unido a nosotros en la cabina. Desvía la verde mirada hacia Esguerra—. ¿No será otro enemigo tuyo?

Estoy a punto de derribar a Yan.

—¿Qué cojones importa quién es? Sara está allí, ¿lo entiendes? Está dentro, con quién sea. —No quiero pensar que está con Henderson, un hombre tan desesperado como para correr ese tipo de riesgos, un hombre que no dudaría en atacar el país al que juró proteger para inculparme. ¿Qué le hará a Sara si de verdad le ha puesto las garras encima? ¿Llegaré a tiempo solo para enterrarlos a ella y a nuestro bebé… igual que hice con Pasha y Tamila? No. Alejo el pensamiento paralizante. No dejaré que eso suceda. Otra vez no.

—Date prisa —le digo a Kent, sombrío—. Y Julian, si

tus guardias no llegan a tiempo, los destrozaré a todos,
uno a uno.

460

*S*_{ara}

Un millón de pensamientos me recorren la mente. En un segundo, me percato de las armas de los hombres muertos y de las que están en el suelo. Todas a mi alcance, pero ninguna lo bastante cerca como para cogerla antes de que Henderson le incruste a Yulia una bala en el cerebro.

Hago coincidir mis ojos llenos de terror con los de Nora y veo en ellos el mismo pensamiento sombrío. Incluso si fuéramos lo bastante buenas como para acertar contra el captor de Yulia sin matarla, no seríamos lo suficientemente rápidas. No con el arma de Henderson presionada contra la sien.

—Alejad las armas —ordena y, tras dudar un segundo, obedezco, igual que Nora.

No solo seríamos demasiado lentas, sino que Henderson no es mucho más alto que Yulia, con esas extremidades tan largas. Al usarla como escudo, incluso el francotirador más experimentado sería incapaz de acertar. Reparo en el bebé, apretado contra el pecho de Nora. Lizzie sigue teniendo la cinta adhesiva en la boca y veo que la cara se le vuelve roja mientras se esfuerza por soltar gritos ahogados. Nora la agarra como si nunca fuera a dejarla ir y, al percibir su sujeción, me doy cuenta de que no lo hará. Ya no puedo contar con la mujer de Esguerra para que me ayude, no con un bebé que necesita su protección.

Una idea aflora en mi mente y, antes de que pueda pensarlo mejor, miro a Henderson y digo con calma:

—Sé dónde está tu hija.

Se incorpora como si lo hubieran disparado. Tras recuperarse a toda velocidad, pregunta:

—¿Dónde?

—Te puedo llevar hasta ella —contesto, ignorando el nudo de miedo que tengo en la garganta—. Podemos ir ahora mismo si dejas que las demás se vayan.

No tengo un plan ni nada parecido. Solo quiero que deje de apuntar a la cabeza de Yulia y alejarlo lo máximo posible de Lizzie y Nora. Incluso aunque no supiera acerca de los crímenes que ha cometido, algo en el antiguo general hace que se me pongan los pelos de punta. No es nada externo, es esbelto y musculoso, en buena forma para un hombre de casi sesenta años y las facciones, enmarcadas por una cabellera grisácea, son agradables. A pesar de eso, desprende deterioro, una podredumbre que se aferra a las entrañas. Ante mi oferta, empequeñece los ojos.

—¿Crees que soy idiota? Las tres me llevaréis hasta mi hija o disparo. —Presiona la pistola contra la sien de Yulia, haciendo que se estremezca. ¡Mierda!

—No las necesitamos —lo intento de nuevo—. Me puedes usar como rehén. Estás enfadado con mi marido y haría cualquier cosa por mí.

—Bueno, eso es muy bonito —comenta arrastrando las palabras—. Un romance para la eternidad. Quizás te mate después y se lo haga ver. ¿Qué tal suena eso? —Lo miro sin temblar, ignorando las náuseas que me recorren el interior. No voy a demostrarle a este monstruo que tengo miedo. No se llevará esa satisfacción. Ante mi falta de respuesta, el enojo le empapa las facciones—. Vale —ladra—. Como he dicho, las tres venís conmigo. Tú y esa con el bebé —aclara después de señalar a Nora con la barbilla—, iréis delante. Recordad, cualquier movimiento en falso y se lleva un balazo. —Aprieta de nuevo la pistola contra la cabeza de Yulia—. ¿Entendido? Vamos, caminad hacia mí.

Tras tragar saliva, me dirijo hacia la puerta, con Nora detrás de mí, cautelosa, apretando a Lizzie, que no deja de retorcerse, contra el pecho. Henderson retrocede en el pasillo, aun cubriéndose con Yulia, y, tan pronto como salimos de la habitación, nos ordena que bajemos al piso inferior.

—Me llevarás hasta mi hija, ¿comprendes? —dice de manera perversa cuando nos dirigimos hacia las escaleras—. Si intentas cualquier cosa, lo que sea, os disparo a todas, zorras, y también al pequeño demonio de Esguerra.

Contraigo las rodillas para que dejen de temblarme y me acerco a la escalera amplia y curva. Siento el suelo gélido bajo los pies desnudos y el corazón parece que se me va a salir del pecho. No sé lo que estoy haciendo, cómo salir de esta situación. La hija de Henderson está a salvo, lejos de aquí, ya que Peter solo tiene el vídeo falso que le dio Bonnie, pero él no lo creería si se lo contara. Y, si me creyera, seguramente nos mataría a todas. Lo sepa o no, no ha venido para salvar a su familia. Está aquí por venganza. En lo más profundo, ya ha perdido y se ha embarcado en una misión suicida para hacer que Peter y los demás sufran antes de que muera.

Jugueteo con el lazo del camisón para evitar que me tiemblen las manos mientras desciendo con la mayor lentitud posible, con Henderson y Yulia un paso detrás de mí. Nora está caminando a mi lado, con la cara inexpresiva, a la vez que sujeta a Lizzie contra ella para protegerla. Haría cualquier cosa por su hija, lo sé, como yo por la pequeña vida que crece en mi interior, una vida que no verá la luz del día si el hombre que va detrás de nosotros se sale con la suya.

Estamos a mitad de las escaleras cuando veo las luces a través de una de las ventanas del salón y oigo cómo la puerta delantera se abre, seguida por el golpeteo de botas sobre el suelo de madera. El corazón se me dispara tanto por el miedo como por el alivio.

Los guardias están aquí. De alguna manera, se han enterado de que estamos en peligro y ahora Henderson está acorralado. Solo, sin su equipo, no tiene ninguna oportunidad real de escapar.

Lo escucho maldecir en voz baja y un plan poco definido se me forma en la mente. Mientras continuamos descendiendo al mismo paso lento, tiro del lazo del camisón para deshacerlo y el aire frío me acaricia la piel desnuda cuando cae detrás de mí, enredándose en los pies de Yulia y su captor. Los guardias irrumpen en el vestíbulo y me lanzo hacia Nora para presionarla contra la barandilla mientras ocurre. Como la atención de Henderson está centrada en los guardias, tanto él como Yulia se resbalan con el camisón y el disparo se desvía cuando esta se desliza escaleras abajo sobre el trasero. Sin dudarlo, los guardias disparan a Henderson mientras Nora y yo nos apretamos la una contra la otra para proteger a Lizzie. Entonces, lo oímos caer.

*P*eter

HA PASADO UN DÍA DESDE QUE VOLVIMOS Y AÚN NO puedo dejar de tocar a Sara, de abrazarla. Cada minuto lucho con las ganas de examinarla de la cabeza a los pies, aunque el doctor Goldberg ya lo ha hecho y me ha asegurado que tanto ella como el bebé están a salvo.

Sosteniéndola sobre el regazo, le acaricio el pelo e inspiro el dulce aroma. Un temblor me recorre el cuerpo cada vez que pienso en lo cerca que he estado de perderla... en cómo los guardias la encontraron desnuda, echa un ovillo en las escaleras, una hora antes de que por fin llegáramos. Hizo que Henderson se tropezara con el camisón de seda, salvando a Nora, Yulia y a sí misma en el proceso. Las tres lucharon contra mercenarios armados y ganaron.

—No pasa nada. Estamos bien —murmura, levantando la cabeza, y me doy cuenta de que he dicho la última parte en voz alta. Le brillan con suavidad los ojos color avellana mientras me coloca la palma esbelta contra la mandíbula—. Te prometo que aparte de la rabadilla de Yulia y la mandíbula de la pobre Rosa estamos bien.

—Lo sé —musito—. Y es un puto milagro. —Le cubro la mano con la mía, cierro los ojos e inhalo en profundidad mientras intento calmar el latido alocado del corazón.

Igual que yo, Kent y Esguerra estaban perdiendo los papeles cuando aterrizamos, aunque Diego ya nos había informado de que Henderson estaba muerto y de que nuestras esposas estaban a salvo. No fue suficiente saberlo, el miedo atroz permaneció dentro de mí hasta el momento en el que puse los ojos sobre Sara, hasta que la abracé y sentí que estaba viva e ilesa.

—Has salvado a todas, ¿lo sabes? —digo con voz ronca antes de abrir los ojos y ella aparta la mano—. No solo en las escaleras, sino antes. Kent me dijo que fue tu grito lo que despertó a Yulia a tiempo para esconderse bajo la cama e ir a rescataros. Si no hubiera sido por eso…

—Los habríamos derrotado de otra manera —me interrumpe Sara con una sonrisa tranquila—. Estoy segura.

La convicción que desprende su voz es tan absurda como admirable. Por alguna razón, en lugar de volverla a traumatizar, el ataque de ayer parece haberle devuelto la energía a mi *ptichka*. Siempre he sabido que es fuerte y capaz de todo, pero ella misma no debe habérselo creído hasta que luchó contra mi enemigo y ganó.

—A veces, un trauma repetido puede sanar —me ha dicho la doctora Wessex cuando he hablado con ella esta mañana, después de que Sara durmiera toda la noche sin tener pesadillas y se despertara más alegre que nunca—. A diferencia de lo que ocurrió con sus padres, esta vez ha sido capaz de hacer algo y nadie cercano ha muerto o ha salido herido de gravedad.

No sé si creer a la terapeuta, ya que solo ha pasado un día y puede que le afecte después, pero me siento optimista sobre el estado mental de mi *ptichka*. Sobre el mío, no estoy tan seguro. Anoche apenas pude dormir, luchando contra las pesadillas y el sudor frío.

—No voy a perderte de vista nunca más —digo y no estoy de broma—. No voy a embarcarme en ninguna misión que me tenga más de un día lejos de ti, ningún trabajo nos separará. Y ya le he pedido mi propio chip a Esguerra. En cuanto llegue, te lo implanto.

Sara no pestañea, ya que le he hablado del chip de Nora.

—Vale —dice—. Pero solo si tú también te lo pones. Quiero saber dónde estás en todo momento.

Le sostengo la mirada.

—Trato hecho.

Haré lo que quiera mi *ptichka*, siempre y cuando esté contenta y a salvo.

~

—¿Estás enfadado porque no tuviste oportunidad de matarlo tú? —pregunta cuando estamos tumbados en la cama horas después. Aunque acabamos de practicar sexo, la acaricio por todo el cuerpo, incapaz de cansarme del placer sensorial de tocarla, de sentir esa piel cálida y sedosa bajo la palma—. Sé que era importante para ti —continúa mientras le acerco la nariz al cuello para inhalar el perfume dulce de su pelo.

No quiero pensar en Henderson ahora mismo, pero Sara parece dispuesta a comentar los detalles de lo ocurrido. Y, cuando recuerdo lo difícil que fue para ella hablar sobre la muerte de sus padres, no puedo negarme. Si le ayuda a procesar los hechos, le diré todo acerca de cómo planeaba desmembrar a Henderson célula a célula, sobre cómo la mera mención de su nombre me devuelve a aquel momento horrible en el avión.

De ahí que haga exactamente eso, se lo cuente todo: lo mucho que me aterraba que llegáramos demasiado tarde... que hubiera fallado al protegerla, igual que me ocurrió con Pasha y Tamila. Le describo las pesadillas que tuve anoche y el temblor que aún me provoca pensar lo cerca que estuve de perderla. También le hablo de cómo muero al recordar que no estaba allí para enfrentarme a mi enemigo, para mantener a salvo tanto a ella como al niño que está en camino.

Me escucha con la cabeza apoyada en mi hombro y juega con el pelo. Cuando he terminado, pregunta en voz baja:

—Nos mantuviste a salvo. Fue el movimiento que

me enseñaste, el de levantar las piernas para convertirme en un peso muerto cuando alguien me cogiera por detrás, lo que nos ayudó a las tres a acabar con esos mercenarios. Y fuisteis Kent, Esguerra y tú los que enviasteis a los guardias que mataron a Henderson.

Cierro los ojos con intensidad y la abrazo más fuerte contra mí mientras me imagino la escena, con camisón de seda incluido. Un estremecimiento me recorre el cuerpo y ella me devuelve el abrazo, apretándome, reconfortándome con calidez, viveza y fortaleza.

Tengo que respirar hondo varias veces para disminuir el abrazo sofocante que tengo en torno a su cuerpo. Aun así, mantengo un brazo a su alrededor para tenerla cerca. Me llevará años, o incluso décadas, superar ese momento. Eso asumiendo que algún día lo haga.

—¿Y su mujer? —me pregunta, sacándome de una fantasía en la que soy capaz de volver atrás en el tiempo para estrangular a Henderson con sus propios intestinos antes de que se acerque a ella—. ¿Cumplirás tu parte del trato?

Convierto la mano en un puño contra el costado.

—Aún estamos deliberando si nos atrajo a propósito, por lo que...

—No, no lo hizo —me interrumpe Sara, levantando la cabeza del hombro para mirarme—. Al menos, no creo que fuera así. Henderson pensaba de verdad que teníamos a su hija. Si su mujer estuviera metida en el asunto, sabría que todo era una treta. Y, cuando esos hombres nos capturaron, dijeron algo sobre que no había rastro de vosotros tres... como si esperaran encontraros aquí y se sorprendieran porque no estuvierais.

—Ah. —Me obligo a relajar los dedos—. Eso cambia las cosas.

Si Bonnie Henderson es inocente de verdad, la dejaré en paz, sobre todo si presenta las pruebas contra su marido ante el FBI, limpiando nuestros nombres. Quiero que sea así por Sara. Deseo devolverle una vida normal y apacible.

Le paso la mano por el pelo mientras estudio su cara en forma de corazón, maravillándome por tal belleza. Me mira a los ojos, de manera clara y directa, y murmura:

—Te quiero. —Luego, se inclina para darme un beso tierno. El pecho se me expande con una descarga de sentimientos tan intensos que ahoga la oscuridad persistente.

—Yo también te quiero, *ptichka* —digo con suavidad y, mientras le rozo los labios, sé que no importa lo que nos depare el futuro porque lo superaremos juntos. No importa cómo surgiera nuestro amor, ahora es lo bastante fuerte.

 Sara

—¡PAPÁ! ¡PAPÁ!

Levanto la mirada del portátil para ver cómo mi hijo de cinco años irrumpe en la habitación con las mejillas sonrosadas por el frío, dejando manchas de nieve de las botas por todos lados. Sin darse cuenta de que estoy en el sofá, corre directo a la cocina, donde está Peter, lanzando su pequeño cuerpo contra él a toda velocidad. Con una sonrisa, mi marido se aleja de la tarta de cumpleaños y lo coge entre los brazos poderosos, elevándolo por encima de la cabeza.

La risa de Charlie llena el ambiente, mezclándose con los ladridos entusiasmados del perro, y el pecho se me constriñe, como ocurre cada vez que miro la preciosa cara de Peter. Alegría, una alegría sin límites.

Nunca me cansaré de ver a los dos juntos. Mi torturador que ahora es mi amante y nuestro hijo. Si la felicidad pudiera definirse con una imagen, para mí sería esta.

—¡Mamá! Charlie nos ha lanzado una bola de nieve a mí y a Bella —grita Maya al entrar corriendo en la habitación mientras el hielo y la nieve resbalan de la chaqueta. Esa cara pequeña muestra una expresión enfadada y tiene las manos convertidas en diminutos puños—. ¡Y Lizzie le ha llamado una cosa muy fea!

Con una carcajada, dejo el portátil a un lado y cojo a la pequeña de tres años para abrazarla.

—No pasa nada, cariño —la reconforto mientras le acaricio las alocadas ondas color castaño. Toby, nuestro golden retriever, corre hacia nosotras para chuparle la nieve del abrigo—. Tu hermano estaba de broma. Está enamorado de Bella, eso es todo.

—¡No es verdad! —El tono enrabietado de Charlie combina con el de su hermana—. Es demasiado rubia y rara y casi no sabe hablar ruso.

—¡Eh! —le riñe Peter, dejándolo en el suelo—. Eso no está bien.

—Bella Kent habla ruso igual que tú, bobo —dice Maya pomposamente mientras levanta la barbilla pequeña y se deshace de mi abrazo. Tras empujar a Toby, añade—: De todas formas, solo tiene cuatro años. Igual que tú, aprenderá más palabras cuando crezca. No todos sois tan inteligentes como yo.

Peter y yo nos intercambiamos una mirada y, sin poder contenernos, rompemos a reír. Nuestra cumpleañera está en racha. Charlie tenía dos años y medio cuando Maya nació, pero en este último año ella ha empezado a enseñarle matemáticas y a leer en inglés, ruso, francés y japonés. Su mente es como una esponja y tiene tanto ego como genialidad. A pesar de tener un coeficiente intelectual fuera de lo común, la modestia no es un concepto que esa mente de tres años pueda entender.

—Creía que me habías dicho que de niña no eras un genio —me dijo Peter asombrado cuando nuestra hija empezó con la composición musical a los dos años—. Que te convertiste en doctora tan joven por tus padres, no porque fueras un cerebrito.

—Y es cierto. No sé de dónde le vendrá —le contesté, igual de sorprendida—. Quizás haya algo de genialidad en tu ADN.

Tampoco es que Charlie, nuestro primer hijo, no sea inteligente. Es alegre, curioso y enérgico, todo lo que siempre quisimos como hijo. Está evolucionando en el colegio privado de Suiza al que va. Según los profesores, es tan inteligente como los demás. Sin embargo, Maya está a otro nivel. Sería intimidante si no fuera tan mona.

—Diles a los otros que entren —le ordeno, agarrándola por la capucha de la chaqueta—. Llegó la hora de la tarta.

La cara pequeña, una réplica en miniatura de la mía, se le ilumina y sale de la habitación dando brincos, con Charlie pisándole los talones. Toby salta sobre el sofá para acurrucarse junto a mí y utilizo este minuto de silencio para revisar la nueva canción que estoy componiendo antes de cerrar el portátil. Con todo el mundo aquí por el cumpleaños de Maya, no tendré tiempo de terminarla hoy.

Después de que Bonnie Henderson ayudará a Peter a limpiar su nombre, teníamos la posibilidad de volver a Chicago y continuar con nuestra vida allí. Sin embargo, decidimos no hacerlo. No solo seríamos objeto de sospecha a dónde quiera que fuésemos, ya que, tras la explosión, nuestras caras estuvieron en todos los medios, sino que, sin mis padres, no había nada que me atara a Homer Glen. Por eso, elegimos los Alpes suizos como nuevo hogar, cerca de la clínica privada en la que me ofrecieron el trabajo mientras éramos fugitivos.

Empecé a trabajar ahí a tiempo completo, pero, un mes después, Peter y yo nos dimos cuenta de que no era la mejor opción porque el embarazo me dejaba agotada y no queríamos pasar muchas horas separados. Por eso, abrí una consulta en el piso inferior de nuestra casa, donde podía fijar mi propio horario y ver a Peter durante todo el día. Poco después, la clínica me empezó a enviar a las pacientes embarazadas, por lo que me convertí en la obstetra y ginecóloga preferida de las mujeres conectadas con el bajo mundo.

Está funcionando muy bien, sobre todo desde que Peter decidiera poner en práctica sus habilidades y contactos para un nuevo uso: reclutar y entrenar a antiguos soldados para que trabajen como mercenarios en organizaciones como la de Esguerra. No es exactamente la apacible vida civil que teníamos en mente, pero es mucho menos peligrosa que asesinatos de alto perfil y mucho más interesante para Peter que enseñar autodefensa básica a ciudadanos de a pie. En cuanto a mí, con un horario de trabajo flexible, tengo tiempo no solo para Peter y los dos niños, sino también para la música.

Ya no hago actuaciones ni tengo un canal de YouTube, ya que, después de lo que ocurrió, Peter se ha vuelto paranoico sobre mi seguridad, pero me siento satisfecha con que las nuevas estrellas del pop canten mis canciones y me paguen por ser su compositora. Las letras oscuras son muy famosas y dos de ellas han estado en lo más alto de las listas durante semanas.

—¡Tarta! ¡Tarta! ¡Tarta! —Los niños irrumpen en la habitación como tornados llenos de nieve. Mateo Esguerra, de cinco años, pasa primero, seguido de Bella, Lizzie, Charlie y Maya. Entre chillidos, rodean a Peter quien, de manera ceremoniosa, coloca tres velas. Toby salta del sofá y corre hacia ellos, ladrando entusiasmado como si no hubiera un mañana.

Los adultos entran después. Como siempre, Julian con un brazo en torno a Nora, apretándola contra él como si temiera que se fuera a escapar. Lucas es más prudente con Yulia, pero, dada la humedad de las chaquetas, está claro que han estado rodando por la nieve y espero que haya sido lejos de las miradas de los niños.

Charlie, al ser el explorador más intrépido del mundo, ya se los encontró «jugando a los doctores» en el gimnasio de Chipre. En cualquier caso, me alegro de que estén aquí. Aunque Peter y yo visitamos a los Esguerra con bastante frecuencia, Yulia está muy ocupada con los restaurantes, por lo que solo la he visto dos veces este año. Por suerte, la pequeña Bella Kent está obsesionada de manera bastante evidente con nuestro Charlie, quien asegura odiarla, pero nunca pierde la oportunidad de captar su atención, por lo que a Lucas y a Yulia no les quedaba otra opción que presentarse en la fiesta de cumpleaños de Maya. Su precioso ángel rubio les hubiera mirado con ojitos de cordero hasta su muerte.

Camino hasta ellos para saludar a Nora y a Yulia con un abrazo. Todos nos reunimos en torno a la tarta, junto a los niños y, mientras Maya sopla las velas, hago coincidir mi mirada con la de Peter y pido mi propio deseo. Quiero que me atormente así para siempre, que me quiera con toda la oscuridad de su corazón.

¡Gracias por leerlo! Espero que hayas disfrutado del final de la historia de Peter y Sara y que dejes una reseña. Si quieres que te avisemos cuando se publique un nuevo libro, apúntate a la lista de correo en www.annazaires.com/book-series/espanol/.

¿Quieres saber más sobre estos personajes? No te pierdas:

- *La trilogía Secuestrada*: la oscura historia de Nora y Julian, donde Peter aparece por vez primera y consigue su lista.
- *La trilogía Atrápame*: el romance sorprendente de Yulia y Lucas, donde pasan de enemigos a amantes.

¿Preparado para mis otras historias chisporroteantes? Échales un vistazo a:

- *La trilogía de Mia & Korum*: un romance épico de ciencia ficción con el macho alfa definitivo.
- *La prisionera de los Krinar*: el romance cautivo de Emily y Zaron, justo antes de la invasión Krinar.
- *El informe Krinar*: mi colaboración ardiente con Hettie Ivers, protagonizada por Amy y Vair y los juegos de su club sexual

Y ahora, por favor, pasa la página para leer unos fragmentos de *Secuestrada* y *El informe Krinar*.

Nota del autor: *Secuestrada* es una trilogía erótica oscura sobre Nora y Julian Esguerra. Los tres libros se encuentran ya disponibles.

Me secuestró. Me llevó a una isla privada.

Nunca pensé que pudiera pasarme algo así. Nunca imaginé que ese encuentro fortuito en la víspera de mi decimoctavo cumpleaños pudiera cambiarme la vida de una forma tan drástica.

Ahora le pertenezco. A Julian. Un hombre que tan despiadado como atractivo, un hombre cuyo simple roce enciende la chispa de mi deseo. Un hombre cuya ternura encuentro más desgarradora que su crueldad.

Mi secuestrador es un enigma. No sé quién es o por qué me raptó. Hay cierta oscuridad en su interior, una oscuridad que me asusta al mismo tiempo que me atrae.

Me llamo Nora Leston, y esta es mi historia.

Tengo diecisiete años cuando lo conozco.

Diecisiete años y estoy loca por Jake.

—Nora, vamos, me aburro —dice Leah, sentada conmigo en las gradas viendo el partido. Fútbol americano. No sé nada de fútbol, pero finjo que me encanta porque es donde puedo verlo. Allí, en ese campo, mientras entrena cada día.

No soy la única chica que mira a Jake, claro. Es el quarterback y el más buenorro del mundo… o por lo menos de Oak Lawn, un barrio residencial de Chicago, Illinois.

—No es aburrido —le digo—. El fútbol es divertidísimo.

Leah pone los ojos en blanco.

—Ya, ya. Anda y ve a hablar con él. No eres tímida. ¿Por qué no haces que se fije en ti?

Me encojo de hombros. Jake y yo no nos movemos en los mismos círculos. Las animadoras se le pegan como lapas y llevo observándolo bastante tiempo para saber que le van las rubias altas y no las morenas bajitas.

Además, por ahora es divertido disfrutar de esta atracción. Sé qué nombre tiene este sentimiento: lujuria. Hormonas, así de simple. No sé si me gustará Jake como persona, pero me encanta como está sin camiseta. Cuando pasa por mi lado, noto que se me acelera el corazón de la alegría. Siento calor en mi interior y me entran ganas de removerme en el asiento.

También sueño con él. Son sueños sensuales y eróticos donde me coge la mano, me acaricia la cara y me besa. Nuestros cuerpos se tocan, se frotan el uno contra el otro. Nos desvestimos.

Trato de imaginar cómo sería el sexo con Jake.

El año pasado, cuando salía con Rob, casi llegamos hasta el final, pero entonces descubrí que se había acostado, borracho, con otra chica en una fiesta. Acabó arrastrándose cuando me enfrenté a él, pero ya no podía fiarme y rompimos. Ahora me ando con mucho más ojo con los chicos con los que salgo, aunque sé que no todos son como Rob.

Pero puede que Jake sí lo sea. Es demasiado popular para no ser un mujeriego. Aun así, si hay alguien con quien me gustaría hacerlo por primera vez, ese es Jake, sin duda alguna.

—Salgamos esta noche —dice Leah—. Noche de chicas. Podemos ir a Chicago a celebrar tu cumpleaños.

—Mi cumpleaños no es hasta la semana que viene —le recuerdo, aunque sé que tiene la fecha marcada en el calendario.

—¿Y qué? Podemos adelantar la celebración.

Sonrío. Siempre está a punto para la fiesta.

—No sé. ¿Y si vuelven a echarnos? Esos carnets no son muy buenos…

—Iremos a otro sitio. No tiene por qué ser el Aristotle.

El Aristotle es el club más molón de la ciudad. Pero Leah tenía razón… había otros.

—De acuerdo —digo—. Hagámoslo. Adelantemos la fiesta.

Leah me recoge a las nueve.

Va vestida para salir de fiesta: unos vaqueros ceñidos oscuros, un top brillante sin tirantes de color negro y botas de tacón hasta las rodillas. Lleva la melena rubia completamente lisa y suave, que le cae por la espalda como una cascada radiante.

Sin embargo, yo aún llevo puestas las zapatillas de deporte. Tengo los zapatos de tacón dentro de la mochila que dejaré en el coche de Leah. Un jersey grueso esconde el top sexi que llevo. No me he maquillado y llevo la melena castaña recogida en una coleta.

Salgo de casa así para no levantar sospechas. Digo a mis padres que me voy con Leah a casa de una amiga. Mi madre sonríe y me dice que me lo pase bien.

Ahora que casi tengo dieciocho años, no tengo toque de queda. Bueno, quizá sí, pero no es oficial. Siempre y cuando llegue a casa antes de que mis padres empiecen a preocuparse, o por lo menos les diga dónde voy a estar, no pasa nada.

Cuando subo al coche de Leah empiezo a transformarme.

Me quito el jersey, que revela el ajustado top que llevo debajo. Me he puesto un sujetador con relleno para aprovechar al máximo mis encantos, algo pequeños. Los tirantes del sujetador están diseñados inteligentemente para ser bonitos, así que no me da vergüenza que se me vean. No tengo unas botas tan llamativas como las de Leah, pero he conseguido sacar a hurtadillas mi mejor par de zapatos negros de tacón. Me añaden unos diez centímetros de altura. Y como necesito hasta el último centímetro, me los pongo.

Después, saco mi neceser de maquillaje y bajo el visor para mirarme al espejo.

Unos rasgos familiares me devuelven la mirada. Mis ojos grandes y marrones y las cejas negras y muy definidas dominan mi pequeño rostro. Rob me dijo una vez que parecía exótica, y sí, algo así es. Aunque solo tengo una cuarta parte de latina, siempre estoy algo bronceada y mis pestañas son más largas de lo normal. Leah dice que son postizas, pero son auténticas.

No tengo ningún problema con mi aspecto, aunque a veces me gustaría ser más alta. Es por los genes mexicanos. Mi abuela era bajita y yo también lo soy, aunque mis padres tienen una altura normal. Y no me preocupa, lo que pasa es que a Jake le gustan las altas. Creo que ni siquiera me ve en el pasillo porque estoy por debajo del nivel de su vista.

Suspiro, me pongo brillo de labios y sombra de ojos. No me paso con el maquillaje porque a mí me funciona más lo sencillo.

Leah sube el volumen de la radio y las nuevas canciones pop llenan el coche. Sonrío y empiezo a cantar con Rihanna. Leah se une y ahora las dos estamos cantando a voz en grito la de S&M.

Sin casi darme cuenta, ya hemos llegado al grupo.

Nos acercamos como si fuéramos las reinas del mambo. Leah sonríe al portero y le enseñamos nuestros carnets. Nos dejan pasar, sin problemas.

Nunca habíamos estado antes en este club. Está en una parte del centro de Chicago más vieja y deteriorada.

—¿Cómo descubriste este sitio? —grito a Leah para que me oiga por encima de la música.

—Me lo dijo Ralph —grita ella y yo pongo los ojos en blanco.

Ralph es el exnovio de mi amiga. Rompieron cuando él empezó a comportarse de forma extraña, pero, por algún motivo, siguen en contacto. Creo que ahora él está metido en las drogas o algo así. No lo sé seguro y Leah no me lo quiere contar por lealtad a él. Es un tío muy turbio, y que estemos aquí porque nos lo haya recomendado él no me tranquiliza en absoluto.

Pero, bueno, da igual. La zona de fuera no es lo mejor, pero la música es buena y me gusta la gente variada que hay.

Estamos aquí para pasárnoslo bien y eso es exactamente lo que hacemos durante la hora siguiente.

Leah consigue que un par de tíos nos inviten a unos chupitos. No nos tomamos más de una copa. Leah porque tiene que llevar el coche y yo porque no metabolizo bien el alcohol. Puede que seamos jóvenes, pero no somos tontas.

Después de los chupitos, bailamos. Los dos chicos que nos han invitado bailan con nosotras, pero poco a poco nos vamos alejando de ellos. Tampoco son tan monos. Leah encuentra a unos buenorros de edad universitaria y nos ponemos a su lado. Entabla conversación con uno y yo sonrío al verla en acción. Se le da muy bien esto del flirteo.

En esas que la vejiga me dice que tengo que ir al baño. Así que los dejo y allá que voy.

Ya de vuelta, pido al camarero un vaso de agua. Después de bailar me ha entrado sed.

El chico me lo da y me lo bebo de un trago. Cuando termino, dejo el vaso en la barra y levanto la vista.

Me topo con un par de ojos azules y penetrantes.

Está sentado al otro lado de la barra, a unos tres metros de mí. Y me está mirando.

Le devuelvo la mirada, no puedo evitarlo. Es el hombre más guapo que haya visto en mi vida.

Tiene el pelo oscuro y un poco rizado. Su rostro es de facciones duras y masculinas, con rasgos simétricos. Tiene las cejas rectas y oscuras por encima de los ojos, que son increíblemente claros. Y una boca que podría pertenecer a un ángel caído.

De repente me acaloro al imaginar esa boca rozando mi piel y mis labios. Si fuera propensa a ponerme roja, ahora mismo me habría puesto como un tomate.

Él se levanta y camina hacia mí sin dejar de mirarme. Anda sin prisa, tranquilo. Se lo ve muy seguro de sí mismo. ¿Y por qué no iba a estarlo? Es muy guapo y lo sabe.

Al acercarse, me doy cuenta de que es grande. Es alto y fornido. No sé qué edad tiene, pero supongo que se acerca más a los treinta que a los veinte. Es un hombre, no un chiquillo.

Se coloca a mi lado y tengo que acordarme de respirar.

—¿Cómo te llamas? —pregunta en una voz baja, pero audible por encima de la música. Oigo su tono profundo a pesar de este entorno tan ruidoso.

—Nora —respondo con voz queda, mirándolo. Me he quedado fascinada y estoy segura de que él lo sabe.

Sonríe. Al separar esos labios tan sensuales deja entrever unos dientes blancos y rectos.

—Nora. Me gusta.

Como él no se presenta, me armo de valor y le pregunto:

—¿Cómo te llamas?

—Puedes llamarme Julian —dice, y miro cómo mueve los labios. Nunca me había fascinado tanto la boca de un hombre.

—¿Cuántos años tienes, Nora? —me pregunta a continuación.

Parpadeo.

—Veintiuno.

Se le ensombrece la expresión.

—No me mientas.

—Casi dieciocho —admito a regañadientes. Espero que no se lo diga al camarero y me echen de aquí.

Asiente, como si hubiera confirmado sus sospechas. Entonces levanta la mano y me toca el rostro. Suavemente, con cuidado. Me roza el labio inferior con el pulgar como si sintiera curiosidad por su textura.

Estoy tan sorprendida que me quedo allí plantada. Nadie me lo había hecho antes, nadie me había tocado así, como si nada, de aquella forma tan posesiva. Siento frío y calor a la vez, y un escalofrío de miedo me recorre la espalda. No vacila en sus gestos. No pide permiso ni se detiene a ver si lo dejo tocarme.

Me toca sin más. Como si tuviera derecho a hacerlo. Como si yo le perteneciera.

Con la respiración agitada y entrecortada, doy un paso atrás.

—Tengo que irme —susurro, y él vuelve a asentir, mirándome con una expresión inescrutable en su hermoso rostro.

Sé que me deja ir y me siento agradecida porque algo en mi interior me dice que podría haber ido más allá, que no sigue las normas establecidas.

Que seguramente sea la persona más peligrosa que he conocido jamás.

Me doy la vuelta y me abro paso entre la muchedumbre. Me tiemblan las manos y el pulso me late con fuerza en la garganta.

Tengo que salir de allí, así que cojo a Leah y le pido que me lleve a casa en coche.

Al salir de la discoteca, miro hacia atrás y vuelvo a verlo. Sigue mirándome.

A su mirada se asoma una oscura promesa; algo que me hace estremecer.

Secuestrada ya está disponible. Para saber más y registrarte para mi lista de nuevas publicaciones, visita www.annazaires.com/book-series/espanol/.

Lo que pasa en un club de sexo alienígena se queda en un club de sexo alienígena, ¿verdad?

Bueno… no, si escribes un reportaje al respecto. Y definitivamente, no si omites el hecho de que las experiencias que cuentas en el artículo son las tuyas propias.

Ni tampoco si el krinar con el que te has liado es el dueño del club, cuyas múltiples perversiones incluyen el chantaje y los juegos psicológicos.

Para una joven periodista que intenta probarse a sí misma, todo gira en torno a que le caiga la siguiente gran exclusiva.
Hasta que las cosas se tuercen y ahora todo gira en torno a caer en la cama del ático de lujo de un alienígena posesivo.

Cuando los poderosos brazos de Vair me rodearon, atrayéndome hacia su musculoso cuerpo, mi respiración se volvió rápida e irregular. Podía sentir su calor, oler su aroma masculino y limpio, y una oleada de fuego me atravesó, haciendo que mis músculos internos se tensaran de deseo.

Sorprendida y avergonzada por la intensidad de mi reacción, intenté alejarme, extendiendo las palmas de las manos sobre el pecho de Vair para mantenerlo a cierta distancia.

—Espera, no se me da bien bailar...

—No te hace falta. —Me sonrió, ignorando mis débiles intentos de alejarlo—. Yo te llevaré.

—Pero...

—Sólo relájate, cariño —murmuró, comenzando a moverse al ritmo palpitante. Los músculos de acero de su pecho se flexionaron bajo mis dedos, y su muslo me rozó las piernas, causando que los latidos de mi corazón se dispararan—. ¿No es para esto para lo que habías venido?

Tomé aire con una respiración temblorosa y la mente discurriendo a toda velocidad, mientras miraba sus ojos oscuros y sensuales. *Quise gritar: ¡No! ¡No, no era para esto!*

—Solo quería ver cómo era todo esto —susurré por contra, esperando que esa media verdad conseguiría que me echaran de allí. Escuché mi propia voz y parecía estar sin aliento, como si hubiera corrido un kilómetro—. Nunca había visto a uno de vosotros en persona, y tenía curiosidad, como ya te he dicho...

—Ah, sí, esa infame curiosidad tuya. —Su sonrisa adquirió un tono burlón—. Sabes para qué es este sitio, ¿verdad, pequeña humana?

Me humedecí el labio inferior, deseando que mi frenético ritmo cardíaco se frenara un poco.

—Por supuesto. Pero esta primera vez me gustaría solo observar. Espero que no sea un problema. —Si lo fuera, tendría que irme, ya que no tenía intención de acostarme con nadie para obtener una historia.

No estaba *tan* entregada a mi carrera.

Los ojos de Vair se oscurecieron ante mi respuesta, y la sonrisa se desvaneció de sus labios.

—Ya veo.

Esperé a que él dijera algo más, pero no lo hizo. En cambio, siguió sujetándome, y no me quedó más remedio que moverme con él al ritmo de la música. Sus manos me cogían por la cintura con suavidad, pero cada vez que intentaba soltarme, se apretaban, dejando claro que no estaba dispuesto a dejarme ir. Después de un par de intentos de liberarme discretamente de su abrazo, me rendí, no queriendo montar una escena.

Sólo un baile, me dije. *Solo es un baile.* No me importaba bailar con él si no insistía en nada más... y no parecía inclinado a hacerlo, al menos por ahora. Me mantenía a una escrupulosa distancia, lo bastante cerca como para que fuera muy consciente de su cuerpo cálido y musculoso, pero no tan cerca como para estar pegada a él. Sin embargo, un par de veces me pareció sentir como algo duro me rozaba el vientre, pero no pude estar segura porque el contacto fue breve.

Aun así, la idea *de que podría haber sido su erección, de que él me deseaba de esa forma,* era casi tan excitante como aterradora.

~

El informe Krinar ya está disponible. Para saber más y registrarte para mi lista de nuevas publicaciones, visita www.annazaires.com/book-series/espanol.

Anna Zaires es una autora de novelas eróticas contemporáneas y de romance fantástico, cuyos libros han sido éxitos de ventas en el New York Times y el USA Today, y han llegado al primer puesto en las listas internacionales. Se enamoró de los libros a los cinco años, cuando su abuela la enseñó a leer. Poco después escribiría su primera historia. Desde entonces, vive parcialmente en un mundo de fantasía donde los únicos límites son los de su imaginación. Actualmente vive en Florida y está felizmente casada con Dima Zales —escritor de novelas fantásticas y de ciencia ficción—, con quien trabaja estrechamente en todas sus novelas.

Si quieres saber más, pásate por www.annazaires.com/book-series/espanol.